半邊藍天

半分、青い。（1）

日本戀愛之神・金牌編劇

北川悅吏子

緋華璃
黃薇嬪——譯

【編輯室的話】

二〇一九年夏天，一部日劇悄悄擄獲了萬千觀眾的心，我們家也不例外。明明不愛看正能量爆棚的晨間劇，家人卻準時坐在電視機前，期待《半邊藍天》的播出。有時，前一幕還笑得東倒西歪，下一幕卻令人心中一窒，淚眼迷濛。

來自岐阜縣鄉下的女孩鈴愛，與青梅竹馬律，各自歷經求學、出社會、追尋夢想等大大小小的煩惱，一同見證大時代與兩人的轉變。明明是再平凡不過的劇情，究竟有什麼力量讓人目不轉睛？

在鈴愛從小到大的成長過程中，改變，是永遠的課題。漫漫人生，我該走向何方？往前走，是不是就丟下了同伴？若走錯了路，這一路上的辛苦，到底有什麼價值？看著鈴愛與律各自以不同的方式活出自己的生命，卻仍小心不扯斷心靈上的羈絆，我們也一幕幕回溯自身，去凝視那些改變所帶來的「失落」。

原來，《半邊藍天》並非正能量百分百的晨間劇，成長總伴隨著痛，快樂漲得多高，痛苦時就跌得多深。每個徬徨不安的時刻，我們都可以從中看見自己最不堪的樣子。搭配戀愛之神北川悅吏子令人拍案叫絕的神台詞，邀請大家藉由小說，體會日劇之外更深刻的情感流動。

楔子

下雨了。

少女站在高中的校門口，只差一步就要淋到雨。她抬頭仰望灰色的天空。

少女沒帶雨具，但她並非束手無策才裹足不前。真要衝回家的話，她也有自信能在制服溼透前回到家。

她在聽雨聲。少女豎起耳朵，聆聽雨水輕柔敲打地面的聲音。

「給妳。」

突然間，有名少年從後面跑來，唐突地把塑膠傘塞進少女手中。她反射性接過。

少年就這麼毫不猶豫地衝進雨中。

少女怔忡地目送少年的背影，只見他頭也不回地踩著泥水，奔向兩個應是朋友的人身邊。少年鑽進朋友的傘下，互相打鬧一番，踩著輕快的步伐漸行漸遠。

「喂——律！」少女意識到手中的傘，大聲呼喚。

「嗯？」少年轉身，險些失去平衡，那姿勢有些笨拙卻不失優美。那是他的招牌動作，頗有幾分獨樹一格的味道。

「謝啦！」少女舉起傘來，朝他示意。

少年露出有些不自在的尷尬神情，少女還以發自內心的笑容。他的臉看在少女眼中，遠比自己的長相還熟悉。

被朋友推了下肩膀，少年轉向他們，大聲嘻笑，一群人便打打鬧鬧地跑走了。

直到男子們的身影消失在校門外，少女這才慢條斯理地撐開傘。

是把隨處可見、平凡無奇的透明塑膠傘，只見傘骨彎折，形狀歪七扭八。

「啊……」

但她不以為意地撐起傘，往外走。

要認為這把傘很醜，還是覺得形狀雖然怪怪的，但也挺有趣，想法其實因人而異……

少女走在雨中，側耳傾聽雨滴在傘布上彈跳的聲音。

就像我，因為小學三年級的腮腺炎，導致左耳聽不見。每當這樣撐著傘，也聽不見落在左側的雨聲，彷彿只有右邊在下雨……

少女轉動骨折的傘，嘴角浮現一抹微笑。可是，要認為這樣很可憐，還是很有趣，同樣因人而異……至於我嘛，我覺得這樣還挺有趣的……

仔細聽，就連右邊的雨聲也消失了。少女倏地停下腳步，伸出手，掌心朝向天空。

不知不覺，雨已經停了。

「啊，放晴了……」

原本灰濛濛的天空開始露出曙光。天空的右側，露出半邊清朗的藍天。

少女撐著骨折的傘，將手伸向蔚藍的天空。

目次

劇本：北川悅吏子
小說化：前川奈緒

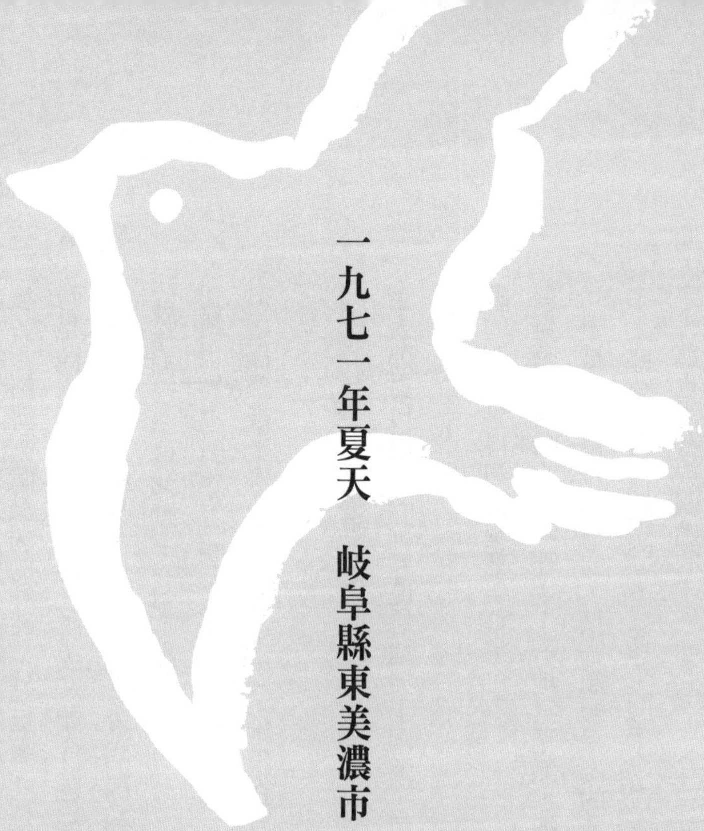

一九七一年夏天　岐阜縣東美濃市

計程車司機時不時偷瞄後座。

後方不斷傳來晴微弱的呻吟。她挺著一顆彷彿隨時都要爆開的大肚子，氣若游絲地嗚咽著。晴是商店街首屈一指的大美人，如今臉色卻蒼白如紙。丈夫宇太郎坐在旁邊，長得一副好好先生的臉龐比晴更蒼白，拚命摩挲她的腰部。

「就快到了，撐著點。」宇太郎安慰。

司機也馬上附和：「啊，我盡量開快一點。」

但這提議被宇太郎拒絕：「不用，她現在有孕在身，慢慢來。」

「好……」

宇太郎對自己開的玩笑尷尬地笑了兩聲，司機也回以應酬式的假笑，但苦著一張臉。

「別擔心，不會在車上生的。」

「啊，要生了！」

晴的叫聲嚇得司機魂都要飛了。

只見晴「哈哈……呼呼……」地直喘氣，補充道：「……我是說有這種感覺。」

司機被她嚇得差點沒力，拭去額頭滲出的冷汗。

宇太郎緊緊握住晴的手。妻子的手冷得令人心驚，指甲深深陷進他的掌心裡，儘管如此，宇太郎也沒有放開她的手。

抵達岡田醫院，晴立刻被推進產房。

為她看診的貴美香醫生卻傷腦筋地說：「嗯……還沒有要生耶。」

醫生表示，晴雖然已經痛成這樣，嬰兒卻還沒有進入產道的跡象。沒辦法，晴只好繼續夢囈般地不斷喊疼，耐心等待嬰兒進入產道。然而都已經過了八個小時，嬰兒還沒有半點要進入產道的意思。

宇太郎只能眼睜睜看著晴受苦，一臉隨時都要昏過去的樣子握住晴的手，拚命鼓勵她。

「老公，再痛下去我寧可死掉、寧可昏倒。老公，跟我換。」

實在太痛了，晴開始說些孩子氣的話。

宇太郎緊握住她的手，向正在聽診的貴美香求救：「貴美香醫生，可以請妳想想辦法，別讓我老婆一直痛下去嗎？」

「安靜點。」貴美香不假辭色地說，將小喇叭狀的聽診器貼在晴的肚子上，仔細聆聽胎兒的心跳。

「那個……肚子裡的胎兒睡著了。」

「什麼！」晴和宇太郎聞言，同時發出驚呼。

「那個啊，如果胎兒沒有要出來的意思，就不會滑進產道。」

「什麼！我做母親的這麼痛苦，這孩子、我肚子裡的孩子居然在睡覺？」

晴氣得差點從床上跳起來，宇太郎連忙按住她。「冷靜一點。」

「表示是個心胸開闊的寶寶呢。」

貴美香輕描淡寫地笑著說，頭也不回地離開產房，留下痛到連氣都喘不過來的晴。她奄奄一息地恨聲抱怨：「好無情。」

「嗯……不過婦產科醫生都這樣吧？畢竟妳又不是生病。」

宇太郎這句話說得事不關己，被晴狠狠捏了一把。

「痛痛痛痛！」

「我比你痛五千倍好嗎！」

晴氣到頓時忘了疼痛，更用力地掐宇太郎的手臂。

一九七〇年，日本還沉醉在景氣持續暢旺的興奮與大阪萬國博覽會的狂熱裡，人民無不歡欣鼓舞，確信未來一片大好。

由晴、宇太郎，以及宇太郎的父親仙吉、母親廉子四人合力經營的楡野食堂，也在這股百業興盛的氣氛推動下，每天客似雲來。食堂總是高朋滿座，熱鬧非凡。一家子幾乎沒空休息，每天起早趕晚地工作，應付上門吃飯的客人，承受所謂甜蜜的負荷。

那是個人人都想擴大事業版圖、廣開分店的時代，附近的房仲業者也來問過他們要不要開第二家店。但宇太郎並未被房仲的甜言蜜語說動，因為他崇尚「要在能看到客人的地方，提供我和老爸做的飯菜」，這也是他引以為傲的做法。

雖然婉拒了房仲，但或許生意興隆依舊讓他有些飄飄然，結果發生了不在計畫中的事。晴懷孕了。

晴和宇太郎都有些不知所措，無法打從心底感到高興。

小倆口其實原本不打算生孩子。晴有腎臟病，可能無法順利排除孕期中累積在體內的老廢物質，對母親和小孩都不好。夫妻倆知道這個情況後，就決定放棄生小孩了。

但送子鳥還是把孩子送來了。

「……怎麼辦？」得知有喜後，晴無精打采地走在從醫院回家的路上，轉身問宇太郎。「你覺得該怎麼做？」

「我嘛……當然是……」

「當然是？」

「當然是以妳的健康為重，妳才是最重要的。」

晴微微一笑，很高興聽到宇太郎這麼說。

「可是醫生不也說了嗎？妳現在的狀況很穩定，可以生下來，也贊成妳生下來。所以妳想怎麼做才是最重要的，畢竟這是妳的身體。無論妳做出任何決定，我都贊成，也都支持。」

「那我要生，我想生。」

晴心裡早已有了定論。宇太郎那句「妳才是最重要的」反而把她的心推往與這句話的意思背道而馳的方向。

「嗯。」宇太郎鄭重地用力點頭。

晴把自己的手疊在宇太郎手上，兩人十指緊扣。

在那之後過了半年多，晴和宇太郎的手又緊緊握在一起。

晴被推進產房已經過了一整晚，握著宇太郎的力道幾乎握痛了他的手。那種宛如抓住救命稻草的握法，讓宇太郎也能感受到晴的痛楚，為此坐立難安。

「老公，老公，我好痛，我不行了，這孩子我不要了！」

「晴，晴，振作點。晴，孩子也在努力呀！對不對，貴美香醫生？」

宇太郎緊緊地握住晴的手，回頭看貴美香，但做完檢查的貴美香醫生沒回答，反而一臉凝重地拉著宇太郎走到產房角落。

「胎兒可能在母體內被臍帶纏住了。」貴美香壓低聲線說道。

宇太郎不明白這句話的意思，一臉呆滯地歪著脖子。

「啊……這麼說來，小寶寶動得很厲害，該不會是因為這個原因吧？」

「不能說完全沒關係。」

「貴美香醫生……」

宇太郎嚇壞了，這才發現平常總是很冷靜、從未自亂陣腳的貴美香臉色鐵青且僵硬。

宇太郎走向晴，喊了一聲：「晴。」

然而該說的話卡在喉嚨，晴沉不住氣反問：「什麼事？」

貴美香替欲言又止的宇太郎開口：「不瞞妳說，我們正在考慮剖腹生產的可能性。」

貴美香開門見山地說，一點也不拖泥帶水，宇太郎手足無措地杵在她旁邊。

「老公，要切開我的肚子嗎？」晴低著頭，細聲問道。

晴大概很害怕吧，宇太郎咬緊下唇。不過她隨即抬起頭來，以實事求是的語氣問醫生：

「會留下疤痕嗎？我再也不能穿比基尼了嗎？」

這很重要嗎？宇太郎臉上滿是問號，但也很識相地不亂說話。晴肚子裡的孩子這麼我行我素，肯定是受到母親的遺傳。一直處於緊繃的狀態之下，宇太郎感覺自己隨時都要昏過去，只能一心一意地祈禱，為了晴也為了自己，但願孩子能趕快平安無事地生下來。

離產房不遠的走廊上沒有半個人，非常安靜。和煦的陽光灑落在醫院無機質的地板上，一名大腹便便的女人——和子坐在長椅上，正沐浴在陽光下看書。

和子靜靜等待叫號，周身散發著柔和的氛圍，一如溫暖的陽光。岡田醫院是家小型私人診所，設備不足以同時讓兩位孕婦生產。為了等產房空下來，和子已經等了好幾個小時。不過她正專注地閱讀最愛的推理小說，不覺得這段等待的時間很辛苦。

中年護士跑來告訴她還得再等上一段時間，問她是否可以繼續等待。

和子笑著點頭。「可以，感覺還沒有很痛，只是隱隱作痛這樣。」

護士離開後，和子又獨自留在走廊上，一面努力克服海外小說特有的難題，那就是角色的名字很難記這項困擾，繼續專心地閱讀。

「咦，好像有點疼……」

和子突然從書裡抬起頭來，按住肚子。感覺有點痛，但疼痛還不是很明顯，還處於只要專心看書就能忽略的程度。

「算了，應該還好。」

和子又回到書本的世界，樂觀地想，要是輪到自己的時候能出現明顯的陣痛就好了。

晴還在產房奮鬥。

陪產的宇太郎邊為她擦汗邊問她：「沒事吧？」

但光被輕輕地碰一下，晴都覺得痛不欲生。她甩開丈夫的手，繼續孤軍奮戰。宇太郎十分難受，只能握緊拿毛巾的手，眼睜睜看晴受苦。

晴和宇太郎周圍的人正兵荒馬亂地準備接生。好不容易等到嬰兒開始靠自己的力量探出頭來，原以為只能剖腹的貴美香，最終還是決定採取自然分娩。但就算告訴晴，她也沒心情因為能穿比基尼而高興，滿腦子只有這疼痛永不結束的絕望。陣痛每隔幾分鐘襲來，晴痛得全身都快粉碎，甚至想乾脆暈過去算了，但陣痛就是不肯放過她。

「準備好了嗎？我數一、二、三的同時也會幫忙壓，所以下次陣痛來的時候就要用力喔！」貴美香盯著晴的臉大喊，表情充滿肅殺之氣。

晴不假思索地回應：「好、好的。」

「我讓宇太郎出去了，沒問題吧？從現在開始是三個女人的戰爭。」

「三個女人？」

「我、晴、還有妳肚子裡的小孩。」

貴美香說得十分篤定，晴聽得莫名其妙。當時還沒有超音波可以診斷胎兒的性別，所以不可能預先知道肚子裡的小孩是男是女，但貴美香斬釘截鐵地打包票：

「這是我多年來的直覺。」

「我會在下次陣痛來的時候幫妳推，」貴美香跳上產台，手放在晴的肚子上，「包在我身上，這樣就能生出來了！不過妳也要加油喔，畢竟生的人是妳。」

說得有道理，自己的戰役並不是忍受陣痛，而是把孩子生下來。晴原本憔悴至極的眼神再度有了光采，那是為母則強的表情。

「好！」

接下來每次陣痛來襲，貴美香就壓著她的肚子，晴則使勁出力，感覺腦血管都快要發出聲響爆裂了，但孩子就是遲遲生不出來。汗水從晴的額頭泉湧而出，貴美香也滿頭大汗，每次按壓晴的腹部，汗水就噴得到處都是。晴的尖叫聲不絕於耳，產房簡直就是生死拔河的戰場。晴拚了老命，貴美香也不遑多讓。

即使痛到快斷氣，晴依舊死命用力。我的孩子，我的女兒。晴在因疼痛而逐漸飄遠的意識中，拚命描繪新生兒的模樣。貴美香的判斷在晴心中已成為事實，她認定肚子裡那個我行我素的胎兒肯定是個女孩。

「陣痛開始了嗎？好，要上嘍。一、二、三，用力！」

貴美香使出全身力氣按壓晴的肚子，晴也配合呼吸，「唔——」地發出猛獸般的叫聲，拚命使勁。

還是沒輪到自己。和子把手放在肚子上。好痛。陣痛的間隔愈來愈短，再也無法專心閱讀，她索性闔上書本。

「產鉗、產鉗！醫生說胎位不正。」

「快去新生兒室拿急救工具！」

幾個護士飛奔而去，嘴裡直嚷著和子聽不懂的單字。她戰戰兢兢地想叫住她們，但聲音太小了，誰也沒聽見。

「那個，不好意思，我好像也快生了……」

和子站起來四下張望，但別說護士，連個人影也見不著。

「真傷腦筋……」

她一屁股坐回長椅上，陣痛已劇烈到難以忽略的地步了。

後來又默默地忍受了多久的疼痛呢？門口傳來的聲音讓和子抬起頭來。

只見仙吉與廉子正換上拖鞋，走進醫院。

榆野食堂沒有公休，所以兩人本來不打算來醫院。考慮到客人，原本打算連宇太郎和晴的份也一起努力工作，在食堂靜候孫兒出世。但終究站也不是，坐也坐不住，夫妻倆在神龕前雙手合十，為今天無法開門做生意向列祖列宗道歉，心急火燎地趕來醫院。

「啊，妳是照相館的……」

「這不是和子嗎？」

仙吉和廉子看到和子，笑咪咪地打招呼。穿過榆野食堂所在的貓頭鷹商店街，前面就是和子和丈夫開的萩尾照相館。兩家雖然沒什麼交情，但鎮上就這麼小，彼此低頭不見抬頭見。

「你們好。」和子強忍陣痛，笑著問好。

仙吉和廉子並未留意到和子有什麼不對勁，就要走開。

「那個……等一下！」

和子鼓起勇氣叫住他們，見仙吉和廉子轉身，她鬆了一口氣，差點哭出聲，趕緊請他們幫忙找護士來。

另一頭的產房裡，晴的奮鬥還沒結束。

她的意識伴隨疼痛逐漸朦朧，隱約聽見貴美香和護士正竊竊私語。

「暫時先用屏風把走廊圍起來了，助產士正趕過來。」

「這樣啊……我這邊也還撒不開手。」

聽起來似乎非同小可，晴不禁問：「怎麼了？」

「是和子太太，萩尾照相館的和子太太。」

貴美香簡單扼要地告訴她，和子在走廊上快要生了，只好先用屏風圍起來充當臨時產房。

聽完貴美香的說明，晴拖著動彈不得的身體就要下產台。

「啊，她的預產期好像是今天……那這裡先給她用好了——」

「不不不，哪能這麼做。」貴美香傻眼地把晴按回床上。

就在這一刻，外頭傳來微弱但貨真價實、嬰兒呱呱墜地的哭聲。

「生了……生了嗎？這麼快！」

助產士的語氣掩不住興奮，貴美香一向嚴肅的表情也放軟下來，微笑頷首。

「哦，這聲音聽起來是個男孩子。」

「啊……好痛……要生了，要生了，醫生。」晴一句話說得斷斷續續，截至目前最劇烈的疼痛有如大浪鋪天蓋地而來。

「很好，輪到我們了，這次一定要生下來！」

貴美香「一、二、三」地發號施令，按壓晴的腹部。

「痛死我了！」晴慘叫著擠出體內僅剩的所有力氣。

隔了半拍，彷彿是回應她的哀號，小嬰兒的哭聲響徹雲霄。

「哈啊……終於結束了……」

晴整個人處於恍神狀態。

痛苦的時間太長太久，她甚至覺得不痛的身體反而有點不可思議。

「妳真是太棒了，生了個很有活力的女孩子。等一下喔，寶寶馬上就來了……」

貴美香用軟布溫柔地擦乾淨初生嬰兒的身體，抱到晴的枕畔給她看。

「來……這是妳的女兒。」

晴目不轉睛地盯著寶寶猛看。貴美香猜得沒錯，是個女孩子，全身紅通通，小臉皺巴巴。晴努力尋找小嬰兒和自己相像的地方，但左看右看，比起她或宇太郎，寶寶更像隻猴子。

「好像猴子……」

「對呀，像隻小猴子，很可愛吧？別擔心，每個小寶寶剛生下來都嘛是這樣。」

有道理，雖然像猴子，但很可愛，是隻可愛的小猴子。晴出神地看著寶寶。

宇太郎等人在護士的招呼下進入產房。

「哦哦哦！」宇太郎一看到寶寶就紅了眼眶，發出語焉不詳的叫聲。

「長這樣呀。」

雖然像隻猴子，但是很可愛。晴看著小寶寶微笑，眼神有些羞澀，又充滿慈母的光輝。

宇太郎再也忍不住，淚水奪眶而出。

「晴，謝謝妳，謝謝妳謝謝妳。」

宇太郎握住晴的手，落下男兒淚，向她鞠了好幾次躬。廉子眼明手快地遞出手帕，不留情面地說：

「你哭什麼哭。辛苦妳了，晴，小嬰兒好可愛。」

說是這麼說，但廉子也哭了。始終默默站在一旁的仙吉也不禁老淚縱橫，一臉皆大歡喜的樣子，笑著點頭。大家的笑容和淚水打開了晴的淚腺，她頻頻拭淚，一面盯著猴子似的小寶寶，怎麼看也看不膩。

護士把晴的小寶寶放在嬰兒推床上，送進新生兒室。走廊上裝飾著七夕的竹葉和短箋。

今天是七夕。

「啊，這是榆野家的小寶寶嗎？」

「對，總算生下來了，是個女孩子。」

「太好了，這邊這邊。」

護士抱起小寶寶，放在粉紅色的嬰兒床上。

旁邊已經有人先到了，和子的寶寶正睡在藍色的嬰兒床上。

「啊，這是萩尾家的小寶寶。」

「是個男孩。」

「好可愛喔。」護士們異口同聲道。

這個小嬰兒真的很可愛，就連看慣新生兒的護士也不禁發出讚嘆聲。明明才剛出生，卻不像猴子，臉蛋圓潤光滑，像個漂亮的洋娃娃。

兩個還沒有意識、軟綿綿的小嬰兒躺在一塊，分別是早一步出生的萩尾家兒子，和晚一步出生的榆野家女兒。兩人不經意地對上眼，烏溜溜的大眼睛不可思議地瞅著對方。

「這傢伙是誰？」

「這是哪來的猴子……」

小嬰兒一臉疑惑地看著彼此，心裡似乎充滿問號。

在連名字都還未擁有的時候，兩人就相遇了。

生完孩子兩天後，一發現可以下床，晴就溜出和其他孕婦共用的病房，帶著廉子親手縫製的尿布，走向名為「特別室」的單人病房。

晴站在特別室門前，調整一下呼吸，心裡有點緊張。

和子家是老字號的照相館，歷史悠久，聽說以前還曾為皇太子殿下拍過照。照相館外觀十分氣派，有如洋房一般，從以前就深受左鄰右舍艷羨。和子偶爾會去幫忙顧店，有空時都在彈鋼琴。每次聽到她的琴聲，晴就會清楚感受到兩家的貧富差距。

晴對榆野食堂並沒有不滿，也不以自己的家境為恥。只是在渾身散發著貴氣的和子面前，晴無論如何就是有點放不開。

她鼓起勇氣敲門，走進特別室。

特別室不同於普通病房，空間安靜而寬敞。如果是晴住在這麼豪華的房間，大概會緊張到手腳都不知該往哪擺，但床上的和子笑得很優雅。

和子的丈夫彌一表示歡迎，溫和的微笑給人極為知性的印象。

「請進請進。」

「那個……我之前一直占著產台，真的很抱歉。」

晴低頭致歉，和子忙不迭地揮手。

「別這麼說、別這麼說，我們都沒事就好……對吧？」

和子對著彌一微笑，彌一也以笑容回應。

晴打從心底鬆了口氣，她真的感到很抱歉。

「那個，這是我的一點心意……」

晴遞出廉子親手縫製的尿布。本來在自己的病房裡，還覺得把這麼珍貴的東西分給和子是個好主意，結果一來到特別室，又覺得這點子不怎麼樣了。和子接過晴沒什麼自信遞給她的尿布，天真爛漫地歡呼：「觸感好舒服喔。」

晴又鬆了一口氣。

「這是手工做的耶。我本來還打算偷懶，用租的尿布應付……」

「用租的尿布……」

和子順口說出的話，令晴聽得瞠目結舌。

「妳是指用完之後交給業者，請業者洗乾淨再送回來的那種尿布吧？那不是很貴嗎？」

晴趕緊摀住嘴巴。雖說只是自言自語的音量，還是講出了自己的心聲。她連忙四下張望，想轉移話題，這時剛好看到貼在牆上的紙。

「啊，那是什麼？」

「哦，那是孩子的名字，得趕在七天內取好名字才行。」

在出生後的第七天晚上公布名字，是寶寶人生中第一件大事。當天會廣邀親朋好友，舉行命名儀式。

牆上的紙以工整的字體寫著「命名：律」。

「我們為孩子取名為律。」

看到那行字，晴有些茫然。這時她才猛然想起，自己完全忘記要為孩子取名了。

從特別室回到自己的病房後，晴一直在想要給孩子取什麼名字。

和子為孩子取名為「律」帶給晴太大的衝擊，因為整條商店街沒有人叫這麼風雅的名字。取旋律的律字大概是因為和子愛彈鋼琴，就連這種命名的角度都好風雅。

「老公，我們也不能輸！」

晚餐後，晴不甘示弱地對宇太郎說。他剛好泡了杯新茶來給晴。

「不可以是普通的名字，像是陽子、圭子、真由美、久美子這種都不行。」

久美子是宇太郎中學時代心儀的女孩。聽到這名字，他的心跳漏了半拍。宇太郎覺得久美子這個名字很美，還偷偷想過要是生了女兒，希望能為女兒取這個名字。不過他很識相地把話吞回去，默默放棄了這個想法。

「我倒是有個壓箱寶。」

宇太郎提出的，是父親仙吉交給他的名字：「杉菜」。

不同於完全忘記取名字的晴，仙吉從很早以前就在思考孫子的名字了，甚至還隨身攜帶筆記本，想到什麼就寫下來。

他對名字這麼講究是有原因的。

包括宇太郎在內，他有三個兒子，三人的名字都是廉子取的。仙吉當時也絞盡腦汁想了很多名字，但都被廉子否決了。不僅如此，就連以前家裡養的柴犬也輪不到他取名。猜拳的結果由宇太郎取得命名權，他取的名字是「波吉」，一點品味也沒有。

活了大半輩子，仙吉還沒為任何東西取過名字，這次才會這麼認真。

「杉菜」是仙吉廢寢忘食（雖然廉子說他「睡得可香了」）想到的嘔心瀝血之作。晴無從得知仙吉心中的百轉千迴，在宇太郎回家後，她開始考慮「杉菜」這個名字，還試著在便條紙上寫下「榆野杉菜」，聚精會神地盯著看。

「杉菜……嗎？」

好像還不賴，感覺這個名字可以培養出腳踏實地、精力充沛的孩子。可是晴的目標是足以與「律」抗衡、尊爵不凡的名稱。

「還不錯，不過……先讓我考慮一天吧。」

「杉菜」雖然是宇太郎提出來的，但他也說：「名字由晴決定就好。」畢竟身體有宿疾還承受生產風險的人是晴。她可是經歷了痛不欲生的回憶，冒死生下了孩子。

晴關掉床頭燈，鑽進被窩，立刻進入夢鄉。

美麗的夜晚對她微笑，明亮的早晨一下就降臨了。

麻雀在窗外吱喳巧囀，俏皮的叫聲喚醒晴，告訴她新的一天開始了。

「嗯？」晴轉動睡迷糊的腦袋，靈光乍現。

她一骨碌地跳下床，推開窗戶，麻雀在窗外不知正熱切地啄著什麼。

明明是隨處可見、極其平凡的鳥，咖啡色的羽毛也很普通，吸引不了任何人的關注，可看在晴的眼中，卻惹人憐愛極了。她欲罷不能地看著牠們跳上跳下、啄著食物、吱吱喳喳地發出婉轉啼聲。

「有了……鈴愛[1]。鈴愛如何？榆野鈴愛……不是很可愛嗎！」

麻雀驀地張開翅膀，從地面飛起。

晴笑著目送麻雀飛遠，直到消失在視線盡頭。

1.「鈴愛」的日文發音為「Suzume」，與麻雀相同。

一九八〇年　岐阜

不知打哪兒飛來的麻雀停在樹枝上。

鈴愛從教室往窗外望，雙眼發直地盯著麻雀。她是個嬌小的少女，圓滾滾的眼睛和小巧的鼻子十分惹人憐愛，但就是個小鬼，個性獨樹一格，不是光靠可愛兩字就能簡單帶過。

鈴愛在筆記本角落畫下麻雀的塗鴉，特徵都有畫出來，一看就知道是麻雀。

她再度望向窗外，坐沒坐相地搖晃身體，巧妙地移動重心，讓椅子搖來搖去。

「鈴愛同學，楡野鈴愛同學！」

女老師豐島一眼就看出鈴愛上課不專心，尖著嗓子喊她的名字。

「啊，有！」

鈴愛驚慌失措正要站起來，卻因此失去平衡，連人帶椅翻倒在地上。

搞砸了……

周圍響起哄堂大笑。

鈴愛的冒失莽撞不是今天才開始，連她都不免哀嘆，自己為什麼總是冒冒失失、莽莽撞撞的。但她的嘆息從不會持續太久，很快又會被別的東西吸走注意力。

這次也是，鈴愛很快又有了新發現，內心雀躍不已。

「鈴愛……同學？」

豐島老師憂心忡忡的聲音由遠而近傳來，但鈴愛依舊四腳朝天地躺在地上，盯著天花板。

「老師妳看天花板，那個好像女鬼的臉喔！」

木造校舍的天花板是用木板搭建而成，木紋看起來的確有幾分像女鬼。

豐島老師和班上其他同學循著鈴愛的指尖望向天花板，找尋女鬼的臉。

其中，只有一名少年沒看向天花板。少年的五官十分俊俏，在班上可說是鶴立雞群——那個人就是律。他一臉置身事外，瞥了拚命伸長脖子、仰望天花板的同學一眼，不動聲色地回頭看他的書。

「老師，別理海豚，請繼續上課。啊，說錯了，別理烏鴉。啊，也不對，是別理麻雀。」有個胖胖的男生突然站起來大聲說。

胖墩墩的男生笑得不懷好意，看著鈴愛的眼神不懷好意。倒在地上的鈴愛倏地站起來，瞪著他，咬牙切齒地說：「屠夫，手裡拿著叉子的犯規屠夫！」

當時有位名叫屠夫．阿布杜拉的凶殘摔角選手，會帶叉子等凶器與巨人馬場等知名摔角選手對打。男孩因胖胖的體型，和仗著家裡有錢耀武揚威的性格，被大家取了屠夫這個綽號。

「滾回去，滾回去！」

鈴愛模仿在電視裡看到的摔角比賽觀眾，喊起「滾回去」的口號。

「妳說什麼！」

屠夫氣得就要撲向鈴愛，但她嬌小的身體一步也不退讓，反而面向屠夫，繼續挑釁：「有本事就使出刺喉攻擊[2]啊！」

「喂，住手，住手，不要打架！」豐島老師擋在快打起來的兩人之間。

班上一片吵雜，只有律依舊看著他的書。那是本磚頭書，封面是擅長描繪無限迴圈的錯視藝術畫家艾雪的畫作。律翻頁的動作十分穩重，唯有從他身邊靜靜流逝的時間沾染不上教室的喧囂。

一九八〇年，鈴愛小學三年級，大街小巷都播放著翁倩玉唱的〈愛的迷戀〉。

距離晴歷經難產，生下鈴愛，已經過了九年。這段不算短的歲月也為楡野家帶來許多變化。鈴愛的弟弟草太誕生，楡野食堂重新整修——除了這些令人欣喜的變化外，也不乏廉子過世這種悲傷的變化。

晴和宇太郎一面因應這些改變，日復一日地站在食堂為客人張羅吃食。仙吉也在店裡幫忙，但自從廉子去世後，仙吉發呆的次數愈來愈頻繁，也經常搞錯客人的餐點。

提到仙吉，他絞盡腦汁想的名字「杉菜」終究沒被採用。宇太郎知道他心中的遺憾，於是趁食堂整修之際，將食堂重新命名為「杉菜食堂」，算是遂了仙吉一心想取名的心願。

放學回家路上，鈴愛在楡野家的高麗菜田發現仙吉的身影。

仙吉停下手邊的工作，出神地仰望天空。看到總是笑得開朗的爺爺，彷彿就要消失不見，鈴愛連忙在遠處大聲呼喚：「爺——」

「哦，剛下課啊。」仙吉笑容滿面地朝她揮手。

鈴愛衝進杉菜食堂，向晴說聲：「我回來了。」晴正準備晚上開店的前置作業，應了一句：「回來啦。」鈴愛幾乎是用丟地把背包放在後面的居住空間，進門還不到一分鐘，又精力充沛地告訴爸媽：「我出門了！」

「妳手裡拿了什麼？」宇太郎看見鈴愛懷裡抱的東西問道。

鈴愛回答：「不告訴你。」

她把東西藏在身後，但嬌小的身體根本擋不住碩大的高麗菜。鈴愛一步一步倒著走，不給宇太郎喊住她的機會，一溜煙衝出店外。

晴心想「真受不了這個女兒」，把鈴愛亂扔的書包和裝體育服的袋子移到店裡看不到的角落。這時草太突然從後面探出頭來，說他在抽屜裡找到用紙杯和棉線做的傳聲筒，問晴可不可以拿出來跟朋友一起玩。

晴回答：「可以喔。」草太露出天真無邪的笑容高喊：「萬歲。」

草太無論做什麼都會先問過父母，與沒來得及阻止就橫衝直撞的鈴愛天差地遠。不過晴大概也知道鈴愛這下又要瘋到哪裡去了。

2. 摔角手屠夫的招牌動作，高速猛擊對手的喉嚨。

眼角餘光瞥見草太和朋友正興高采烈地玩著線很短的傳聲筒，晴再度回頭忙開店的工作。

鈴愛雙手捧著高麗菜，在貓頭鷹商店街上狂奔，邊與從小看著她長大的商店老闆打招呼，一路奔向萩尾照相館。

她熟門熟路地繞過店鋪，走向住家。先喊一聲：「律，出來。」再從口袋掏出哨子，「嗶、嗶、嗶！」地吹了三聲。

抬頭看二樓窗戶，不見任何反應。鈴愛不氣餒，又喊了一次律的名字，再吹哨子。吹到第三聲，窗戶「嘎啦」一聲打開。律居高臨下地俯視鈴愛，一臉無以名狀、不太耐煩的表情。不同於在教室裡保持距離的律，這樣的反應只有自己才能看見。鈴愛看著那張她最喜歡的臉，笑得燦爛如花。

「律，彈〈故鄉〉給我聽！」

面對鈴愛熱切的要求，律面無表情，默不作聲地關上窗戶。鈴愛依舊一臉興奮，這次改盯著一樓窗戶，耐心等待。

等了好一會兒，一樓窗戶終於打開，律探出臉來。

鈴愛堆起滿臉笑意，走向律，遞出高麗菜。「給你。」

「為什麼要給我高麗菜？」

「這是謝禮。高麗菜很好吃喔，還可以加到炒麵裡。」

「不用了。」

律想推回高麗菜，但鈴愛一個勁兒地將高麗菜塞進他懷裡。

「我爺爺種的高麗菜可好吃了。」

律以無奈的表情接過高麗菜，說了聲謝謝。

「要淋上醬汁吃喔。」

律捧著高麗菜正要進屋，又轉身確認：「只要彈〈故鄉〉就好了嗎？」

鈴愛忙不迭地用力點頭。

律將高麗菜放在鋼琴上，掀開琴蓋。吸口氣，手指在琴鍵上滑動，開始彈起〈故鄉〉。律的〈故鄉〉加入了動人的改編，鈴愛隔著牆壁，在外面聽得極為陶醉。

無論轉到哪個方向，這裡都能看到綠意盎然的群山、玩耍時絕不會缺席的清澈河水，還有自己出生的商店街。每到傍晚街上就會湧起熱鬧喧囂。

鈴愛不曾離開過這裡，這裡就是她的全世界，所以她從未認真想過這裡就是自己的故鄉，但是聽著律彈的琴聲，不知怎地總有股刺痛的感覺，一種類似懷念的體會。

演奏告一段落，留下憂傷的餘韻。律從窗口探出頭來。

「彈得太棒了。」鈴愛氣喘如牛地說。

「妳幹麼喘成那樣？」鈴愛原本想掩飾，律卻不放過她。「給我從實招來。」

鈴愛只好吶吶地招認：「我剛才在跳舞。」

「跳舞？」

「就一小會兒……」

「我想看！跳給我看。」

「不行！」鈴愛抵死不從，拒絕律的要求。

「謝謝，再見，高麗菜不要淋太多醬汁喔！」鈴愛再三提醒，冷不防拔腿就跑，律只能眼睜睜看她跑遠。

「這傢伙是怎麼回事……」

從出生到現在，認識這傢伙已經九年了，律還是搞不懂鈴愛。她明明單純得心裡想到什麼全都寫在臉上，有時又大膽得超乎律的意料，居然能聽著〈故鄉〉起舞。律想像鈴愛手舞足蹈的樣子，不由得噗哧一聲笑了出來。

會客室的桌上擺著戚風蛋糕，上頭的奶油霜看起來可口誘人。一旁的紅茶則裝在相當高級的茶杯裡。

本來已經要回家的鈴愛，此時坐在律旁邊。他正以熟練的動作將檸檬汁擠進紅茶裡。

鈴愛跟姊妹淘約好要去菜生家玩Best Ten[3]模仿遊戲，所以本來真的打算要回家了。可是當和子說她剛烤好戚風蛋糕，鈴愛完全抵擋不住點心的誘惑，足不點地又飄了回來。

和子準備好兩人份的點心，不惜使出有點狡猾的手段也要留下鈴愛。

「律有氣喘，跟一般的孩子有點不太一樣，」回到照相館的和子對彌一說，「有鈴愛陪在他身邊，我就放心了。」

「再說他們還是同一天出生的呢。」

彌一的這句話，讓和子想起生產那天的事。律像是不想讓母親為難，沒多久就在走廊的角落順產。和子認為律能和鈴愛同一天出生，像兄弟姊妹一起長大，真的很幸運。

鈴愛幸福洋溢地在會客室裡大啖戚風蛋糕。

律則是一臉不情願地看著正在吃蛋糕的鈴愛。聰明如他，早就看穿母親的把戲和這把戲背後的心思，但他也沒幼稚到因此拒吃點心，只是板著臉喝紅茶。

不一會兒，鈴愛就吃完戚風蛋糕，甚至連律剩下的半塊蛋糕也不放過，心滿意足地打了個飽嗝。

「啊……鈴愛，那個做好了。」律突然想起一件事。

「呼呦呦！」

3. The Best Ten：日本早期的音樂節目。從一九七八年至一九八九年間，由日本TBS電視台播出，每週四現場直播，共有六百零三集。該節目的最高收視率曾來到四一．九％，可說是當時最受日本矚目的音樂綜合排行榜，多數當紅偶像歌手都曾上過該節目。

每當驚訝時，鈴愛就會發出「呼呦呦」的呼喊。此刻她眼裡充滿光芒，直說現在就想看。

「那個」是他們瞞著大人的祕密計畫。兩人壓低聲音，躡手躡腳地爬上狹窄的樓梯。走到律的房門口，鈴愛迫不及待地搶先衝進去。

「呼呦呦，這是什麼？」

收拾得乾淨整潔的房間裡有一堆莫名其妙的裝置。有帶著輪子的物體、有像鐘擺的物體、有螺旋軌道般的物體……乍看之下似乎是某種裝置，但鈴愛猜不出是什麼。

律拿起一個鐘擺般的裝置，彈動鐘擺的球，只見那顆球撞開另一顆球，另一顆球又撞開原本那顆球，如此周而復始，完全沒有要停下來的樣子。鈴愛瞪大雙眼，視線追逐著撞來撞去的球。

「這是永動機，永遠不會停下來的裝置。地球上有所謂的空氣阻力和摩擦力，無論如何都會導致能量損失，所以基於能量守恆定律，只要放著不管，這個裝置總有一天會停下來……」

以艾雪的畫為封面的磚頭書就躺在裝置旁邊。律在學校看的這本書，正是在介紹永動機。發現鈴愛的目光就快掃到那本書，律趕緊把書藏起來。他不要鈴愛以為自己是現學現賣書裡的知識。

「我要在地球上發明永動機！愚蠢的大人都說地球上做不出永動機，但我要做，我會做出第一個永動機來。」律熱切地說。

鈴愛從出生就與律形影不離，也沒看過他這麼激動。

「拿諾貝爾獎是我的夢想……」

原本盯著永動機的圓滾滾大眼轉向律。就連鈴愛都知道諾貝爾獎是什麼，也知道要得到諾貝爾獎是多麼不容易的一件事，但她知道律是認真的，因此絕不會笑律，而是鄭重地點頭。

律大概突然覺得不好意思，咳了兩聲說：「剛才說的話不要告訴別人。」

「了解。那說好的東西呢？」鈴愛迫不及待地催促。她已經等著那個東西完成很久了。

「我正忙著研究永動機，為何還得分心做這種騙小孩的玩意兒啊？」

律嘟嘟囔囔地發牢騷，打開壁櫥，從最裡頭的架子上取出「說好的東西」。

「律，你這樣不行，感覺很討人厭。」

鈴愛的致命一擊讓律拱起肩膀。「……我會注意。」

律小心翼翼把東西拿出來，放在鈴愛手上。那是用線和紙杯做的傳聲筒，但可不是普通的傳聲筒，線的長度令人大開眼界。

「好厲害！」

從放在手上的重量可以猜想線的長度，鈴愛興奮極了。

「這是傳聲效率比較好的尼龍製釣魚線，全長一百公尺。」

「一百公尺是一公里嗎？」

「不對喔鈴愛，是零點一公里。」

律的糾正對鈴愛來說是左耳進、右耳出。

「杯子的洞是我打的！」鈴愛奮力舉手，強調這是他們共同努力的成果。

「橫跨河流兩岸的傳聲筒也是鈴愛的點子！」

由鈴愛出主意、律貢獻智慧，最後得到這樣的成果。

兩人相視一笑，歡快地擊掌。

「耶！」

既然是橫跨河流兩岸的傳聲筒，不實際去河邊試試看效果，等於是空口說白話。兩人捧著線超長的傳聲筒和偷偷從榆野家帶出來的曬衣竿，前往木曾川。

走著走著，律這才問起為什麼非要橫跨河流兩岸。

「首先是木曾川。」

「首先是？」

「最終目標是三途川的對岸和這裡……」

「三途川？」

「你不知道嗎？死掉的人會到三途川的對岸，我想用這個和奶奶說話。自從奶奶去世以後，爺爺就一直很沒精神，我想讓爺爺奶奶用傳聲筒聊天。」

「……妳是認真的嗎？」

律也知道問這個根本多此一問，鈴愛做每件事都是認真的。

抵達木曾川沿岸。從遠處看流速相當緩慢，走近一看，河水奔流的速度快得嚇人。

如果要試傳聲筒的效果，就必須要有人去河的對岸，但木曾川有如萬馬奔騰，對岸看起來就像外國一樣遙遠。

「……律，這個光靠兩個人沒辦法實驗吧？」鈴愛頓失自信。

律輕描淡寫地回答：「所以我早就找了幫手。」

律早就預測到會發生這種情況，真不愧是這個計畫的參謀。但他會找誰來當幫手，鈴愛腦中沒有半個人選。律在班上應該沒有交情這麼好的朋友。

還沒來得及問是誰，幫手就現身了。「呦，律。」

胖墩墩的人影興高采烈地揮手，態度有點過於親暱。待對方走近一看，原來是屠夫。

屠夫是鈴愛的天敵，就像狐獴之於龜殼花。鈴愛下意識就想逃跑，但律牢牢地扣住她的手臂。

「那傢伙很有錢。」

「……錢？」

律倒水似地向一頭霧水的鈴愛說明。為了執行橫跨河流兩岸的傳聲筒計畫，必須有人到對岸，因此需要坐船；但搭渡船一次要兩百圓，我們這種小老百姓沒有這麼多錢。

「你們家不是很有錢嗎？」鈴愛插嘴，律搖搖頭。

就算家裡有錢，也不會給小孩亂花，這是和子的教育方針，所以律可以任意動用的資金不到兩百塊。正因如此，必須把屠夫拉進來。

聽完律的說明，鈴愛苦苦沉思。

「所以他是金主嘍？」

「鈴愛，妳居然知道這麼難的單字，」明明這麼笨……律吞下後半句，面無表情地接著說，「而且我也沒幾個朋友。」

「你很有自知之明嘛。」

說著說著，屠夫已經走到兩人面前。看到鈴愛，臉上露出睥睨一切的笑容。

「什麼嘛，妳也在啊，烏鴉。」

「我才不是烏鴉！」

鈴愛一受挑釁就頭昏腦熱地想撲上去，律連忙阻止。確定她手裡的傳聲筒安然無恙後，鬆了一口氣。

就這樣，鈴愛等人分頭進行傳聲筒計畫。三個人還不夠，鈴愛趕緊回鎮上找人來幫忙。她不假思索地走向木田原服飾店，找和自己感情最好的菜生。

鈴愛原本打算參加的 Best Ten 遊戲已經結束了。聽說大夥為了爭演松田聖子還吵了一架，最後由最受男生歡迎的愛菜扮聖子。她總是霸著最吃香的角色不放。被迫扮演主持人黑柳徹子的菜生完全沒機會唱歌，抱怨連連，她便和鈴愛一面高唱聖子的〈藍色珊瑚礁〉，一起走向河邊。

兩人假裝拿著麥克風，載歌載舞，這時，一輛在商店街不常見的大轎車出現在她們跟前。鈴愛雖然不知道賓士車這種名稱，也下意識曉得那不是普通的汽車。

車子停在鈴愛和菜生旁邊，車窗自動搖下，一名大嬸全身打扮得像隻孔雀，頂著一頭驚人的鬈髮探出頭來。

「哎呀，二位好。出去玩嗎？這麼有活力真是太好了。」

聽到大嬸尖銳的嗓音，鈴愛這才想起她是屠夫的母親。大嬸把手放在嘴邊，呵呵笑道，手上戴著幾乎可以當成凶器的戒指。

「可是也不能只顧著玩耍喔。這世界充滿了競爭，我們家的龍之介現在正在補習英文。」

說完想說的話，轎車不可一世地揚長而去。鈴愛站在汽車廢氣中，莫名其妙地側著小腦袋瓜。龍之介是誰啊？

就算知道屠夫蹺掉英文補習，眉飛色舞地擔任律的助手，幫忙執行傳聲筒計畫，也沒想起龍之介是他的本名。

帶著菜生回到河邊，律和屠夫已經完成傳聲筒的短距離測試了。

為了趕快進行橫跨河流兩岸的實驗，一行人走向渡船頭，但划船的大叔卻冷冷地說風太大了，無法開船。

「那你要我們怎麼辦？」

律自言自語的一句話惹怒了大叔，鈴愛一掌拍在律的後腦勺上。

無計可施的一行人茫然望著河面，心想應該還有別的方法能把線拉到對岸。

鈴愛突然扯著嗓門叫起來：「啊，有橋！」

順著她指的方向，遠方確實有一座橋。

眾人衝向渡橋。只要過橋，或許就能將線拉到對岸。對於鈴愛的新發現，律提出具體方案：四人分成兩組，鈴愛和菜生、律和屠夫一組。鈴愛組從橋上小心翼翼地垂下綁著石頭的線，律組則伸長雙手，準備接住線。

石頭每落下一寸，他們便發出害怕的呼喊；當綁著石頭的線終於落入律手中，一行人歡聲雷動。

然而，大家只過了第一關。鈴愛她們必須拉著另一頭的線過橋到對岸。

「妳們真有辦法走到對岸嗎？」

屠夫在橋下大喊，鈴愛瞪了他一眼。

「那傢伙真的很囂張。」

菜生笑著安撫鈴愛，一邊推開她，一邊笑著朝橋下喊：「沒問題！」

「出發前進。」菜生一聲令下，兩人開始往前走。

「線要是太鬆或纏在一起就麻煩了，所以要慎重地前進。」

菜生一面把線拉長，一步步地往前走。

「菜生，臨時請妳幫忙，沒想到妳意外地可靠耶。」

「小鈴，我覺得好興奮，妳怎麼會想到這麼蠢的主意，比Best Ten好玩多了。」

迎著拂過河面的風，菜生笑得樂不可支，鈴愛也笑了。兩人異口同聲地高唱翁倩玉的〈愛的迷戀〉，一點一點地拉長線的距離。

好不容易抵達對岸，終於要開始測試橫跨河流兩岸的傳聲筒了。

河的兩岸各有一根曬衣竿，得先把線綁在竹竿上。河床的寬度約一百公尺，再加上還有風吹過，必須讓線保持在繃緊的狀態才行。屠夫與菜生撐起曬衣竿的手臂抖個不停。

鈴愛與律趕緊將長長的線綁在紙杯電話上。

接下來只要拉緊兩邊的線，聲音應該就能傳過去。

「喂，要開始嘍！」鈴愛揮舞雙手，向對岸打暗號。

而律這邊只知道鈴愛在鬼吼鬼叫，聽不見她說什麼。

「啊，她好像要說話了。」看到鈴愛的動作，律將耳朵貼在紙杯上。

「律——！」鈴愛用盡吃奶的力氣大喊。

「……啊，眼淚快掉出來了。」菜生拚命穩住竹竿，眼眶泛紅。

鈴愛的聲音震動了線，飛越木曾川，震動律的耳膜。

「律……」雖然有點遠，的確能聽見鈴愛的叫聲。

「聽見了……」律與屠夫互看一眼。

「真的嗎？」原本只是順勢參加的屠夫，不知不覺也興奮了起來。

「鈴愛——！」這次換律使出所有力氣朝紙杯大喊。

「咦，這是什麼意思？愛的呼喚？」屠夫調侃道。

「怎麼可能。」律不假思索地駁斥。

「那為什麼要喊她的名字？」

「因為她喊了我的名字啊。」律沒好氣地回答。

「隔著河流大喊對方的名字不是愛是什麼？」

「說什麼傻話……」

即使被律冷冰冰地斜睨一眼，屠夫依舊「是愛、是愛」地吵個不停。

這次換律的聲音渡河而去。鈴愛把耳朵貼在紙杯上，確實聽到了律的聲音，不由得瞠目結舌。

「聽見了。」

「真的假的……」菜生眼裡充滿淚水，隨時都要落下來，看得鈴愛也激動起來。

正要再次對紙杯說話的瞬間，菜生突然尖叫：「哇，有蟲！」

「不會吧！欸，是蜜蜂嗎？呀——！」

耳邊傳來振翅聲，怕蟲怕得要死的鈴愛立刻慌了手腳。

「不是蜜蜂啦，小鈴，不是蜜蜂！」

菜生拚命安撫，但鈴愛陷入驚慌狀態，根本聽不見她說的話，拿著紙杯抱頭鼠竄，愈跑愈遠。

律手中的紙杯一直被拉過去，連忙抓住紙杯，整個人被線牽引著衝向河邊，就這樣不小心失去平衡，掉進河裡。

「撲通——」遠處傳來的落水聲終於讓鈴愛恢復神志。

只見律在屠夫的協助下，從河裡爬上岸。

「搞砸了……」鈴愛頓時臉色鐵青，飛也似地衝向對岸。

鈴愛背著律拚命往前跑。

抵達對岸時，掉進河裡、渾身溼透的律奄奄一息。鈴愛毫不猶豫地背起律，朝照相館拔足狂奔。

「律有氣喘，這下慘了！」

鈴愛上氣不接下氣地告訴並肩狂奔的屠夫和菜生。

「要不要換我背？」

屠夫自告奮勇，卻被鈴愛想也不想地拒絕：「胖子跑得太慢了。」

律此時此刻也正發出氣若游絲的呻吟。屠夫看了律一眼，只見他咧嘴一笑。屠夫被這抹惡魔般的笑容嚇傻了。律偷偷將食指抵在嘴唇上，屠夫心驚膽戰地點頭。

「撐著點，律，就快到了！」

鈴愛向律打氣，對發生在自己背後的眉來眼去一無所知。

照相館就在前方，然而就差最後幾步路，鈴愛整個人華麗地往前仆倒，律也被摔在地上。

律忍不住喊了聲：「痛！」感覺到鈴愛正心急如焚地靠近他，又立刻重新展開命懸一線的演技。

待一行人背著律衝進照相館，和子立刻把他們帶到住處。

鈴愛等人七嘴八舌地報告發生在律身上的事，但和子一點也不慌亂，因為她一眼就看穿律在演戲。

和子先為鈴愛的膝蓋塗紅藥水，剛才跌倒的時候留下了一大片擦傷。仔細上完藥之後，和子先溫柔地告訴鈴愛：「好了。」再面向一臉不當回事、正在擦身體的兒子，以嚴厲的語氣問他：「律，你到底在想什麼？」

律停下擦身體的動作，臉上沒有絲毫愧色。

和子嘆了一口氣，對鈴愛他們說：「告訴你們，這孩子雖然有氣喘，但完全不怕水，醫生還說游泳對身體好，要他游泳，他只是太懶了，才沒照著做。」

鈴愛聽得一愣一愣，隨即放下心中的大石頭。太好了，雖然掉進河裡，但律不會死掉。對於現在的鈴愛來說，這點遠比律說謊騙她來得重要多了。

「為什麼要讓鈴愛背著你跑呢？」

和子以嚴厲的語氣質問律，律歪著脖子回答：「呃……因為我看她很起勁，所以就沒有說破——」

「你這孩子在胡說什麼！」

盛怒之下，和子用比平常更重的口氣怒吼，舉起右手，就要朝律揮下去。

「啊，伯母！律不是故意的……」

鈴愛立刻張開小小的身體擋在律前面。和子趕緊收手，無限愛憐地搖頭。

「鈴愛，妳聽我說，就算不是故意的，還是有分有些話可以說，有些話不能說；有些事可以做，有些事不能做。」

和子說完，高高地舉起右手，往律的屁股招呼下去。還好打的是屁股，鈴愛等人鬆了一口氣。被打完屁股的律難得漲紅了臉。對他而言，當著朋友的面被打屁股比皮肉痛更令他難以承受。

和子告誡鈴愛他們不可以再做危險的事，沒收了傳聲筒。一心想繼續挑戰與三途川對岸通話的鈴愛不由得垮下臉來。

趁著律去洗澡暖身的空檔，和子泡了熱可可，又給鈴愛等人背面空白的廣告傳單和蠟筆畫畫。鈴愛就這樣忘了計畫泡湯的打擊，全神貫注地開始作畫。

她毫不猶豫地在雪白的紙上畫出「小拳王」。筆觸雖然比不上漫畫精細，但也充分掌握到人物的特徵，就連探頭過來看的屠夫也不禁發出驚嘆，稱讚連連。

鈴愛一臉得意，又畫了「火箭大使[4]」。

「欸，明明是機器人，居然有頭髮。」

「而且還是金髮。」

菜生和屠夫像兩個好奇寶寶，觀察鈴愛筆下的火箭大使。

鈴愛糾正道：「火箭大使不是機器人，而是火箭人，火箭變成的人類。還是個英雄，只要吹三次哨子就會出現，像這樣。」鈴愛一臉自豪地從口袋裡掏出口哨，示範給他們看。

「什麼嘛，好普通。」屠夫大失所望地說。

哨聲的確沒有任何特別之處，但是在鈴愛的腦子裡，確實聽見了呼喚火箭大使時「嗶囉嗶囉嗶——」的哨聲。

「妳怎麼淨知道這些老掉牙的東西啊？其實妳是個老太婆吧？」

屠夫說著惹人厭的風涼話。換作平常，鈴愛不是假裝沒聽見，就是撲上去咬人，但畢竟他已經是協助過傳聲筒計畫的伙伴了，鈴愛以冷靜的語氣回答：「因為我爸爸很喜歡以前的漫畫，再加上我們家食堂的味道不怎麼樣，所以只能靠全套的手塚治虫和千葉徹彌[5]的知名漫畫吸引客人上門。」

宇太郎的廚藝比不上仙吉，這點從客人的數量便可見一斑。

「這樣沒問題嗎？」

屠夫感到意外地吐嘈，但鈴愛的注意力已經轉移到眼前的圖畫上。

「天空是藍色的。」

只要將背景塗成藍色，火箭大使的金髮應該會更好看。

鈴愛拿起淺藍色的蠟筆。全新的蠟筆還沒有使用過的痕跡，她不假思索地開始塗抹起火箭大使的背景。

小時候，每天都跟萬花筒一樣，一天天過得飛快，令人目不暇給。

4.《火箭大使》：日本漫畫家手塚治虫的漫畫作品。「火箭大使」為故事中的火箭機器人，只要少年主角護吹三次笛子，就會趕到少年身邊。

5. 日本早期頗具影響力的漫畫家，最知名的作品莫過於《小拳王》。

律的右手握著變短的藍色蠟筆，在照相館裡睡著了。鈴愛畫的小拳王和火箭大使就放在他的枕畔。

鈴愛用明亮的淺藍色蠟筆塗滿了整個背景。

同一時間，鈴愛在楡野家的走廊上，正扶著牆壁、鬼鬼祟祟地摸黑前進。

她悄悄打開宇太郎和晴的寢室紙門，爬到晴的被窩旁。

「媽媽。」鈴愛從正上方盯著晴的臉，喚了一聲。

晴緩緩睜開雙眼，看到鈴愛，眼睛一下子瞪得斗大。

「哇，嚇死我了。」

「讓我進去。」

晴掀開棉被讓鈴愛進來，鈴愛將身體偎向晴，她已被走廊的冷空氣凍得冷冰冰的。

「作惡夢啦？」

「嗯……學校有間禁止進入的廁所。」

「這種怪談從以前就有了。」

「在木造的老舊校舍裡，從後面數過來第二間廁所……」

一旁的宇太郎突然發出「嘷嘷嘷嘷嘷——」宛如地鳴般的鼾聲。

晴罵了一句：「老公，吵死了。」鼾聲立刻停止，真不可思議。

鈴愛望向晴的眼神充滿敬意。「妳一說他就停了。」

「……然後啊，我去了從後面數過來第二間廁所。」

「在夢裡嗎？」

「嗯，在夢裡。」

「啊，妳該不會！」晴一骨碌地坐起來。

鈴愛正經八百地搖頭否認。「那倒沒有。」

晴鬆了一口氣，又躺回去。「妳知道我在說什麼啊？」

「我已經三年級，不會再尿床了。」

「然後呢？」

「我推開廁所的門，看到三條腿的姆米爸爸……」

「三條腿的姆米爸爸？」

「他手裡拿著鐵條，以飛快的速度跑上來追我，嚇死我了！」鈴愛的眉頭皺成一團，煞有其事地說。

晴在腦海中描繪她說的情景，不由得噗哧一笑。

「媽媽，這裡是海。」鈴愛用手畫了一個好大的圓，代表整間寢室。

女兒突然轉移話題也不是一天兩天的事，晴早就習以為常，「嗯，嗯」地回應，要她說下去。

「然後被子裡是船。」

「嗯，嗯。」

「掉下去就會被鱷魚吃掉。」

「哇，好可怕。」

「今天我們玩了傳聲筒。」

鈴愛又換了個話題。

「是嗎，真令人懷念。」

「媽媽也玩過嗎？」

「嗯，跟鈴愛玩過。」

「跟我玩過？」

「鈴愛還在媽媽肚子裡的時候，我和妳爸爸就像這樣……」

晴擺出把傳聲筒貼在肚子上聽聲音的動作。

「真的嗎？」

「嗯，妳不記得啦？」

晴一臉正經地問，鈴愛「嗯……」地念念有詞，在記憶裡翻箱倒櫃。

「不好意思……我忘了。」

「當時妳還沒有名字，所以我們都叫妳：『喂——小寶寶，你好嗎？』」

晴假裝把傳聲筒貼在肚子上，重現給鈴愛看。她被母親的模樣逗笑了。晴想起當時，彷彿歷歷在目。鈴愛依偎著自己的體溫讓她感到莫名幸福，不由得淚盈於睫。

「我啊……媽媽啊……生妳以前腎臟不太好，所以不知道能不能順利把妳生下來，擔心得不得了。」

晴企圖掩飾情緒，但鈴愛很快就發現晴在哭。晴平常就很愛哭，雖然不想在孩子面前掉淚，但鈴愛已經看過好幾次母親情緒激動、哭哭啼啼的模樣。

「生產的時候，臍帶在妳脖子繞了兩圈。現在可以說了，但當時平安生下妳的機率只有一半。」

「欸！只有一半？」

鈴愛失聲驚叫，她還是第一次知道這件事。但晴已經陷入自己的世界裡了。

「好不容易生下來，妳也好小好小一隻。雖然嬰兒本來就很小，但那麼輕，那麼小，好像明天就會夭折……比楓葉還小，一手就能掌握……」晴開始嚶嚶啜泣，「沒想到妳現在已經長得這麼大了……神哪……謝謝您。」

晴背對鈴愛大哭。看到母親縮成一團的背影，鈴愛好想像母親平常抱住自己那樣緊緊地擁抱晴，雖然做女兒的這樣想好像有點怪怪的。

「媽媽……」鈴愛伸出雙手抱住晴的背。「媽媽，別擔心，鈴愛活得好好的！」

「好溫暖……」

晴背對鈴愛「嗯，嗯」地猛點頭。鈴愛更用力地把整個身體靠上去，雙手繞到前面，捏了捏晴肚子上的贅肉。

「媽媽，妳這邊的三層肉是不是太肥了？」

「欸？唉喔……」

晴扭動身體，鈴愛淘氣地搔她癢。

「哇，妳做什麼？會從船上掉下去，會被鱷魚吃掉喔！」

晴也回頭搔鈴愛癢，兩人氣喘吁吁地在被窩船上互相搔癢。

「吵死人了！鱷魚醒了，鱷魚來了！」

原本睡在旁邊的宇太郎突然坐起來，把母女倆壓在身體下面。

鈴愛咯咯笑，想逃離鱷魚的攻擊。晴也笑了，邊哭邊笑。宇太郎眼裡也閃爍著淚光。

第二天早上，全家人一起吃早餐。鈴愛突然冒出一句：「啊，對了。」

鈴愛動不動就會冒出一句「啊，對了」，所以其他人都沒有太大的反應，繼續攪拌雞蛋拌飯，唯有仙吉目光柔和地望向鈴愛，要她繼續往下說。

「昨天，律掉進河裡了。」

「咦……」晴和宇太郎的動作戛然而止。

「我們在玩傳聲筒的時候，律不小心掉進河裡。」

「什麼？這麼大的事，妳怎麼沒有馬上告訴媽媽呢！我不是說凡事都要向我報告嗎？」晴氣急敗壞地斥責鈴愛。晴長得漂亮，一旦動氣特別嚇人。

鈴愛縮著脖子，吞吞吐吐地說：「我現在不就在報告了嗎？」

「太慢了！」

就在同一時刻，從食堂那邊傳來和子的呼喊：

「有人在嗎？我是萩原，萩尾律的母親。」

「來了……」聽見和子的聲音，晴嚇呆了，連忙問鈴愛：「律掉進河裡之後呢，沒事吧？」

「沒事，洗個澡就好了。」

「那和子怎麼會一大早找上門來？肯定是生氣了。別看她長得很可愛，其實有非常可怕的一面。」

「有人在家嗎？」和子的聲音一再從食堂的方向傳來，聽起來就像連環攻勢，極為駭人。

晴心驚膽跳地走向食堂。和子像尊門神似地站在食堂門口，手裡不知為何拿著曬衣竿，散發濃濃的壓迫感，看起來更像門神了。她臉上掛著與平常無異的溫和笑容，但看在晴眼中，那抹笑容怎麼看都令人頭皮發麻。

「三途川？」晴茫然地重複這個出乎意料的字眼。

在和子的邀請下，晴與她面對面地坐在商店街上的「燈火咖啡廳」裡。

晴從和子口中得知，鈴愛為什麼想做線那麼長的傳聲筒。

「律跟我說，鈴愛最終的目的，是要做出能通到三途川對岸的傳聲筒，好讓爺爺跟已經去世、住在三途川彼岸的奶奶通話。」

仔細觀察和子拿來的曬衣竿，果然是晴平常用的楡野家的竹竿，不知道什麼時候被鈴愛拿出去了。

「……所以去木曾川？」

「沒錯，先從木曾川開始……結果律就掉進河裡了……」

「啊，真的很對不起！」晴忙不迭低頭道歉。

和子不以為意地揮揮手。「沒事，這不是重點……重點是鈴愛是認真的。」

「那孩子太傻了，還以為世上真有一條河叫三途川。」

「鈴愛真是個好孩子……律實在受到鈴愛很多幫助。」

晴目瞪口呆地看著和子，看樣子這是她的真心話。

「欸……剛好相反吧？我們家鈴愛不管做什麼事，第一個想到的就是找小律幫忙。」

「她都直接喊律吧。」

被識破了嗎？晴在心裡伸了伸舌頭。雖然兩人因為孩子的緣故，已有多年的交情，但即使是現在，晴還是想在和子面前表現得體面一點。

「不好意思，而且還像呼喚火箭大使那樣，吹三次哨子要他出來……真的真的很抱歉。」

晴深深地低下頭。鈴愛向她報告的時候，說得眉飛色舞，所以她也面帶微笑地聽過就算，但也說不定有人覺得此舉與叫狗無異。

和子的雙眼宛如少女般放光，嫣然一笑。

「能成為火箭大使是我們的光榮。」

「咦？」

「律有氣喘，為此一直很自卑，所以被當成火箭大使反而讓他比較有信心。」

「……律知道火箭大使啊？我們家是因為老爸很喜歡手塚治虫的漫畫才知道的。」

「是我告訴他的，還模仿國亞給他看。我的名字是國亞國亞國亞國亞……」

和子自帶回音，完美重現火箭大使的宿敵國亞給晴看，又「呵呵呵」地笑得跟少女似的。「模仿國亞是我的拿手好戲。」

晴擠出牽強的微笑，露出佩服的表情附和，完全被和子異於常人的步調牽著鼻子走。

「律跟鈴愛不一樣，是個不太好相處的孩子。」

和子換上嚴肅的表情說，晴也連忙擺出認真的表情。

「鈴愛說律很聰明，永遠都是第一名，甚至比老師還聰明。」

「……問題就出在這裡。那孩子居然自顧自地做起聯立方程式，還說小學三年級的教科書太簡單了，這樣很難交到朋友……」

從和子的語氣感受不到半點炫耀的情緒。晴心想，或許她也有她的煩惱。就像自己總覺得矮和子一截，律班上的同學肯定也有相同的感覺，鈴愛大概是唯一的例外。

「可是我昨天聽鈴愛說，律說他將來的夢想是得諾貝爾獎。」和子說。

「真了不起。」晴感嘆。

「我聽了好高興，我都不曉得那孩子也有這麼天真無邪的一面。」

「不不不，這才不是天真，說不定律真的能辦到！」

這是晴的肺腑之言。鈴愛每天都告訴她律有多厲害，她也真心認為就算是諾貝爾獎，如果是律，真要拿就一定拿得到，而不只是小孩子的夢想。

「律好像要鈴愛替他保密呢。」

和子笑呵呵地說，晴感到無地自容。

「……鈴愛完全藏不住祕密。」

和子可不這麼認為。「鈴愛是個好孩子，我非常感謝她。託鈴愛的福，律才有可以暢談夢想的對象。」

晴頓時無言以對，怔忡地看著和子，內心十分激動。這句話比自己受到肯定更令她欣慰百倍。

「我一直很想向妳說聲謝謝。」和子眼角帶淚地低下頭去。

晴也跟著紅了眼眶。「別別別，別這麼說。」她慌張地揮舞雙手，不小心碰倒裝滿冷水的玻璃杯。搞砸了。晴手忙腳亂地想用毛巾擦乾桌子。站起來，一頭撞上也正探出身體要擦桌子的和子的腦門，喜劇般的巧合令兩人放聲大笑。

晴總算放鬆緊繃的肩頭，在裝腔作勢點的黑咖啡裡，盡情加入滿滿的砂糖。

傳聲筒計畫後，屠夫成了律的小跟班，在班上逢人就炫耀自己是律的死黨。律既不承認也不否認，使得屠夫愈發得意忘形。

鈴愛覺得很不是滋味。她依舊與屠夫水火不容，但看到總是與其他同學隔著一片汪洋的律雖然嫌麻煩，還是逐漸被拉出他的小島，又覺得這樣也不錯。

然而，律的本質依舊沒有改變，沒多久又游回他的孤島，把自己封閉起來。國語課的時候就是這樣。

豐島老師火冒三丈地發回試卷，大家都一臉老實地低頭挨罵。

「老師好傷心。第五題，竹取公主回月宮時，被留下來的老公公和老婆婆是什麼樣的心情？答案有四個：一、很寂寞；二、很傷心；三、很難過；四、感覺輕鬆多了。居然有人選四，感覺輕鬆多了，很明顯是故意的。這題是送分題，一到三都是正確答案，那就是明知正確答案還故意選四，我沒說錯吧，萩尾同學，萩尾律同學，站起來！」

被指名道姓的律無精打采地起身，面對怒髮衝冠的老師依舊毫無懼色，也不見反省的態度，只是面無表情地與老師大眼瞪小眼。

唉……鈴愛在心裡嘆氣。她看得見那片汪洋大海。

「我以為四才是對的，但是我錯了。這個問題太難，我不會做，對不起。」

律的表情文風不動，輕描淡寫地解釋完就要坐下，結果被豐島老師歇斯底里的聲音掩蓋。

「你不要以為自己稍微比其他人聰明一點就瞧不起老師。這問題對你來說，要拿滿分根本易如反掌。你是在嘲笑老師嗎？還是不把考試放在眼裡？又或者是瞧不起老師出的題目……」

老師邊說邊拍講桌，音量愈來愈大。

鈴愛提心吊膽，原本跟其他同學一樣低著頭，這時終於鼓起勇氣舉手，大聲地說：

「老師！」

「……什麼事？楡野同學。」

「那個……律……不是，我猜萩尾同學可能真的以為四是正確答案。」

「……怎麼說？」

「因為老公公和老婆婆太喜歡竹取公主了，繼續和竹取公主住在一起、一起生活的話，老公公和老婆婆會擔心得不得了。可是啊，竹取公主回到月宮之後，因為竹取公主已經去到老公公和老婆婆照顧不到的地方，所以老公公和老婆婆再怎麼喜歡竹取公主，也只能祈禱竹取公主能得到幸福。如此一來，比起一年到頭都要擔心身邊的竹取公主，老公公和老婆婆可能會稍微輕鬆點不是嗎？所以我猜律……啊，萩尾同學是從這個角度出發，才會選感覺輕鬆多了這個答案。」

這是寫考卷時不經意浮現在鈴愛腦海中的想法。奶奶生病時，鈴愛一直揪著一顆心，因此當奶奶去世時，她的確稍微鬆了一口氣，慶幸奶奶終於不用再受病痛折磨了。寫題時，她覺得一到四都是正確答案。

看到鈴愛挺著嬌小的身軀，說得口沫橫飛，拚命解釋的模樣，豐島老師露出思索的表情。或許自己是以先入為主的成見在懲罰學生。

老師帶著些許罪惡感問律：「是這樣嗎？萩尾同學。」

但鈴愛的慷慨陳詞完全沒有打動律的心。只見律以置身事外的表情、歪著脖子說：「呃，有點不太一樣，但也差不多就是那樣……」

說得好像鈴愛的答案只是歪打正著，她不由得勃然大怒。

「人家鼓起勇氣為你說話，你那是什麼態度！」

鈴愛衝向律，就在撲到他身上前一秒，菜生連忙衝上來攔腰抱住她。

「鈴愛！」

儘管如此，律依舊超然物外地站在亂成一片的教室裡。那樣子真是氣死人了，鈴愛在菜生懷裡猛烈掙扎。

這時，就像摔角的鐘聲一般，下課鈴響了。

放學後，鈴愛和菜生一起來到校園角落的焚化爐。打開焚化爐蓋子，蒸騰的熱氣頓時迎面而來，鈴愛毫不退縮，一鼓作氣地把垃圾桶裡的東西丟進火裡。她們今天是負責燒垃圾的值日生。

拿起最後一個垃圾桶時，屠夫帶著跟班走來，分給每個跟班一人一個男生都想要的小汽車橡皮擦，跟班感恩戴德地接過。屠夫趾高氣揚，簡直像個國王。

鈴愛看也不看他們一眼，清空最後一個垃圾桶。

這時屠夫突然唱起翁倩玉的〈愛的迷戀〉。

屠夫先唱：「Wind is blowing……」跟班接著唱：「From the Aegean……榆野是笨蛋……」這段把戲已成為例行公事，每次看到她，屠夫和跟班們就會改編〈愛的迷戀〉，糾纏不休地唱來羞辱鈴愛。

「你才是笨蛋。」鈴愛氣壞了，拿起手裡的垃圾桶當武器。

跟班作鳥獸散地逃得不見人影，只剩屠夫沒逃跑，面向鈴愛，露出不懷好意的挑釁笑容。

「鈴愛這個名字太奇怪了，根本不像人類的名字，比較像老鼠。」

「才不奇怪！」

鈴愛氣得失去理智，待她回過神來，已經把手裡的垃圾桶扔出去了。

垃圾桶明明扔向屠夫，卻掠過他的臉龐，不偏不倚砸在剛打掃完趕來的律臉上。

律摀著眼睛，痛到蹲在地上。

搞砸了……

鈴愛嚇得面無血色，連忙衝向律，伸向他的手抖得如秋風中的落葉。

鈴愛在岡田醫院的候診室一直發抖，滿腦子只想著，萬一律的眼睛看不見了該怎麼辦。

儘管和子說接受檢查只是為了「慎重起見」，律為了讓鈴愛放心也一直裝瘋賣傻地吵著：「我什麼都看不見！」但這些還是無法消除鈴愛懸著一顆心的不安。

屠夫一直哭哭啼啼地說：「我只有律這個朋友，我只喜歡律。」他似乎也知道自己和那些跟班的關係只是用金錢維繫而來的。「只有律是真心的，不管我送他再珍貴的小汽車橡皮擦，他都不肯收。」這句話背後甚至隱含著某種自豪的神氣。

好不容易等到診療室的門打開，律出現在眾人眼前，眼角的傷口貼著ＯＫ繃，表情十分凝重，不過下一瞬間就眉開眼笑地說：「我沒事！」

鈴愛等人爭先恐後地跑到他身邊，為律的平安無事感到高興。

鈴愛如釋重負，幾乎要哭出來。她真的好害怕。

即使知道律沒事了，鈴愛的表情依舊蒙著一層陰影，因為接下來要擔心母親的反應。這次的事到底該怎麼向母親報告才好？

從醫院回家的路上，鈴愛走在路緣石上和律商量。

律不當回事地說：「無所謂，不用告訴她。」

「不說的話，我媽反而會更生氣。上次你掉進河裡的事也讓我被狠狠臭罵了一頓，我媽超可怕的。」

「被狠狠地臭罵了一頓啊。」律笑著說，「反正我又沒有怎樣，不說也沒關係。」

「真的嗎？」

「真的。」

「那就好。被狠狠臭罵一頓倒也沒什麼，但她一定會問我為什麼要丟垃圾桶，這麼一來就得告訴她是因為名字被取笑，我不想讓她知道這件事。」

「我覺得鈴愛這個名字很好啊，妳媽很會取名字。」

這句話讓鈴愛笑逐顏開。「真的嗎？我媽那個人很脫線，本來是覺得律這個名字很帥氣，再加上我們同一天出生，不想輸給你們家，結果卻給我取名為鈴愛，真是莫名其妙的邏輯。」

「妳也好不到哪裡去。」

鈴愛狠踹了律一腳。突然被踢了一腳，律失去平衡，跳下路緣石。鈴愛大聲笑著往前跑，律也苦笑著追上去。她踩住下一塊路緣石，打算繼續走在路緣石上，但是前腳才剛踩上去，就突然失去平衡。

那一刻，鈴愛的世界第一次出現了波瀾。

「鈴愛！」

多虧律趕緊衝上前來扶住她，鈴愛才不至於跌個狗吃屎。

「沒事吧？」

「眼前突然黑了一下。」

「頭暈嗎？」

可能是頭暈。幸好律為這個不明所以的突發狀況取了名字，鈴愛這才鬆了一口氣。如果是頭暈，她知道是怎麼回事。

「我沒事，已經好了。」

鈴愛語氣堅定地說，彷彿是要說給自己聽，但體內還殘留些許奇妙的感覺，感覺體內的世界不再是一直線了。

「改天見。」

律在商店街正中央與鈴愛道別。往右走是照相館，往左走是杉菜食堂，一起回家的路只到這裡。

律頭也不回地大步走向自己家。鈴愛則停在原地，動也不動地凝視他的背影，慢條斯理從口袋裡掏出哨子，吹了三聲。

律立刻停下腳步，轉過身來，表情雖然很不耐煩，但是能再次看到他的臉，還是讓鈴愛感到如釋重負。她想再確認一次，律是真的平安無事。

「律！」

「……什麼事啦？」

「沒事！」鈴愛笑著用力揮手。

宇太郎和仙吉也從晴口中知道傳聲筒的事了。

鈴愛的想法固然傻得可以，但大家都很清楚她想和廉子說話的心情。

為了盡可能感受廉子的存在，楡野一家人決定去掃墓。

一家人面色凝重地在廉子的墓前雙手合十膜拜。隨後，仙吉緩緩拿出傳聲筒。他把鈴愛做的傳聲筒連同曬衣竿小心翼翼包起來，特地帶來墓園。

「我想讓妳奶奶看看。」

「我想讓爺爺用這個和奶奶聊天。」

「嗯，我聽說了，謝謝妳啊。可是鈴愛，很可惜，這個世界上並沒有三途川。」

「……那個世界呢？」

「……那個世界或許有吧。」

「我也這麼覺得……」

「妳也這麼覺得啊。」仙吉笑著說，鄭重其事地拿起傳聲筒，目不轉睛地盯著看。「看到這個，總覺得好像真能和妳奶奶通上話，要是廉子拿起那邊的話筒，就可以通話了……」

仙吉以平靜的口吻說道。晴和宇太郎雙雙咬緊下唇。

「奶奶已經不在了嗎？不能再跟她說話了嗎？好難過呀……」

仙吉搖頭，糾正鈴愛的童言童語。

「不是這樣的，鈴愛，廉子在這裡，也在天上。」仙吉輕輕拍打自己的胸口，仰望藍天。「妳奶奶會在天上守護著還活著的我們，那傢伙從還在世的時候就是這樣的人……」

這時，一陣風「沙……」的一聲吹過，鈴愛在那陣風裡感受到廉子的氣息，心想爺爺說得一定沒錯。

心曠神怡的風拂過廉子長眠的小山丘，周圍沒有任何遮蔽物，天空很開闊。

仙吉將紙杯朝向寬廣的天空，輕聲呼喚廉子。

宇太郎背過身，小小聲地回應：「仙吉──」

「你在耍什麼白癡？」

被仙吉逮個正著，宇太郎露出哭喪臉的窩囊表情，笑得很難為情。

「廉子！」仙吉這次盡情扯開嗓門，大聲呼喊。

草太和鈴愛的心都被仙吉震動，跟著大喊廉子的名字，感覺廉子就在天上。宇太郎和晴也放聲吶喊。一家人的聲音互相碰撞，被藍天吸了進去。

「我很好喔！」宇太郎又轉過去，模仿空谷回音似地小聲咕噥。草太忍不住噗哧一笑。

大家一口一聲地呼喚廉子，感受廉子的存在。

看到仙吉仰望天空的笑容，鈴愛想起律的國語考試解答，不禁在心裡想著，但願仙吉不是只有寂寞，要是也有一點點「感覺輕鬆多了」的釋懷就好了。

在那之後又過了幾天，鈴愛哭著仰望夜空，呼喚廉子。

奶奶，鈴愛該怎麼辦才好？

再怎麼仰望天空也得不到答案，鈴愛步履蹣跚地走在夜晚的商店街上。

就在一小時前，鈴愛和草太在客廳為了想錄下Monta & Brothers的〈Dancing All Night〉[6]，興沖沖地開始準備。兩人用錄音機錄下電視裡歌唱節目播出的曲子。只要錄到一點點雜音，整首歌就泡湯了，因此鈴愛與草太屏氣凝神地按下錄音鍵。

就在這時，晴啪噠啪噠地踩著震天的腳步聲回家。

「呼呦呦！」

鈴愛抱怨晴害她錄音失敗，但氣到發狂的晴才不理會她的抗議。她從岡田醫院的貴美香醫生口中，知道了鈴愛朝律扔垃圾桶的事。

鈴愛急忙想要解釋，但晴根本聽不進去。

「把事情搞砸就算了，絕對不能說謊。我不是叫妳凡事都要向我報告、不准隱瞞嗎？妳為什麼要心存僥倖？以為只要沒有人發現就沒事嗎？」

鈴愛很後悔。她其實無意隱瞞，只是不想交代名字被取笑的部分，所以才說不出口。但是看在晴眼中，這就是不老實。

晴愈想愈生氣，口不擇言地叱責鈴愛：「唉，我對妳真是太失望了。」

「我也對媽媽很失望。」

鈴愛也滿肚子委屈，忍不住回嘴。和子伯母身上好香，我們家老媽身上不是味噌的氣味，就是炸可樂餅的油耗味；和子伯母會端出有如寶石般的餅乾來招待客人，我們家只有五平餅[7]這種不起眼的東西……鈴愛把所有平常沒想到、就算想到也不覺得有什麼大不了的事，一口氣爆發出來。

最後還補上一箭：「頭髮燙得鬈鬈的媽媽就跟《火箭大使》的國亞一樣。」

這句話讓宇太郎忍俊不住的同時，也深深傷了晴的女人心。

「妳為什麼要朝律扔石頭？」

---

6. 以歌手門田賴命為首的日本音樂團體。其於一九八〇年發表〈Dancing All Night〉一曲，獲得廣大迴響，奪得該年第二十二屆日本唱片大賞金賞、第十一屆日本歌謠大賽放送音樂特別賞等，並受邀參加第三十一屆NHK紅白歌唱大賽。

7. 日本中部地區特有的一種烤米餅。

「不是石頭，我再怎樣也不會丟石頭。」

這句話又踩到晴的地雷，但她硬生生忍住不發難，繼續審問鈴愛。

「對了，是垃圾桶。妳為什麼要扔垃圾桶？」

「我不是要扔律，我是要扔屠夫，沒想到會砸中律，也沒想過會真的砸到人。」

「那妳為什麼要扔？」

「我不想說。」

鈴愛堅決不合作的態度，氣得晴幾乎要從眼睛裡噴出火來。

「如果是和子伯母，一定能理解我的心情。」

「妳這麼喜歡和子的話，就去當和子家的小孩吧。」

「……去就去。」

已經完全流於意氣之爭了。

鈴愛丟下一句：「我去當和子伯母家的小孩了！」便衝出家門。

跑啊跑的，跑得累了，她開始拖著腳步走。淚水自顧自地一直流下，即使粗魯地擦掉，馬上又湧出來。最後，走投無路的鈴愛只能仰望天空，向廉子求助。

結果鈴愛說到做到，真的去了和子家。但對她來說，那裡並不是和子家，而是律的家。

她從屋外面向律的房間窗戶，喊他的名字，吹了三次哨子。很快，就看到律從窗口探出頭來，鈴愛彷彿看到救星。

「幹麼？」

「我離家出走來你家了。」

「……聽不懂妳在說什麼。」

被律這麼一問，鈴愛拚命思考。

她其實不懂變成律家的孩子是什麼意思，也不知道要怎麼做才能變成律家的孩子？鈴愛突然想到一個主意，煞有其事地說：

「你願意娶我嗎？」

律差點從窗口摔出來，傻眼地倚著窗框說：「饒了我吧。」

儘管還是進了萩尾家，但和子一聽完鈴愛的說詞，馬上給榆野家打了電話。

「妳媽媽說要來接妳。」

接獲這樣的通知，鈴愛努力裝出成熟的語氣問和子：

「鈴愛真的無法變成這個家的孩子嗎？」

彌一開玩笑地表示歡迎，和子卻斬釘截鐵地說：「鈴愛是妳媽媽的心肝寶貝，伯父伯母不能橫刀奪愛。」

「我才不覺得我是媽媽的心肝寶貝。媽媽既不肯幫我編辮子，也不會烤餅乾給我吃。」

「因為做生意很忙嘛。」

察覺到鈴愛話語的背後透露著寂寞，和子直視鈴愛的雙眼，懇切地告訴她：

「鈴愛，妳知道嗎？妳媽媽是冒著生命危險生下妳的喔。我聽貴美香醫生說，晴有腎臟病，心裡其實很害怕，還讓妳爸爸陪她進產房，啊，就是生小孩的房間。」

「哇，宇太郎好有勇氣。」

彌一吃驚地讚嘆。當時還是壓根兒不會想到要讓男性陪產的時代。

「你倒是成了縮頭烏龜，連醫院都不肯來。」

「不是啦，我是想說女人生小孩，男人不方便在旁邊看。」

「你只是膽小吧。」

和子不留情面地說道，彌一難為情地猛搔頭。

「鈴愛，妳媽媽最愛妳了。」

和子把雙手放在鈴愛的肩膀上，語氣愈發熱切。

「啊，我該回房間繼續研究彈珠裝置了……」

被律打斷，和子一臉暴躁地吞下原本還打算繼續說下去的長篇大論。律立刻見縫插針問鈴愛：「妳要看嗎？」鈴愛精神抖擻地點頭：「我要看！」

距離上次來律的房間已經有好一陣子，律還在研究永動機，所以莫名其妙的裝置又增加了。他口中的彈珠裝置是讓彈珠不斷滾動的構造。鈴愛的目光追逐著滾動的彈珠，雙眼閃閃發亮。

「不小心一點的話，我媽的大道理會一發難以收拾。」

「那是大道理嗎？」

「妳聽了半天還聽不出來嗎！」律大吃一驚，匪夷所思地盯著鈴愛。

鈴愛在一些莫名其妙的地方特別敏銳，也在一些不明所以的地方特別遲鈍。直到現在還無法全面搞懂她的反應，這點讓律感到有點挫敗。

他拿出筆記本，開始沙盤推演彈珠裝置的改良計畫。

「愈來愈厲害了。」

「嗯。」

「永無止境呢。」

「永無止境。」

好安靜，房裡只剩彈珠經過軌道發出的唰唰聲。

「我睏了。」鈴愛沒頭沒腦地說。

「欸？」

「律，床借我躺一下。」

「啊，請便。」

鈴愛不客氣地倒在律的床上。

「彈珠的聲音會不會很吵？」

「嗯？剛剛好……很像搖籃曲。」

鈴愛最後的回答已經因睡意變得含糊不清。

眼下的空間與時間由兩人共同構成，律凝視著彈珠繼續在軌道上滑行，鈴愛則睡得香甜。這個房間與這段時間不可思議地協調，有點像是律所追求的永動機。

晴趕到萩尾家時，鈴愛已經睡得不省人事了。實在太厚臉皮，令晴感到無地自容。和子只是笑著搖搖頭，走向律的房間，說是去叫醒鈴愛。

看到與和子接棒出現的律，晴低頭致歉。律阻止晴向他道歉，開始解釋鈴愛扔垃圾桶真正的原因，晴這才知道原來是鈴愛的名字被同學取笑了。

「鈴愛不想讓妳知道，是因為她的名字是伯母為她取的。」

歉意與心疼，還有各種不知該怎麼形容的情緒一股腦兒湧上心頭。原本就已經很脆弱的淚腺又快要潰堤，晴拚命眨眼，努力忍住。

「這件事請不要告訴鈴愛。」律繼續向晴透露內幕。據律猜測，屠夫之所以取笑鈴愛的名字，可能是因為他有一點喜歡鈴愛，取笑她只是為了吸引她的注意力。

律的聰慧讓晴佩服得五體投地，不禁想起和子說過的話，凡事看得這麼清楚透澈，會活得很辛苦吧。

「小律……你好聰明。」

「所以請伯母不要生鈴愛的氣。」

「……好的，我已經知道前因後果了。可是害你被垃圾桶扔到，很痛吧？真對不起，那孩子實在有夠粗魯。」

「我沒事。鈴愛只是想到什麼就做什麼，那也是……」律遲疑了半晌，慎重地選擇詞彙，「她的優點。」

「……能和你這麼優秀的孩子當朋友，真是鈴愛的福氣，小律，謝謝你。」

晴誠心誠意地低頭致謝。明明是大人，卻向小孩鞠躬的畫面讓律有點反應不過來，臉上難得露出稚氣的表情，看在晴眼中真是可愛極了。

和子把猶自呼呼大睡的鈴愛交給晴，晴背著女兒踏上歸途。鈴愛已經變得很重了，但感覺上還是那麼輕，還是那麼小。

晴比照以前哄鈴愛睡覺的時候那樣拍拍她，情不自禁地唱起歌來。

「追過兔子的那座山——釣過小鯽魚的那條河——如今也還出現在——」

這是晴經常用來代替搖籃曲唱的歌。

「我——的——夢——裡——」

和聲隱隱約約從背後傳來。

「永遠難以忘懷——我的故鄉。」

母女倆合唱完整首歌後，晴轉頭瞪著趴在背後裝睡的女兒。

「妳要是醒了，就給我下來自己走。」

「不要！」鈴愛胡鬧地蹬著腿。

「哇！好危險。」

說是這麼說，晴卻反過來搔鈴愛癢，鈴愛扭著身體大笑。

「住手，我要掉下去了，有鱷魚！」她從晴背後滑到地上，頭也不回地往前跑。

「給我站住！」

晴也趕緊追上去，家裡熟悉的燈光就在不遠處。

第二天早上，鈴愛走到正在煎荷包蛋的晴身邊，喊了聲：「媽媽。」

晴忙著將做好的早餐端到桌上，滔滔不絕地開始訓話：「妳這撒嬌的語氣是不是該改改了？」但鈴愛只是逕自喊著「媽媽」，遲遲不說有什麼事。

晴暫時不再叨唸，放下手邊的家事，要鈴愛把話說清楚。

「左邊的耳朵嗡嗡叫。」

「耳鳴嗎？」

「嗯……聽不太到聲音。」

晴一開始還不怎麼放在心上，以為只是耳屎太多，但耳朵明明很乾淨，只好帶鈴愛去岡田醫院。原本只想安心，不料貴美香卻以凝重的表情勸她帶鈴愛去名古屋的大學醫院掛耳鼻喉科，接受檢查。

晴被大學醫院這個響亮的名詞嚇到了，有這麼嚴重嗎？

鈴愛倒是一派天真地想著，去名古屋就能吃到勾芡的義大利麵，開心得手舞足蹈。看到她那個樣子，晴安慰自己一定沒事，還配合她的興致說：「回程順便去東山動物園看大猩猩吧。」

晴和宇太郎都偷偷希望，耳鳴在去大學醫院檢查以前就會消失，但鈴愛的耳鳴終究沒有停止。

終於到了去大學醫院接受聽力檢查的那天。

負責為鈴愛檢查的是一位看起來很溫柔的中年醫生。

醫生給鈴愛一副耳機，要她聽到聲音就按下手邊的按鈕。鈴愛豎起耳朵，仔細傾聽，不時按下按鈕。後來晴總是反覆想起鈴愛當時天真無邪、拚命按下按鈕的模樣。

那時鈴愛的左耳已經幾乎聽不見任何聲音了。

小學下課時間，鈴愛告訴律他們自己聽不見的事，當時還不知道這是一種病，所以對鈴愛來說，比起向朋友宣布自己生病的事，更像是與朋友分享自己身上有什麼新發現。

「鈴愛的左耳好有趣，最近經常有小矮人唱歌跳舞。」

鈴愛說道，在律放在一旁的筆記本上畫下小矮人的圖畫。

「唱些什麼呢？」

屠夫一臉理所當然地站在律旁邊問道。只要別再取笑鈴愛的名字，她也沒必要跟他過不去，所以鈴愛心無芥蒂地回答：「沒聽過，是首玻璃妮維亞風味的歌。」

「妳是要說玻里尼西亞吧。」律以冷靜的口吻糾正。

「意思都一樣。」菜生趕緊幫鈴愛打圓場，「好神奇，我也想聽聽看。」

相較於興奮到拍手的菜生，屠夫嗤之以鼻地說：「妳的耳朵是不是有問題？」律趁著鈴愛看不到的空檔，在桌子底下狠狠踢了屠夫一腳。

「可是再過不久就聽不到了。」

鈴愛從書包拿出一個透明的盒子，裡頭裝有漂亮的粉紅色藥片。大學醫院的檢查報告尚未出爐，但醫生說如果是突發性耳聾，吃這種藥通常能有效改善。晴告訴鈴愛，只要吃藥就會好。

「吃了這種藥就會好了……」

「啊，這跟我治氣喘的藥一樣。」

「跟律一樣嗎？」鈴愛的臉龐頓時綻放光芒。

「這種藥叫作類固醇。」律的語氣有些嚴肅。

鈴愛只知道自己吃的藥跟律一樣，為此滿心歡喜，舉起透明的盒子，目不轉睛地盯著粉紅色的藥片。她覺得這種藥好了不起，不僅能治好律的病，還讓他變成英雄。

一想到會好，反而有點捨不得告別現在的狀況，畢竟沒有幾個小孩的耳朵像她這麼有趣吧。

放學後，鈴愛蹦蹦跳跳地套上鬆緊帶的運動鞋，和律一起衝向操場。雖然會不時感到暈眩，可當下課鐘聲響起，還是能跟以前一樣，一馬當先地離開教室。

說時遲，那時快，有陣強風吹過，其他同學紛紛按住裙子或頭髮，唯獨鈴愛正以全身聆聽風的聲音。

「啊……風聲好像從身體裡傳出來的一樣，我就是風的中央！」

鈴愛向律報告，目光炯炯有神。律報以微笑。

「鈴愛，彈珠裝置改良好了，妳要來看嗎？」

「我要去，我要去！」

鈴愛聽著體內呼嘯作響的風聲，與律爭先恐後地往前衝。

做完檢查兩週後，晴和宇太郎被叫到大學醫院看報告，院方公事公辦地交代：「不用帶小孩來。」讓他們產生不祥的預感。

「這是腮腺炎引發的聽力障礙，大概是內耳感染到感冒病毒，才會突然引發急性耳聾。」醫生以波瀾不興的語氣告知病名。

宇太郎和晴互看一眼，拳頭握得死緊。

「可是我女兒沒有得過腮腺炎。」

「那是因為很多腮腺炎不會出現症狀……」

「是嗎……」兩人聽得不是很懂，原來有些疾病不會出現症狀，可是卻會因此失去聽力，總覺得太不合理。

「那個，我女兒的左耳已經完全聽不見了，請問是再也無法恢復聽力了嗎？」

「對，左耳已經完全失聰了。」

「我女兒說她會聽見奇怪的聲音，也是因為這個緣故嗎？」

「我想應該是耳鳴的一種。」

「治不好嗎？沒有任何方法嗎？」

「沒有……」

治不好，粉紅色的藥也沒用。宇太郎大受打擊，但是看到比自己更進退失據的妻子，他不得不重新振作。

「那請問接下來有什麼需要特別注意的地方嗎……」宇太郎問。

「有的。接下來只能靠還聽得見的右耳聽聲音，所以在習慣以前會非常辛苦。令嬡還在讀小學吧？」

宇太郎回答：「才三年級。」

醫生點點頭說：「首先請告訴級任老師，坐太後面會聽不清楚，也無法判別聲音是從哪裡傳來。聲音要靠兩邊耳朵同時聽到才能確定，所以令嬡會逐漸無法掌握聲音的遠近感和方向，從遠處叫她的時候要特別留意這一點，講白了最好別從遠處叫她，因為她無法判斷聲音從哪邊傳來。下課時間如果好幾個朋友同時開口說話，她也會很難聽清他們在說什麼。請盡量避免在播放音樂或開著電視的情況下跟她說話，這些都跟雙耳健全的時候不太一樣。」

「人有兩隻耳朵果然是上天的巧心安排，另一隻耳朵並不是為了其中一隻耳朵聽不見的時候才派上用場的。」晴語重心長地說。在這之前，她從未想過人有兩隻耳朵的意義。

「還有，令嬡也會變得比較注意不到動靜。因為所謂的動靜其實就是聲音，單靠一隻耳朵很難判斷有人從後面走過來，或車子從後面開過來。」

晴和宇太郎又緊緊地握住拳頭，真真切切地感受到耳朵聽不見是怎麼一回事，以及這是個多麼沉重的事實。

「還有，我想不用我再提醒，因為左耳已經完全聽不見了，請從右邊，朝她聽得見的耳朵說話。」醫生以平靜的語氣接著說下去，宇太郎拚命抄在他帶來的筆記本上。

「聽起來好像會有很多不便……」宇太郎猛抓頭髮。醫生的交代有如雪崩撲面而來，如果不繃緊神經，就會慘遭掩埋。

他認為醫生很認真，只是問醫生有什麼要注意的，就回答了一長串。可是宇太郎現在只能感受到這個令人心痛的「事實」背後代表的痛苦艱辛。

「那耳鳴呢……」晴問。

醫生有問必答。「我想今後也會持續下去。三半規管可能也受損了，所以會有一段時間比較沒有平衡感……騎腳踏車或爬樓梯等日常生活的動作請多加小心，不過這方面只要假以時日──」

「為什麼？為什麼那孩子會遇到這種事？」

晴淚眼迷濛地問醫生。明知問了也沒用，還是忍不住要問。

「這是因為腮腺炎──」

醫師顯然又要沉著地開始說明，晴一把無名火上來，打斷道：「我不是問你這個！」

宇太郎從旁邊用力地攬住晴，替她向醫生道歉。

醫生平靜地對晴說：「鈴愛媽媽，其實有很多一隻耳朵聽不見的患者，但大家都很努力——」

「我才不管大家怎樣，」晴幾乎要撲上去咬醫生。「我只有這個女兒。」

宇太郎邊安撫晴，邊向醫生道歉。

「沒關係。」醫生絲毫不以為意，看著晴的眼神十分平靜。

那是看盡人世無常的眼神。

彈珠在軌道上奔馳，發出「唰——」的聲響。

鈴愛在律的房間裡觀察改良過的彈珠裝置。

跟平常不同，她聽不清楚律從左側發出的聲音；請他移到右側後，就清楚多了。

鈴愛很快就忘記耳朵的問題，被彈珠裝置吸引住了。

這時，和子拿餅乾來給他們吃。餅乾上綠色的糖漬白芷有如閃閃發光的寶石。鈴愛大聲歡呼，開始狼吞虎嚥起來。

「你最近都在玩這種東西，是不是都沒練琴？」

「咳、咳、咳！」和子的數落讓律誇張地一口噎住。

和子一開始還以為律又在裝神弄鬼，隨即發現他真的不太對勁，手放在他的背上輕撫。

律咳得很厲害，都快要吐出來了。

鈴愛被律不斷的猛咳嚇壞了，和子倒是十分鎮定地說她去拿藥。

「律……」

鈴愛只能眼睜睜地看律受苦，卻又無法不做點什麼。戰戰兢兢地伸出手，律卻朝她大吼：「回去！」

鈴愛嚇得動彈不得，這是律第一次這樣凶她。

「妳給我回去……」律咳得喘不過氣來，執拗地重複這句話。

律的眼神很認真，他是真的希望鈴愛回去。

鈴愛只好不知所措地離開萩尾家。

只要離開萩尾家，就等於回去了吧。鈴愛抱著膝蓋，坐在萩尾家門外。

不知道等了多久，才等到和子提著菜籃從屋子裡走出來。鈴愛連忙衝上去問律是否平安無事。

「嗯，已經沒事了，只是偶爾會像那樣發作一下。」

鈴愛如釋重負地鬆了一口氣，視線落在地面上，惴惴不安地提出另一個令她耿耿於懷的問題：「為什麼律要趕我走？」

和子莞爾一笑，想也不想地立刻回答：「因為律是鈴愛的火箭大使，是英雄，所以不想讓鈴愛看到他虛弱的樣子。吃過藥就好了。」

「是那種粉紅色的藥嗎？我也是吃完藥就會好了！」

鈴愛的表情又重新綻放光芒。

「妳也是？」

和子還不知道鈴愛耳朵的事，不解地反問。但已經放下一百二十個心的鈴愛朝和子揮揮手，奔向自己家。

晚餐後，正守在電視前等著看《八點！全員集合[8]》的草太和鈴愛，被宇太郎叫到桌前坐好。晴和仙吉也一臉凝重地坐在客廳裡。

晴向鈴愛宣布：「妳不用再吃藥了。」

鈴愛好生困惑，她一直以為只要服用律也在吃的粉紅色小藥丸，就能治好耳朵。她對父母說，耳朵裡的小矮人還是整天吵吵鬧鬧，必須吃藥。

「草太。」

仙吉面向草太，意所有指地喊他的名字。機靈的草太立刻關掉電視，走出客廳。

8.《八點！全員集合》（8時だョ！全員集合）為日本於一九六九年到一九八五年間播出的搞笑綜藝節目，由漂流者樂團主持、主演。該節目被視為日本綜藝節目的重要代表作品，期間也捧紅了加藤茶、志村健等日本重量級搞笑藝人。

「聽我說，鈴愛的耳朵已經不需要治療了。」晴單刀直入地告訴鈴愛。

「因為妳得的是另一種病，吃藥也沒用。」宇太郎說道。

「治得好嗎？」鈴愛簡短地問了一句。

宇太郎無言以對，三番兩次深呼吸，但最關鍵的答案滾到嘴邊就卡住，怎麼也說不出口。

晴看不下去，主動幫腔：「醫生說鈴愛的左耳已經治不好了。」

明明對醫生冷靜的語氣怒不可遏，輪到自己要告訴鈴愛的時候，語氣也不由得變得冷靜，只可惜努力維持的冷靜撐不了多久。

「以後……都是這樣了。」晴說。

「……永遠都是嗎？」

「……嗯。」

「一輩子嗎？」

「嗯……」

「我的左耳再也聽不見了嗎？」

「嗯。」

鈴愛低頭思索了半晌，猛地抬起頭來。

「來不及說再見呢……」

這句話完全出乎晴的意料。

「來不及在左邊耳朵還很健康的時候說再見，跟他說，一直以來謝謝你的關照。」

鈴愛輕輕撫摸左耳，形狀和彈性都跟以前一樣，卻又完全不一樣了。

「好突然啊。」鈴愛瞬間站起來，從頭到尾都沒有哭。

「我去叫草太，還來得及看〈八點！全員集合〉的鬍子舞。」

她以飛快的速度衝出客廳。晴隱忍已久的淚水靜靜滑落。

「叭叭，叭，叭叭叭。」

晚上，鈴愛躺在被窩裡，嘴裡哼著漂流者樂團的歌。

仰望著天花板，回想自己耳朵發生的事。

她想起來不及說再見的左耳，然而發現了天花板有龍的形狀後，鈴愛的注意力又馬上被吸走了。她用手指在空中描摹天花板上的圖案。

即使到了晚上，只剩自己一人，鈴愛依舊一滴眼淚也沒掉。

得知鈴愛左耳聽不見的第二天，草太打破小豬撲滿，買了鈴愛一直想要的萬花尺給她，還一副沒什麼大不了地說：「剛好有多的零用錢。」

為了想更貼近鈴愛，律在左耳塞入耳塞，拍手測試會聽到什麼聲音，還在踏腳石上跳來跳去，測試平衡感。每次失去平衡的時候，律都會露出有點傷感的表情。

和子主動幫晴請岡田醫院偷偷配中藥給鈴愛吃。因為宇太郎反對中藥療法，他覺得如果只是自我安慰就不要浪費錢。

晴則是從早到晚以淚洗面，成天抱著宇太郎哭。

「我明明把她生得人模人樣，真是太對不起那孩子了。」

反倒是鈴愛這個當事人，看起來沒有任何改變。

鈴愛坐上渡船。當她告訴船夫左耳聽不見的事，划船的大叔居然說可以免費載她過河。

大叔邊划船，邊說起自己死去的老婆也是左耳聽不見，說是空襲時炸彈掉在左邊，爆炸聲震聾了她的耳朵。鈴愛認真聽大叔描述悽慘的過往。當時有太多人燒死，根本分不清誰是誰，每個人看到屍體都以為是自己的家人，互相爭搶屍體。

鈴愛在河邊捕捉到晴的身影，喚道：「媽媽。」

「鈴愛，妳怎麼會在船上？媽媽就猜到妳在這裡，果然沒錯。」

鈴愛知道母親正在大聲嚷嚷，卻聽不清她在喊什麼。大叔將晴說的話轉述給她聽，她露出開朗的笑容。

「我就知道，我也是這麼想的。就算聽不見，也大概知道對方在說什麼。」

「這就是所謂的心有靈犀吧。」大叔說。

「心有靈犀是什麼意思？」

「心靈相通的意思。」

鈴愛笑著對晴揮手，晴也笑著揮手。

其實晴在哭。看到鈴愛的笑容，她突然好想哭好想哭，根本無法控制自己。

船還在很遠的地方，不用擔心鈴愛看見她的淚水，晴任由眼淚盡情奔流。

體育課。

換作是以前，時間一下子就過了，今天卻感覺特別漫長。

豐島老師要同學們輪流走平衡木，大家也都輕而易舉地從這頭走到那頭。

鈴愛抱著膝蓋，坐在地上，心不在焉地看同學走平衡木，想起稍早之前的事。

她跟平常一樣，精神抖擻地正要衝下樓梯、跑向操場時，突然失去平衡。當時她覺得樓梯突然變得歪七扭八，嚇得她兩腿發軟。

「還有五分鐘，要走到不能再前進為止喔。」

豐島老師看著手錶，一一點名，要學生上平衡木。

鈴愛偷偷看了體育館的時鐘一眼，指針走得好慢。她低著頭，緊緊抱住自己的身體。這時，突然覺得有人在看她，抬起頭一看，是律。

鈴愛目不斜視地看回去，在內心慢慢地吹哨子。

一聲，兩聲，三聲。

律似乎微微點了點頭。

「下一位，榆野鈴愛同學。」

「……有。」

終於輪到自己了，鈴愛臉色發青地站起來。下一瞬間，律突然跳起來大喊：

「哇，老師背後有壁虎！」

「哪裡哪裡？」豐島老師轉來轉去，回頭看襯衫背後，活像追著尾巴繞圈圈的狗。

可還沒完，律到處亂指，一下子說：「跑到屠夫那裡去了！」一下子說：「就在那裡，啊，跑掉了！」搞得大家雞飛狗跳。其他同學被看不見的壁虎嚇得抱頭鼠竄，全班陷入驚慌狀態。

下課鐘響起。

鈴愛就只是站著，一步也沒走。

她望著律，掀起大騷動的始作俑者察覺到她的視線，看了回來。

律果然是她的火箭大使，是她的英雄。

「為什麼要幫我？」放學回家路上，鈴愛問。

律一如既往，與自己並肩同行。

「……因為我好像聽見呼喚火箭大使的哨子聲。」

他聽到了啊。鈴愛的表情變得柔和。這就是「心有靈犀」。她想起前陣子，划船大叔教她的單字。

不想直接回家，鈴愛邀律一起去河邊。兩人並肩坐在大石頭上。

今天沒看到划船大叔。

「律，我的左耳好吵，一直在耳鳴。你聽聽看，好像真的會發出聲音。」

律把自己的右耳貼在鈴愛的左耳上。

「我聽不見。」

「這樣啊，只有我聽得見啊……」

鈴愛自言自語般地說，淚水奪眶而出。

律把不小心流露出來的苦澀表情，藏在平常的撲克臉下，以平靜的語氣開口：「……聽伯母說，妳一次都沒哭過。我媽也說妳好懂事，一滴眼淚也沒掉。」

「我沒時間哭，我找不到時間可以哭。因為我一哭，大家也會跟著哭，杉菜食堂會變成愛哭鬼食堂。尤其是我媽，她那麼愛哭，我要是哭了，她一定會哭得更厲害。」

鈴愛抽抽噎噎地說。說著說著，眼淚更是一發不可收拾，已經沒辦法再繼續說下去了。

她突然「哇」的一聲，放聲大哭。這才是一個九歲孩子情緒爆發時該有的哭法。

「嚇我一大跳。」

說是這麼說，律的語氣倒不像有嚇一大跳。

鈴愛不理會他的調侃，逕自哭個不停，一直卡在心裡的情緒隨淚水傾瀉而出。鈴愛哭花了臉，腦子裡也亂糟糟的，但大哭一場後，心情稍微好一點了。

律只是陪在她的身邊。

「你可以先走。」鈴愛沒頭沒腦地說。

坐在石頭上的屁股隱隱作痛，可見他們已經坐了很久，律也陪她很久了。她希望律能繼續陪在自己身邊，但還是要替別人著想。

律淺淺一笑。「沒關係，我陪妳。」

之前鈴愛一直忍著不哭，如今淚水的存量還有很多。

鈴愛哭得沒完沒了，這時律突然從旁邊站起。那一瞬間，鈴愛心裡一緊，還以為他要回去，但律只是撿起一塊扁平的石頭，開始打水漂。

他運用手腕的力道，把石頭扔向河裡。石頭在水面上「砰、砰、砰」地跳了幾下，飛到河的正中央。

鈴愛不由得忘了哭泣，看得兩眼發直。對她而言，左耳聽不見是很痛苦的事，是難過到會令她哭個不停的事，可是她又被眼前的景象迷住了。

在律的指導下，鈴愛也開始打水漂，可是她扔出去的石頭總是直接沉進河底，不像律扔的石頭會在水面上彈跳。

鈴愛試了一次又一次。

終於，石頭在水面上彈跳起來，鈴愛和律高興得抓住彼此的手。

淚水已經乾了，鈴愛繼續以清澈的眼神扔石頭。

一九八〇年，九歲那天秋天，我喪失了左耳的聽力，從此世界只剩下一半，我也變成軟弱的生物。兩隻耳朵都聽得到聲音的時候，世界堅強而可靠，而且確實存在。如今所有的聲音都好微弱，好不可靠，感覺腳踩不到地，惶惶不可終日。

但本能還是想活下去，渴望享受這個世界。

晚餐時間還早，杉菜食堂幾乎沒有客人，晴與和子面對面坐在客人的座位，面前是宇太郎送上的茶。

晴有氣無力地推回去。

「不需要。」

晴與和子一起被叫去學校。豐島老師向她們說了律在體育課引起的騷動，還告訴她們律是為了鈴愛。老師為自己沒有問清楚原因就罵律的舉動，向和子道歉，也為自己對鈴愛的思慮不周向晴道歉。明知鈴愛的左耳有問題，她卻沒多加留意。

「我以後會更注意，絕不讓霸凌之類的事發生。」

聽到霸凌兩個字，晴嚇得渾身顫抖，不好的想像如雪球般愈滾愈大。

即使回到杉菜食堂，惡俗的幻想非但沒有消失，反而愈來愈具體。

不忍心見晴如此憔悴，和子鼓起勇氣對她說：「保持笑容吧，母親一直哭的話，孩子也會受影響的。既然已經生病了，再怎麼怨天怨地怨自己也解決不了任何問題。」

和子說得都對，正因為如此，晴才更聽不進去。

「那孩子的左耳永遠不會好了……但是律的氣喘可能會好不是嗎？」

話一出口，晴就後悔了。她明知和子為了律的氣喘幾乎操碎了心。自己居然對擔心鈴愛的和子說出這麼過分的話，真是面目可憎的女人，簡直是廢物。

當天深夜，晴向宇太郎吐露自己的懺悔。

「偶爾當一下面目可憎的女人或廢物有什麼關係。」宇太郎無限包容地笑著說，「要是妳永遠都是個好女人、都是剛正不阿的人、都是個完美無缺的母親，鈴愛也會被壓得喘不過氣來吧，我也會喘不過氣來。鈴愛就是喜歡妳這樣的媽媽，就是喜歡動不動就哭的媽媽。」

宇太郎的安慰讓晴的淚腺再一次崩壞，心裡的負擔也減輕了不少。

多虧有丈夫的開解，到了第二天，晴才有勇氣去萩尾照相館道歉。

「我說了很多不知好歹的話……」晴向和子道歉。

「別這麼說。」和子搖頭，「我說話有時候跟老師一樣對吧？律也說我每次得意忘形就會表現出『聽好，我現在要說大道理了』的態度，很像畫虎不成反類犬的金八老師。」和子撩了撩頭髮，模仿金八老師的神態。

晴忍不住笑了。她滿腦子只有鈴愛耳朵聽不見的事，只有鈴愛怎麼這麼不幸的念頭。可是，不是這樣的。她其實非常幸運，有人願意為她減輕心裡的負擔，有人願意逗她笑。晴重新意識到自己的幸運。

鈴愛召集全家人聚集在楡野家客廳，律是這次重要的助手，也站在她旁邊。

「今兒個風和日麗，感謝大家百忙中聚集在這裡——」

「開場白就免了，快點進入正題。」草太打斷鈴愛裝模作樣的開場白。

鈴愛繼續裝模作樣地清了清喉嚨。「接下來要向各位發表我和律的作品。」

她朝律使了個眼色，律把燈關掉。

鈴愛徵得製作者律的同意，按下黑膠唱機的開關。唱機上有個剪出缺口的筒狀物體，其他人依照鈴愛的指示，從缺口往裡看。眼前出現小矮人隨唱盤旋轉，開心舞蹈的模樣。

想當然耳，是律教鈴愛旋轉畫筒的原理。

律告訴她，只要製作得好，就能像動畫那樣，讓畫片看起來會動。聽聞這事，鈴愛首先就想到小矮人。她想讓左耳的小矮人動起來，也想讓晴瞧瞧，讓母親知道自己的左耳原來這麼歡樂。於是她畫下想像中的小矮人，再由律讓小矮人動起來。

小矮人可以永遠跳下去，看起來好歡樂、好開心。

晴紅了眼眶，驚訝地說：「真不可思議。」

「如何？媽媽，很厲害吧？這就是鈴愛左邊的世界，有小矮人在耳朵裡跳舞喔。」

鈴愛的童言童語，讓晴眼裡的水位愈漲愈高。

「好厲害，能做出這玩意兒真了不起。鈴愛的左邊耳朵好歡樂……小律，謝謝你。」

律有些不好意思地搔搔頭。

晴與鈴愛並肩欣賞旋轉畫筒。隔著淚光看到的旋轉畫筒璀璨耀眼，美得像一場夢。

榆野家的屋簷下，晴天娃娃迎風搖曳。

這些晴天娃娃是鈴愛為了秋季遠足掛的，然而一早醒來，窗外烏雲密布，滴滴答答地下著雨。

晴在廚房捏飯糰，做秋季遠足的便當。

遠足去不成的話，早上六點會放煙火。若沒有煙火，表示風雨無阻，照常舉行。

鈴愛背上裝了便當的背包，打起精神衝進雨中，用力地撐開傘，回頭對站在門口目送她的晴說：「媽媽，好好玩，只有半邊在下雨，只有右邊在下雨。」

「這樣啊，因為妳左邊聽不見雨聲嘛，鈴愛的左邊永遠是晴天。」晴笑著回答。

鈴愛很高興母親明白她的意思，踩著長筒靴跳來跳去。

她豎起耳朵傾聽雨聲，走向學校。操場上已經聚集了許多學生。

鈴愛左顧右盼，四下張望。

律、菜生、屠夫大動作地向她招手：「這邊這邊。」

在這麼多人的情況下，光靠聲音無法判斷人是從哪裡叫她的。鈴愛很感謝同伴的貼心。

「鈴愛，雨停了。」

律他們已經把傘收起來了。這麼說來，剛才右邊還不絕於耳的雨聲消失了。鈴愛也收起傘，仰望天空。

天上原本掛著沉鬱的灰色積雨雲，如今已開始放晴，露出半面天空——只有右側是藍得望不見一片雲的晴空。

「……半邊，藍天。」

鈴愛以炯炯有神的雙眼仰望美麗的天空。

一九八九年　岐阜

下課鐘聲一響，鈴愛和菜生立刻結伴衝出教室，目標是小賣部的搶手商品——馬鈴薯麵包和炒麵麵包。鈴愛避開一群勾肩搭背、貌似參加體育社團的臭男生，背負著不幸半途陣亡的菜生的遺願與點單，鎖定小賣部，加速奔馳。

時值平成元年。改朝換代的這一年，鈴愛升上高中三年級。

她剪成齊眉劉海，其他頭髮隨性紮在兩邊，裙子和襪子長度都合乎校規。比起滿腦子只想著變漂亮的女同學，她的打扮簡直可以用土到掉渣來形容。

但她本人顯然毫不在意。比起閉月羞花的少女心，她更在乎填飽肚子。能不能買到小賣部的熱賣商品，比什麼都重要。

已經有大批學生擠在樓下的小賣部前，互相推搡。鈴愛用最快的速度衝下樓梯。到了這把年紀，她的平衡感已經完全練好了，跑跑跳跳也不會失去平衡。

「鈴愛！」耳邊傳來屠夫叫她的聲音，鈴愛四下張望。

即使平衡感已經恢復了，依舊無法單靠一隻耳朵掌握聲音的來處。

屠夫趁鈴愛左顧右盼，從她旁邊鑽過，企圖搶下最後一個炒麵麵包。

雖然屠夫小學五年級開始就停止生長，個子相形矮小，但依舊是那個犯規屠夫。鈴愛立刻從後面賞他一記飛踢。

屠夫最後也沒搶到炒麵麵包，鈴愛只能心不甘、情不願地買下羊羹三明治和綜合三明治這種她不愛的午餐。

鈴愛拖著腳步走回教室，途中在走廊上看見律的身影。

他正坐在窗台上吃炒麵麵包。

「你那是哪來的？」鈴愛不禁衝上前逼問律。

男生剛上完柔道課，從距離上來說不太可能買得到小賣部的搶手商品。

「嗯，我也不知道，學弟妹給我的。」

律一眼望過去，稍微有段距離的地方，一群女生正朝律傳送熱情的視線，又發出殺雞般的尖叫聲，向律揮手。看來是律的粉絲。

原本就是美少年的律，長大後也沒有長歪，而且小學時將他牢牢封住的那一層厚冰，表面徹底融解。律變得很好親近，沒道理不受歡迎。

「律，你變了，變得好輕浮……」鈴愛以三姑六婆般的語氣批評。

「請說我是學會融入社會了。」律反唇相譏，從袋子裡拿出馬鈴薯麵包。

「呼呦呦，馬鈴薯麵包，傳說中的馬鈴薯麵包！」

鈴愛興奮極了，把手伸向馬鈴薯麵包。

律明知故問：「妳要嗎？」

「要。」

「要不要給妳呢？如果妳願意叫三聲『汪！』來聽聽的話……」

律故意吊鈴愛胃口。鈴愛把臉湊到律面前，大喊一聲：「汪！」推了律一把。

律失去平衡，身體在窗台上搖搖欲墜。

鈴愛趁勢搶走馬鈴薯麵包，就要腳底抹油、溜之大吉時，聽到背後傳來「咚」的一聲巨響，趕緊停下腳步，轉過身來。

窗台上不見律的身影。

「喂，律，你還活著嗎？又搞砸了……」鈴愛大驚失色地往窗外抬頭張望。

這裡是一樓，只見律四腳朝天地躺在地上，比出勝利手勢，鈴愛被他逗笑了。

律小時候的氣喘已經徹底痊癒，還成為籃球社的王牌選手，大顯身手。每當他投籃得分，粉絲都會為他歡呼。律的成績優異、運動全能，再加上眉清目秀，在朝露高中受到王子般的禮遇，但他原本不該來念這所高中的。

升上國中，律的神童地位依舊無人可以撼動。他原本打算報考名古屋的海藤高中。海藤是日本首屈一指的名校，歷屆都有幾十人考進東大，而且以律的資質，應該也能輕鬆考上。

可是考試當天，律在距離海藤高中只剩二十分鐘路程之處，看到路邊有團用布蓋著的東西。走過去掀開來一看，是隻很可愛的狗，被車子撞到了。為了避免再被撞到，有人把牠移到路邊，但也只是這樣而已。移動牠的路人並未多做什麼，就這麼放著不管。

律大聲求救，但沒有人停下腳步。呼救了好一會兒，確定只有自己能救牠之後，律只好抱起小狗，攔了計程車，直奔寵物醫院。

小狗撿回一條命，也順利見到正到處找牠的飼主，律的考試卻泡湯了。

在那之後有好一陣子，律關在家裡，哪也不去，彈的曲子也不再是〈故鄉〉，而是蕭邦的〈送葬進行曲〉。

春假即將結束時，律總算走出家門，當時他臉上的笑容有如悟道的高僧。如此這般，進入涅槃的他反而一頭栽進世俗，變成鈴愛口中「輕浮」的律。

律別無選擇，只能參加朝露高中的考試，陰錯陽差地與鈴愛他們就讀同一所高中。

屠夫加入羽毛球社，猛烈追求小學時代每次玩 Best Ten 遊戲都霸著演聖子的愛菜，但愛菜選擇和長得很帥的學長交往。屠夫才剛進社團就失戀了。

菜生因為嚮往射箭穿的弓道服，加入了弓道社，可惜沒有半點射箭天分，三年下來完全沒有進步。

鈴愛從小就喜歡畫圖，加入了美術社，現在也正為文化祭描繪大幅海報。在她的畫裡，鯨魚正怡然自得地翱翔於觸手可及的藍天裡。在同學們春心蕩漾、不是談戀愛就是失戀的浮動氣氛下，鈴愛默默地將顏料塗抹在作品上。

心情浮動的不止高中生。當時正值泡沫經濟時代，日本人無不民心浮動。從半屏山髮型、緊身衣、架高舞台、計程車券、股票、駝獸或備胎這種名詞，到苗場[9]、滑雪、海上大橋等，總之整個日本列島都陷入躁動不安的狀態。

在這種舉國歡騰的情況下，杉菜食堂卻完全沒有跟上這股景氣大好的腳步，反而被開在梟町郊外的速食店及家庭式餐廳打趴在地上。晴每天都愁眉不展地按著計算機，計算五平餅的成本與利潤。

「老公，你看這個。」晴讓宇太郎看業績圖表，剛剛好損益兩平。

宇太郎一個勁兒抓著下巴說：「老婆大人，這個不能做成圖表，不能什麼東西都做成圖表啦，要是把妳的腰圍從十八歲起做成圖表——」

晴搥了宇太郎一記。

「妳看喔，老婆大人，現在在這裡對吧？只要明年能像這樣……」宇太郎拿起簽字筆，在圖表上畫了一條往上竄升的線。「後年則像這樣，每年業績都有提升。」宇太郎連旁邊的廣告傳單都拿來用，在背面畫上急速往上攀升的弧線。

「笨蛋。」

晴被他打敗，忍不住笑了，這陣子幾乎打成死結的眉頭終於舒展開來。

鈴愛仰望萩尾家的窗戶，在腦海中仔細回想火箭大使的哨聲，謹慎地吹了三下。

律開窗，探出頭。臉上的表情還是老樣子，有點不耐煩，卻又很溫柔。

鈴愛高舉雙手。

「什麼事？」

「我不行了。」

鈴愛求律幫她搞定數學作業，律一聲不吭地讓她進門。

自從這門科目的名稱從算數變成數學，鈴愛就搞不懂題目的意思了，怎麼也不覺得那是日文。律耐著性子教她，但鈴愛聽到「當X趨近於零」就再也聽不懂了。

她拋開教科書。「我要來改良助聽耳。」

明明是鈴愛來求律教她功課，本人的心思卻已經飄到別的地方去了。她從書包裡拿出助聽耳，一面觀察，一面在筆記本上畫下新的設計圖。

鈴愛開始在課堂上戴自己做的助聽耳。

感覺只要戴在聽得見的右耳上，助聽耳就能捕捉聲音，聽得更清楚。

因此每次上到老師口齒不清或音量太小的課，鈴愛就會毫不遲疑地戴上助聽耳，反而讓老師覺得自己受到監督，下意識提高音量，口齒也變得清晰許多。在鈴愛沒意識到的情況下，竟幫忙提高了上課品質。

周圍的人看到鈴愛的助聽耳，往往都不知所措，不曉得該看哪裡才好，也不知道該怎麼與她相處。但鈴愛根本沒發現班上氣氛有異，於是律的工作就是拉近鈴愛與其他同學不自然

---

9. 苗場滑雪場：位於日本新潟縣的滑雪場，一九六一年落成。

的距離，不僅裝瘋賣傻地拿鈴愛的助聽耳來戴，也推薦給其他人。重複幾遍後，原本保持緘默的尷尬氣氛，逐漸變得輕鬆自在，失聰也不再是禁忌話題。

鈴愛之所以能在班上過上平靜的生活，不至於格格不入，也沒有受到欺負，原因無他，全都要感謝律的智慧與貼心，雖然鈴愛對此渾然未覺。

她專注地在數學筆記本上描繪助聽耳的設計圖。律偷看她畫的圖。筆記本上有各種助聽耳的設計，千奇百怪的形狀中也不乏他貢獻的點子。

律又把「會不會跟吸音率有關」這種難以理解的話掛在嘴邊。他原本就喜歡做些有的沒的東西，也拋下作業，一起思考。這時房裡響起細微的沙沙聲。

「抱歉，該餵弗朗索瓦吃飯了。」

律站起來，餵飼料給水槽裡的烏龜吃。烏龜是和子某次逛廟會，心血來潮買回來的，還給牠取了弗朗索瓦這種響亮的名字。

「和子伯母把照顧弗朗索瓦的工作都推給你嗎？」

「某種程度上是的，不過弗朗索瓦很可愛。」

律微笑回答，凝視烏龜吃蝦米的模樣。

鈴愛露出同情的笑容。

「結果你就算上了高中，也沒交到太多朋友嘛。」

「鈴愛，妳這種思考方向很奇怪。」律板著臉說。

他其實也暗自在意自己明明有那麼多粉絲，卻沒有幾個朋友。

餵完烏龜後，律再次加入改良助聽耳的計畫。

沉思半晌，他建議鈴愛兩隻耳朵都戴上助聽耳。

「為什麼？左耳已經聽不見了，就算戴上助聽耳也沒意義。」鈴愛回答得很乾脆。

「有助於左右平衡吧。」

「律，我有時候會想，都已經聽不見了，我的左耳為什麼還要存在呢？」

「……因為很可愛才存在的不是嗎？鈴愛的耳朵形狀很可愛呀。」

「欸？」

這種話一點都不像是律會說的話，鈴愛雙眼圓睜地盯著他。

律為了掩飾害臊，望向剛剛才餵過的烏龜。

「很好，弗朗索瓦，多吃一點喔。」

「是誰？」鈴愛以尖銳的語氣質問律。

「什麼？」

「你才不會說出『鈴愛的耳朵形狀很可愛』這麼窩心的話，也不可能這麼想。快說，你在模仿誰？你是跟誰現學現賣的？」

律輕咳兩聲。他似乎小看了鈴愛的野性直覺。

他轉身面向鈴愛，不情不願地招認：「是屠夫。」

「哦……屠夫啊。」

「那小子明明是屠夫，心思卻很細膩。」

「我也這麼覺得。」

「啊，既然妳也這麼覺得，我可以再告訴妳一件事嗎？這件事妳一定要知道。我從以前就在猜，那小子是不是對妳有意思，所以才從小死纏爛打，專門欺負妳……」

「律。」鈴愛以嚴肅的口吻喊道。

「有。」

「你和屠夫不是好兄弟嗎？」

「是好兄弟啊，他大概是我唯一的哥兒們。」

「明明是好兄弟，他卻沒告訴你他喜歡誰嗎？」

鈴愛打死也不相信屠夫喜歡自己，反而更好奇律唯一的哥兒們可能沒把他當兄弟。

「屠夫沒把我當好兄弟嗎……」律沒什麼信心地喃喃自語。

鈴愛輕拍他的肩。「律，別擔心，你還有弗朗索瓦。」

「別說得那麼淒涼！」

「了解……了。」

耳邊傳來弗朗索瓦吃蝦米的卡嚓卡嚓聲。鈴愛重新畫起助聽耳的設計圖。律沒事幹，只好開始做功課。

「因為很可愛才存在的不是嗎？」

律的聲音縈繞在耳邊。儘管立刻就發現他抄襲別人，鈴愛還是臉紅心跳了一下。原來就算是從律口中說出來，能讓人心動的話還是會讓人怦然心動啊。鈴愛事不關己地想，很快就忘了這件事。

放學後，鈴愛向自己參加的社團告假，去弓道場看菜生比賽

今天是三年級最後一場比賽，也是菜生第一次獲准上場參加比賽的大日子。

鈴愛在護欄外為菜生加油。不枉菜生因為弓道服很可愛才加入社團，日式褲裙真是太適合她了。

菜生射出的箭正中紅心，臉上頓時浮出欣喜欲狂的表情，老師卻說：「那是隔壁的靶。」菜生不由得大失所望。

鈴愛用嘴形對她隔空喊話：「別在意，別在意。」

菜生對鈴愛回以一抹微笑。

鈴愛注意到律和屠夫的身影也出現在稍遠處的觀戰人潮中，看樣子他們也來為菜生加油。

「下一組，柏木高中。第一位，山田同學；第二位，金澤同學；第三位，伊藤同學。」

老師廣播同時，菜生她們的對手也就定位，其中一人瞬間成為整個會場的目光焦點。眉

眼清冽、神態凜然的美麗容顏，在日式褲裙的襯托下更顯英姿颯爽，宛如女戰神。

美少女射箭的前一秒，鈴愛發現她的視線先射向了觀眾席，似乎在看視線前方的律。

律與美少女四目相交。那一瞬間，鈴愛彷彿聽到火花激烈碰撞的聲音。

一切只發生在短短的一瞬間。

美少女的表情絲毫未動，盯著箭靶，慢慢地拉弓。箭筆直地飛出去。

律一直注視著美少女；射完箭的美少女也望向律的方向。

鈴愛不由自主地垂下了視線。

結果，菜生第一次也是最後一次比賽輸得慘兮兮。

鈴愛提議去「燈火咖啡廳」為菜生舉行打氣會，律和屠夫正在操場等菜生收拾東西。

屠夫要沒事做的律陪他在操場一角打羽毛球。

「明年啊……」

「嗯？」

「就無法和律一起打羽毛球了。」屠夫邊回球邊感慨萬千地說。

「畢業以後也要見面啊。」

聽到律這麼說，屠夫整張臉都亮了起來。看樣子，屠夫和他的確是好兄弟沒錯。

「對了，屠夫，」律問樂不可支的屠夫，「你有喜歡的人嗎？」

「……律。」

屠夫以梨花帶淚的水潤雙眸看著律。和好兄弟討論心儀女生似乎是他夢寐以求的事。

沒想到屠夫會這麼激動，律有點嚇到，連忙說：「算了，當我沒說。」

說時遲，那時快，屠夫大動作地用力揮拍，羽毛球高高地從空中掠過，飛過律的頭頂，卡在樹上。

為了拿回羽毛球，屠夫助跑加跳躍，但不僅搆不到，反而因用力過猛而摔了一大跤。

「那顆球很貴說。」屠夫不死心地抬頭看。

原本深表同情的律突然一口氣卡在喉嚨裡——剛才在弓道場上的美少女正走過來。

美少女看到律和樹上的羽毛球，嫣然一笑。

「交給我。」

她用長長的弓箭袋前端頂了頂羽毛球，羽毛球晃了兩下，穩穩地降落在美少女的掌心裡。她有些遲疑地看著手心的羽毛球，最後選擇遞給律。

屠夫站在不遠處，觀察律與少女的互動，感覺兩人之間有股不容打擾的氣氛。

「謝謝。」

「不客氣。」美少女微笑。

近距離一看，她真是美到懾人心魄的地步。

「好像一隻鳥。」律情不自禁脫口而出。

「鳥？」

「妳捧著羽毛球的時候，看起來好像手裡有隻雪白的雛鳥。」

這句話說得實在太動聽，少女忍不住笑了。

律擠出畢生最大的勇氣，留住就要離開的少女。「那、那個……」少女回頭。這是律第一次感到這麼害怕。「可以告訴我妳的名字……嗎？」

「你剛才有來看我射箭吧。」

「啊……嗯。」

少女想了一下，露出惡作劇的笑容。

「你先告訴我你的名字，我再告訴你。」

「呃……我叫萩尾律，律是旋律的律。」

「是嗎。」少女瞇細了雙眼。

「我叫伊藤清，清是三點水加上藍色的青字。」

律和清一瞬也不瞬地凝望彼此。律從她手中接過雛鳥般的羽毛球，輕輕握住。

屠夫始終站在有段距離的地方，屏住呼吸，緊張地注視眼前的畫面。

燈火咖啡廳裡，鈴愛從屠夫口中知道清的事。

她吸著變成稀泥的冰淇淋蘇打。「你沒有問對方的電話嗎？」

「沒有……這兩個人已經完全陷入自己的世界裡了。」

屠夫代替律回答，說得繪聲繪影，連根本沒人問的部分也說了。律始終默不作聲，大阪燒連一口也沒吃。

清每年都會出戰校際比賽，算是小有名氣，絕大部分的觀眾都是衝著她來的。她的美麗也是出了名的，就連對這方面的八卦沒什麼涉獵的鈴愛，也聽說過清曾在名古屋的榮被星探看上。

「她長得好可愛，跟律很配。」

「呃，那個，不要在這種地方和大家討論這件事啦……」

律有氣無力地打斷口沫橫飛的屠夫。

平常總是桀驁不馴、自信爆表的律，居然以這種怯懦的語氣說話，跌破大家的眼鏡。

「你該不會是認真的吧……律少爺。」

律沒否認屠夫的調侃，反而面紅耳赤地擔心被店裡的人聽見。「你太大聲了啦……」

這輩子從未交過女朋友的律墜入情網了。

菜生和屠夫的好奇心整個被挑起。

菜生的最後一場比賽雖被打得落花流水，但現在不是為此沮喪的時候。為了不用在意他人的視線，鈴愛等人幾乎是用綁地把律架回他家，準備刨根究底、鉅細靡遺地問個清楚。

可是回到律的房間，鈴愛他們不是在跟烏龜玩，就是享用和子親手做的布丁，完全沒有要開始審問的意思。

「你們到底要不要聽我說？」律沉不住氣，以走投無路的語氣發難。

「怎麼了？律同學，律少爺，難不成你想說嗎？」

菜生一骨碌地往前探出身子，雙眼閃著狡黠的光芒。

「菜生，別急！」鈴愛打斷菜生。

「這事兒急不得，這種時候要像抓蜻蜓那樣，屏住呼吸，慢慢、慢慢地一步步靠近。」

三個人面向律，就像抓蜻蜓那樣，伸出食指，在律面前畫圈，根本是拿他尋開心。

律虛弱地抗議：「別這樣。」

或許是覺得他太可憐了，其他人不再取笑他，各自採取舒服的坐姿，準備聽律從實招來。跟平常侃侃而談的律完全不同，他字斟句酌地思考，說起對清的想法。

「我覺得……要是真有所謂的命運，我們就一定會再見……」律羞赧卻又堅定地說出命運這個字眼。「就算沒有交換電話也沒關係……說得好聽，其實我只是害怕被拒絕。」

律自我解嘲，但就連菜生、屠夫也能體會律的心情。他確實感受到「命運」的安排。

「一定還會再見面的。」

「嗯……我也這麼覺得。」

菜生和屠夫齊聲附和，一旁的鈴愛還在狀況外。

「欸，啊，呃，我有點跟不上耶……是這樣嗎？」

所謂的命運，是遇到就會知道的東西嗎？

鈴愛連單戀的經驗也沒有，根本無從知曉戀愛有多麼不合邏輯，會對人造成多麼重大的影響。不過，看到律前所未見的這一面，她似乎有些明白了。命運好偉大，居然能讓律瞬間產生這麼大的改變。鈴愛單純為此感到佩服不已。

「這樣啊……律遇見命中注定的人啦。」

「我也不確定……」雖然語帶保留，但律的表情已經轉為確信。

律對新的邂逅充滿喜悅與興奮，他激動的情緒也感染了鈴愛。就連製作永動機的時候，也沒見過律這麼歡欣鼓舞。鈴愛笑著注視笑得一臉羞澀的律。那笑容裡沒有絲毫嫉妒，只有由衷為律的幸福感到高興的純粹心情。

晚上，鈴愛在房裡畫圖。

筆下是個射箭美少女。她栩栩如生地描繪出清美麗的側臉。

門外傳來敲門聲，紙門應聲開啟。草太端了咖啡來給她喝。

「哦，謝啦。」

「妳在畫什麼？」

「嗯？我在畫律一見鍾情的對象，要送給律當禮物。」鈴愛真心誠意地說。

「姊……」草太看到姊姊真誠無偽的笑臉，反而覺得情況好像有哪裡怪怪的，不禁喊了鈴愛一聲。

「什麼事？」鈴愛笑著看草太。

草太不動聲色地嘆了一口氣，說樓下有餅乾。

「不用，有咖啡就夠了，謝啦。」

草太離開後，鈴愛繼續作畫。清的輪廓愈來愈鮮明。

鈴愛喝了口咖啡，端詳只差一點點就完成的作品。

感覺內心好像微微刺痛了一下。那感覺來得快去得也快，還沒來得及搞清楚就消失了。

鈴愛感到莫名其妙，隨即重新振作起來，再度拿起鉛筆。

律喜出望外地收下鈴愛畫的清。他貼在房裡不太顯眼的地方，大概是不想被和子發現。

鈴愛以為一旦有了喜歡的人，就會朝思暮想地只想見到對方，但律倒是一派氣定神閒。

「我要靜靜地等待命運安排……開玩笑的啦。」律半開玩笑地說。

看在鈴愛眼中，那是搶先自己一步體會愛情滋味的人才有的從容。

真正令鈴愛焦慮的，是一封寫給菜生的信——菜生收到了情書。

鈴愛羨慕到快抓狂了。

即使看個電視，也看得一肚子氣。一打開，上頭正播放著男生向剛認識的女生告白的知名綜藝節目。感覺除了自己，所有人都在談戀愛。

鈴愛剛洗完澡，頭髮亂七八糟。穿了件運動服、頂著毫無女人味可言的打扮躺在客廳，終於受不了關掉電視。

「哇！」端著飲料進來的草太險些被鈴愛絆倒。

「我還以為是隻海獅睡在這裡。」

「我泡澡泡昏頭了。」

風鈴發出清脆的聲響。

「你看，風鈴已經掛上了。」鈴愛說。

「嗯，今年好早啊。」

「梅雨季已經結束了，打算趕快迎接夏天吧。」

草太笑著想要打開電視，鈴愛連忙阻止他。

「高中最後一個夏天要來了，這是最後一個暑假了。」

「……長話短說。」

「什麼？」

「妳不是要發表高見嗎？請長話短說。」

看樣子草太願意聽她說話，鈴愛翻身坐起。

「大家都在談戀愛！」鈴愛緊緊地抓住毛巾被，活像奈勒斯和他的毯子。

「欸，妳是指這件事？不是該想想高中畢業以後的出路嗎？」

「反正我這種笨蛋哪裡都考不上，既然煩惱也沒用，乾脆就不要煩惱了。」鈴愛大言不慚地拍胸脯說。

草太傻眼地回應：「是嗎？」

「唉……我的高中生活就要這樣什麼事也沒發生地結束了嗎？就沒有戀愛要找上我嗎？」

「戀愛不是用找的，是自然而然陷進去的。」草太說出這句陳腔濫調。

據晴透露，草太也已經有喜歡的對象了。每個人都理所當然地談起戀愛。

鈴愛自暴自棄地說：「像掉進陷阱那樣嗎？我身邊連一個陷阱也沒有！」

「……姊，既然妳這麼說，就不該幫律哥畫他喜歡的女生啊。」

「你在說什麼？完全聽不懂。」

鈴愛像一灘爛泥似地躺在榻榻米上。她是真的聽不懂，可是聽草太這麼說，不曉得為什麼就是一肚子氣。

這時仙吉回來了，把裝滿文件的資料夾放在桌上。資料夾的封面印有「岐阜森巴樂園」的字樣。

最近不分男女，大人都在討論這個話題。聽說西町的清水要在森林蓋一座森巴主題樂園，吸引觀光客。他們計畫讓商店上的店也進去主題樂園內開店，還能因此產生工作機會。聽起來很吸引人，但晴他們都半信半疑。

畢竟岐阜縣民很保守，雖然有很多存款，但絕不輕易借錢，這種人會跳森巴舞嗎？然而東京的建設公司派來俊男美女招待，在他們的吹捧下愈來愈難以拒絕也是事實。大人們已經參加過好幾次以說明會為名的招待會，每次都喝得醉醺醺回家。今天也是，而且看來晴和宇太郎還在喝。

「怎麼了，鈴愛，幹麼躺在這種地方？」

仙吉也差點被鈴愛絆倒。

「像這樣邊聽風鈴的聲音，蓋毛巾被睡覺，讓人想起從前。」鈴愛口齒不清地說。

蓋了很久的毛巾被，散發出自己的味道。

鈴愛孩子氣地央求仙吉唱搖籃曲給她聽。仙吉應觀眾要求，以溫柔的歌聲唱起〈故鄉〉。

鈴愛閉著眼睛聽。草太也趴在矮桌上，陶醉地閉上雙眼。風鈴互相撞擊，發出清涼的聲音。

鈴愛的內心湧起一股自己也不明白的情緒，想回到小時候，又想快點長大。她拉高毛巾被，蓋住頭。

這天早上，鈴愛跟平常一樣，等待一小時只有一班的公車。班次實在太少，所以很多學生都騎腳踏車上學，但因為耳朵的問題，鈴愛選擇搭公車上學。

她看看錶，公車應該快來了。

就在這一刻，有輛腳踏車從鈴愛面前唰的一聲疾駛而過。鈴愛下意識地望向騎車的男學生，有樣東西就這樣從車上掉下來。

鈴愛沒想太多就撿起來，是一捲卡式錄音帶。

「等一下——這個。」她拚命追向那輛腳踏車，在男生背後喊了好幾次，胸口一陣騷動。說不定所謂的命運也降臨到自己頭上了。

「你東西掉了！」腳踏車終於停下來，鈴愛好不容易從後面追上，氣喘如牛地解釋。背影還不錯，感覺很有型。鈴愛滿懷期待地凝視回頭的男生。

……好、好普通……

鈴愛一廂情願地期待，又一廂情願地期待落空。她還以為凡是命中注定的人，肯定會帥到只看一眼，就能奪走自己的芳心。

「啊，這、這個……」鈴愛遞出錄音帶。

男生下車，循規蹈矩地停好腳踏車，非常有禮貌地向鈴愛道謝：「謝謝。」學生帽隨鞠躬的動作掉落，鈴愛撿起來還給他。

「不好意思，讓妳幫我撿了兩次東西。」

再怎麼仔細端詳，也無法用帥氣來形容眼前的男生。長相土里土氣，給人楞頭楞腦的感覺，不過笑起來的模樣還不賴。

「你是棒球社的嗎？」

對方實在太有禮貌了，鈴愛忍不住做此聯想，但對方說他是校刊社的成員。

意料之外的答案令鈴愛好生困惑。既不是好厲害，也不是好帥的感覺。她還在磨蹭，男生已畢恭畢敬地又行個禮，騎著腳踏車離開了。

回過神來，一小時才一班的公車早就開走了。

「是個很老實的人……」

和菜生在教室吃便當時，鈴愛又提起在公車站遇到的男生。早上一到學校，她就向菜生報告過了，後來又反反覆覆提起好幾次，聊到菜生幾乎都會背了，她還意猶未盡。

鈴愛總算稍微體會到大家談起戀愛就六親不認的心情。

「要是能嫁給那個人，他一定不會搞外遇，我會很幸福。」

「什麼，妳已經想到那裡去啦？」

饒是菜生已經習慣鈴愛不按牌理出牌，也不由得驚呼。

「我不像妳那麼受歡迎，所以得抓住這次走桃花運的機會。」

「呃，鈴愛，這不是走桃花運，對方只是向妳說了聲謝謝而已。」

「是這樣嗎……」菜生冷靜的判斷讓鈴愛感到十分錯愕。

「原來我既沒趕上一小時才一班的公車，也沒走桃花運。」

「咦，什麼桃花運？誰走桃花運？你們在說什麼？」屠夫像個背後靈似地靠近。

他對這方面的話題特別敏感，邊靠近順便指出鈴愛還戴著助聽耳。她壓根兒忘了自己還戴著助聽耳。菜生已經很習慣鈴愛戴著助聽耳的模樣，也沒想到要提醒她。

「告訴我嘛，是誰走桃花運？」

菜生揮手想趕走屠夫這個好奇寶寶。「你走開啦，這是女生之間的悄悄話。」

「欸，可是我有這個耶……」

屠夫立刻從手上的塑膠袋掏出馬鈴薯麵包。也不知他使了什麼手段，居然弄到了一大袋馬鈴薯麵包。

「呼呦呦！馬鈴薯麵包。」

鈴愛不假思索地拉開旁邊的椅子給屠夫坐。

屠夫也給離比較遠的律看他的馬鈴薯麵包，問他要不要過來，可是籃球社的學弟正圍著律，律只好婉拒：「等一下再說。」

屠夫壓低音量對鈴愛和菜生說：「誰教律是籃球社的王牌呢，他們大概是想拜託他留下來打到夏季大賽吧。」

「你還要聽我走桃花運的事嗎？還是不用了？」

「欸，鈴愛走桃花運？」

屠夫的音量響徹整間教室，正與學弟討論事情的律聽到這句話，肩膀抽動了好大一下。

「太陽打西邊出來了嗎？」

「屠夫，你說得太過分了。」

對朋友相當忠實的菜生替鈴愛抗議，一旁的鈴愛已經把手伸向第二個馬鈴薯麵包了。

鈴愛和律他們一起回到杉菜食堂時，和子和貴美香等貓頭鷹商店街的女人都聚在食堂裡。她們正針對森巴樂園的議題，展開只有女人的討論。

男人都被建設公司年輕貌美的女員工迷得神魂顛倒，而女人看到的問題比較實際，像是外地人紛紛開車來的話，會不會塞車，或是森巴樂園的預定地會不會變成野鳥的溫床；又或者一旦身材姣好、穿著暴露的舞者昂首闊步地走在商店街上，大家會不會被比下去。

一開始得知計畫時，聽起來好像天上掉下來的禮物，可是在只有女人的情況下冷靜地討論過後，令人擔心的缺點陸續浮上檯面。

正當氣氛愈來愈沉重，鈴愛他們回來了。

「真難得啊，你們不是去燈火咖啡廳吃大阪燒嗎？」晴拿出汽水給他們喝。

「好像被包場了。」

鈴愛他們作夢也沒想到，建設公司的女員工正在燈火咖啡廳教商店街的男人跳森巴舞。理由倒是挺冠冕堂皇，說是為了讓他們先了解森巴舞，但男士們全都醉翁之意不在酒。與實際的女人完全相反，男人們紛紛舞動著不靈活的軀體，一致認為森巴舞真是太棒了。

商店街的女人還在開會。

鈴愛等人端著汽水和五平餅移動到客廳。話題當然是「鈴愛走桃花運」一事。律因為和籃球社學弟討論事情，沒聽到重點，鈴愛便再從頭仔細地講了一遍。每重複一次，她就覺得這段插曲是很特別的記憶。

事到如今，鈴愛心裡已有一群小鹿跑來跑去。

「或許這就是命中注定。」聽完鈴愛的敘述，律以正經八百的口吻說道。

鈴愛自己也覺得說不定是這樣，可是從律口中說出來，她就真的相信這是命中注定了。但話說回來，什麼是命中注定？

所有不懂的事都是律告訴她的，所以她立刻問律：「什麼是命中注定？」

「命中注定是非常浪漫的事，在鈴愛往後的人生裡，或許都不會再發生撿到卡式錄音帶的邂逅了。」

「嗯。」鈴愛老實地點頭。

「所以要是能再次相遇，那就是命中注定了。」

「不不不，」屠夫插嘴，「律和射箭美少女或許是命中注定沒錯，但鈴愛這也算是命中注定的相遇嗎？鈴愛都能遇到的話，我應該也能遇到吧！」

菜生對屠夫的喟嘆充耳不聞，也一個勁兒地向鈴愛附和：「這就是命中注定。」

「可是他並不帥喔。」

如果是命中注定也沒得選，雖然既然要相遇，還是比較希望能遇到一個帥氣的人。鈴愛顯然還無法釋懷。

律曉以大義地教訓她：「鈴愛，做人不能太貪心。」

「我知道啦。」鈴愛點頭。她很清楚自己沒有男人緣，不珍惜這次命中注定的話，一定會遭天譴。

「要是能再相遇，一定是命中注定……」鈴愛重複著，彷彿是說給自己聽。

屠夫在一旁百無聊賴地吃五平餅，以壞心眼的口吻說：「哼，我賭你們見不到。」

回家路上，律看到貴美香走在前方不遠處。

他追上貴美香，向她打招呼。貴美香好像在杉菜食堂喝了點酒，有些微醺。

「您是來討論森巴樂園的事嗎？」

「怎麼，露餡啦？」

「因為鎮上的大人都在討論這件事。」

「……你怎麼看？」

「老實說，我覺得蓋不蓋都無所謂。」這是律真實的想法。他從未認真思考過要選哪邊站。不是因為自己年紀還小，而是他認為自己遲早會離開這個小鎮，覺得事不關己。

貴美香對律的回答報以苦笑。

「年輕人都這樣，大概是老年人比較害怕變化。我啊……在這裡接生過很多孩子，啊，你也是其中之一。那些孩子長大以後……都離開這裡了。」律低下頭，感覺貴美香好像看穿了自己的心思。「久久一次也沒關係，我希望那些孩子回來時，不管是這個小鎮還是我，能讓他們感到身心安頓就好了。」貴美香笑著補充，「啊，我就免了是嗎？」

律連忙搖頭說：「沒這回事，每次見到貴美香醫生，我的心情都會平靜下來。」

「真的嗎……別忘了你說的話喔。」貴美香以平靜的語氣說道，仰望被染成火紅色的美麗穹蒼。「等你高中畢業，去了遠方，也別忘了這個小鎮喔。」

「好。」律毫不遲疑地點頭。

眺望著沐浴在夕陽下的商店街，和在商店街上熙來攘往的人們，眼前習以為常的光景，卻比平常更令律感慨。

早上，鈴愛跟平常一樣，在公車站等一小時才一班的公車。

鈴愛心不在焉地等著公車。晨光灑落，照亮了她，讓她看起來美極了，就連土里土氣的髮型和服裝看起來也很清純。

「那個，上次那個女生！」

突然有人喊她，鈴愛左右張望，不確定聲音從哪裡傳來。

「那個，上次幫我撿錄音帶的人，上次的那個女生！」

鈴愛總算發現在馬路對面朝她揮手的男生。

他的前面就是斑馬線，但因為是紅燈，過不來。

男子跨坐在腳踏車上，朝鈴愛大喊，拚命想告訴她什麼。

鈴愛目不轉睛地看著對方。這時，公車來了，停下來擋在兩人中間。

鈴愛站在車門前進退兩難，眼睜睜地看公車門緩緩關上。

公車開走，鈴愛還留在原地，看著男子。

他臉上浮現出驚訝的表情。紅燈一變成綠燈，男子馬上跨越馬路衝過來。

鈴愛還在發呆，「命中注定的重逢」這句話以飛快的速度在腦海中竄來竄去。男子一臉羞澀，支支吾吾老半天，態度誠懇地告訴鈴愛：「不好意思，其實這不是巧合。我心想說不定還能再見到妳，每天都來等妳……已經有好幾次，與其說是見到妳，不如說是看著妳。其中大概有三次都想叫住妳，可是實在沒有勇氣……今天終於鼓起勇氣了。」

男孩難為情地笑著說。鈴愛不知該說什麼，只能傻呼呼地附和：「是喔。」

「啊，可是公車跑掉了。」男孩這才想起鈴愛沒搭上公車，倏地將腳踏車轉了個方向。

「上來吧，我送妳！朝露高中對吧。」

「不用了，你是西校的學生吧，方向不一樣。」

「妳怎麼知道我是西校的學生？」

「因為上次你戴著帽子……」

或許很感動鈴愛注意到這些細節，男子笑得很靦腆，表情有點可愛。

「我送妳吧。」

「不用了，我不敢坐腳踏車。」

「這樣啊……對不起。」男孩低頭道歉，頭上沒戴上次那頂學生帽。

「你今天沒戴帽子……」

「哦，那個只有校慶才戴，畢竟是創校紀念日嘛。」

「你好老實啊。」

男子推著腳踏車，鈴愛與他並肩同行。

不知怎的，原本覺得不怎麼樣的長相，如今看起來突然變得正氣凜然，令她春心蕩漾。

鈴愛好想告訴其他人這場命中注定的重逢，但菜生和屠夫都說他們有事。她沒得選，只好拖著不是很感興趣的律，前往老地方燈火咖啡廳。

「我沒見過這麼可愛的人，妳是我見過最完美的人。」

鈴愛走在推著腳踏車前進的律身邊，重現命中注定的人——小林說過的話。

因為是校刊社的成員，小林沒那麼緊張後，對鈴愛熱情如火，說出些令她臉紅的愛語。

「他說我簡直是某個國家的公主——」

「校刊社的人才不會說這種話。」

「啊，被你發現啦。可是他真的說他沒見過像我這麼可愛的人。」

鈴愛心花怒放地笑著說，全身上下沒有一絲一毫早上在公車站的美少女風範。

律嗤之以鼻地嘲笑：「明明是隻猴子。」

「你說什麼？」

「說妳出生的時候像隻猴子。」

律說得不容置疑，篤定得彷彿他還記得兩人襁褓時的模樣。

即使被律說成猴子，鈴愛也不生氣，因為命中注定的人說她「可愛」。就算出生的時候像猴子又怎樣？律不以為然。鈴愛走在他身邊沒完沒了地說著小林同學的事。

菜生和屠夫雙雙拒絕去燈火咖啡廳是有原因的。

菜生建議要讓鈴愛和律獨處。她從以前就覺得，鈴愛和律才是天生一對。同一天生日就算了，那天還正好是七月七日七夕。比起跟弄掉錄音帶的人再見面，同年同月同日生不是更有命中注定的感覺嗎？

聽鈴愛轉述她和小林命定的相遇時，菜生認為「這麼一來，命運的齒輪或許會開始轉動」。鈴愛和律始終停留在青梅竹馬的階段，不曾前進半步，也看不出兩人有絲毫想更進一步的跡象。但菜生堅信，只要投入催化劑，局面說不定就會有所改變。

因此，現在，這個時間點，她想讓那兩個人單獨相處看看。

聽完菜生的分析，屠夫也贊成：「有道理。」

屠夫也從以前就覺得，如果有什麼催化劑，局面或許就會有所改變。於是兩人達成共識，讓鈴愛與律單獨前往。

鈴愛和律一如既往地在燈火咖啡廳吃大阪燒，完全不知道菜生與屠夫對他們寄予厚望。

「哦，要去約會啊。」律不置可否地附和鈴愛的報告。

鈴愛探出身子猛點頭。「對，下週日要去明治村[10]。」

「進展得好快，但明治村也太沒創意了。」

「明治村不是約會聖地嗎？」

「聽說情侶在入鹿池划船會分手。」

「無論哪座池塘或湖泊都有一起划船會分手的傳說，卻沒有一起坐船就能結婚的傳說！」

「說得也是，畢竟大部分的年輕情侶都會分手。」

仔細想想，這道理再簡單不過。年輕的情侶都會去划船，年輕的情侶也都會分手，以致划船與分手的傳說畫上等號。

儘管如此，鈴愛還是在心裡暗自記住不能划船。

「所以呢，我有事請想教你。」

「隨便妳問，不過這頓妳要請客。」

「那有什麼問題。」鈴愛豪氣萬千地點頭，深呼吸，直接提出問題。

「我要怎麼做才能受歡迎？」

「妳不是已經受歡迎了嗎？所以才要去約會呀。」

「我是問接下來該怎麼做……」

律神神祕祕地朝鈴愛招手，她把臉湊過去，律附在她耳邊小聲地說：

10. 博物館明治村：位於日本愛知縣的戶外博物館，也是以明治時代為題的主題公園。園區內展出許多明治時代的實際建築物與歷史資料。

「接下來要修行。」

「……修行？」

鈴愛聽話地點頭。律開始對她進行一對一的熱血指導。

在律的指導下，鈴愛反覆練習受歡迎的反應，諸如「哦，真的嗎？」或「真不敢相信」的嬌嗔。她依照律的指示，提高語尾的音調，把話說得可愛一點，但律始終不滿意地歪著頭。

「難道是我搞錯方向了？妳是在模仿粉領族嗎？還是看了太多隧道紅鯨團[11]的表演？」

「老師，你行不行啊。」

鈴愛盯著律的眼神很認真。她已經付了大阪燒的錢當學費，要是律不肯好好傳授的話，她就虧大了。

「總之，別太聒噪。」

「……好。」

「要可愛地附和。」

「嗯。」

「再說一次。」

鈴愛以反應可愛為目標，提高音調、裝腔作勢地回答：「嗯。」

律毫不留情地皺眉，露出噁心的表情。

「我自己也覺得有點噁心。」

鈴愛無精打采地低下頭。要成為受歡迎的女生，這條路真是充滿荊棘。

「鈴愛說話很好笑，」律的評語讓鈴愛倏地抬起頭來。「大家都這麼說。」律逼自信滿滿的鈴愛面對殘酷的現實。「可是鈴愛，女孩子不需要好笑。」

大阪燒從鈴愛的筷子上滑落，她臉上浮現絕望的表情。

「最好是可愛又乖巧。」

「我都不知道……難道我一直都搞錯了嗎？你為什麼不早點告訴我？」

「總而言之，不要像機關槍一樣喋喋不休，吃來來軒的拉麵也不能加麵。」

「什麼！」鈴愛失聲驚呼。「不能加麵嗎？這樣的話，不談戀愛還比較好！」鈴愛蒙著臉哀號。

「這麼嚴重嗎……妳就這麼想加麵嗎……」

菜生的期待完全落空，鈴愛與律從頭到尾都像在講相聲，你一言、我一語地吃光大阪燒，離開燈火咖啡廳。

和子在律面前搖了搖食指，律才回過神來。眼前的咖啡已經冷掉了。

11. 日本搞笑團體隧道二人組主持的集體相親節目，於一九八七年至一九九四年播出。

「怎麼了？律，怎麼在發呆？」

無法回答和子的詢問，律說聲：「我吃飽了。」便站起來，走向琴房。

他慢吞吞地掀起琴蓋，雙手放在琴鍵上。什麼也不想，手指逕自舞出了〈故鄉〉的弦律。如果是〈故鄉〉，他閉著眼睛也能彈。律心不在焉地舞動手指，心裡想著另一件事。

這時，好像有什麼東西擊中窗戶，發出「匡」的一聲。

律嚇一跳，衝向窗口，使勁地拉開窗戶，窗外沒有半個人。

他輕聲嘆息，回到鋼琴前。提不起勁繼續彈琴，也提不起勁做任何事。

律百般聊賴，懶洋洋地胡亂按著琴鍵。

看了時鐘一眼。鈴愛應該見到小林了。

她大概無法順利表現出可愛的反應吧，肯定會不小心說太多話。

他的腦中浮現鈴愛的樣子。明明在約會，卻像個機關槍，口若懸河說個不停。

回到自己房裡，就算和烏龜弗朗索瓦玩，也悶悶不樂的。即使如此，律依舊相信鈴愛的約會能成功。他相信鈴愛能以自己的風格，抓住小林的心。

鈴愛穿上晴手忙腳亂為她挑選的白色襯衫和深藍色裙子，儼然是個清純的美少女。

在家人惴惴不安的目送下，鈴愛丟下一句「我會買禮物回來」，前往明治村。

來到約好的地方，卻沒看到小林的身影。

等了好一會兒，耳邊傳來呼喚，但鈴愛無法判別聲音是從哪個方向傳來，東張西望了一陣子。

「楡野同學，這裡！」

好不容易發現小林站在樓梯上揮手，鈴愛露出鬆一口氣的笑容跑向他。

兩人在明治村裡散步。

他們先從彼此的事開始聊起，小林向鈴愛說明校刊社的工作，但是他站在左邊，鈴愛聽不清楚他的聲音。她移到左邊，坦承自己左耳聽不見的事。

「所以剛才見面的時候也分不清你是從哪邊叫我，才會東張西望……只有一隻耳朵聽得見的話，無法分辨聲音傳來的方向。」

「哦……可是妳剛才東張西望的樣子很可愛喔。」

鈴愛忍不住心動了一下。

「啊，那才那句話……是不是很唐突？」

「不會……」鈴愛連忙搖手否認。

「那、那個……」

「什麼？」

「我會保護妳。」小林一臉正氣地看著鈴愛。「我要成為楡野同學……鈴愛同學的左耳。」

鈴愛不置可否地點頭。剛才那句話明明令她心跳加速，現在這句話卻沒什麼感覺，似乎觸動不到內心最深處。

小林對她笑，鈴愛連忙回以微笑。

律和烏龜一起曬太陽。

電話響起，律心不在焉地看著和子拿起話筒，眉飛色舞地講電話。

不經意打開耳朵，聽到對話的片段，律一骨碌地坐起來。

「媽，是鈴愛打來的電話吧？」

「啊，律來了，換他聽喔。」和子將話筒交給律，律不由分說地搶過來。

「伯母扯好久喔。」鈴愛劈頭就抱怨。

律要她講重點。「怎麼了？」

「我該說些什麼才好？」鈴愛束手無策地問道，「你要我別太聒噪，所以我提醒自己只要附和就好，可是小林同學好安靜。」

「他都不說話嗎？」

「嗯，好痛苦。」

鈴愛藉口上廁所，把小林留在夏目漱石之家的長廊，其實是想打電話向律求救。

「那妳就說話吧，鈴愛。」既然如此也沒辦法，律允許鈴愛開口。

「說什麼？」

突然要她說話，她也不曉得該說什麼。律還在思索，鈴愛急著說電話快斷了。她已經把手裡所有的十圓硬幣都丟進公共電話裡了。

「啊，妳不是撿到他的卡式錄音帶嗎？就講那個……」說到這裡，電話斷線了。

律放下話筒，回到弗朗索瓦身邊。

弗朗索瓦在掌心緩慢移動，律覺得牠的動作很療癒，同時又很在意不再響起的電話。

律一下子看看電話，一下子看看時鐘，整個下午過得心浮氣躁。

回到小林等待她的長廊，鈴愛遵照律的建議，立刻問起錄音帶的內容。

還以為小林是把松任谷由實或南方之星等流行歌手的音樂轉錄在錄音帶裡，沒想到不是這麼回事。

「跟那個不太一樣。」小林搖搖頭，「不嫌棄的話，要不要聽聽看？」

小林拿出隨身聽，將耳機遞給她。

「啊，我只需要一邊。」

「抱歉……」

鈴愛將右邊的耳機塞入耳孔，集中精神。「……有人在說話……」

「這是落語……我可以聽這邊嗎？」小林徵求鈴愛的同意後，戴上左邊的耳機。

小林的臉離自己好近。兩人肩並肩，一人戴著一邊耳機欣賞落語，劇碼是鈴愛也聽過的〈壽限無〉。

「妳知道這個故事在講什麼嗎？」

小林問她，但鈴愛聽不見。她摘下耳機，稍微將右耳湊近小林嘴邊，問他：「你說什麼？」

小林露出心猿意馬的表情，唏嚦呼嚕地講起〈壽限無〉的故事。

〈壽限無〉描述一名父親把和尚告訴他所有代表好運的名字，都拿來為剛出生的孩子取名，組合出有如咒語般的人名，導致名字又臭又長的搞笑故事。

「真是個感人的故事。」聽在鈴愛耳中，這個故事讓她心有戚戚焉。

鈴愛父母為她取的寶貴名字，也總是被別人嘲笑很奇怪。鈴愛重新戴回耳機，專心傾聽〈壽限無〉。兩人就這麼各戴一邊耳機，聽完錄音帶A面。

午餐時間，小林帶鈴愛上館子吃飯。餐廳位在氣氛莊嚴的建築物裡。這裡的玄關，是將帝國飯店的中央玄關整個搬過來。空間中流淌著古典音樂，特別有情調。鈴愛興奮極了，內心悸動不已。

「我要拿坡里義大利麵。」鈴愛故作姿態地告訴服務生。

這是整本菜單裡，自己唯一認識的菜名。

她想起律的忠告，露出自認為最可愛的笑臉。可惜練習得不夠充分，表情有點僵硬，不太自然。小林依舊回以愉悅的笑容。

鈴愛把手伸進皮包，拿出助聽耳。這是經過改良，比以前都大一號的最新版。

她熟練地將助聽耳戴在右耳。小林見狀，一臉錯愕，但鈴愛一心都在戴助聽耳的作業上，沒留意到他的表情。

「啊，別在意。這裡不是在放音樂嗎？這樣我會聽不清楚。所以像這種時候，這玩意兒就派上用場了。」

鈴愛得意地展示自己做的助聽耳，笑得很開心，要小林說點什麼，小林怔怔地開始念起〈壽限無〉的內容。

「沒問題，聽得很清楚。」鈴愛以右手做出ＯＫ的姿勢。

純手工的助聽耳看起來著實詭異，在這種高級場所尤其突兀。周圍的客人都投以匪夷所思的目光。但鈴愛完全沒留意到他人的視線，狼吞虎嚥地吃著拿坡里義大利麵。得意忘形的她也沒發現小林變得比剛才更沉默了。

對小林而言，鈴愛是公車站的美少女。早在面對面說話以前，他就已經先對鈴愛產生先入為主的印象。如今助聽耳徹底打碎他理想中的美少女形象，對鈴愛的熱情瞬間冷卻。

小林的表情很明顯如坐針氈，鈴愛卻只顧著講話，渾然未覺。

為了讓約會氣氛盡可能熱絡一點，鈴愛講起自己的事、家人的事、朋友的事，想到什麼就說什麼。即使吃完飯，鈴愛仍說個沒完，尤其到了她特別感興趣的金澤監獄，話匣子更是關不起來。「你看你看！這是金澤監獄，我最喜歡這裡了。你看那個囚犯的蠟像，橘色的囚衣真是帥呆了，還有早飯、午飯、晚飯的模型。啊，今天小學生比較少，所以沒那麼擠，平常都要排隊。那裡可以進去體驗囚犯的生活！還有剛才的探監室其實不是這裡的設施，是從網走監獄搬過來的喔。」

鈴愛說得口沫橫飛，回頭看小林。他擠出牽強的笑容。

「楡野同學喜歡這種東西啊？」

曾幾何時，小林對她的稱呼，已經從「鈴愛同學」變成「楡野同學」了。

「嗯，喜歡！」鈴愛用力點頭。「而且我最喜歡世界各地的刑具了。對了，我還想到一種很聰明的逼供方法，你要聽嗎？啊，用畫的比較容易理解！我畫給你看。」

鈴愛拿出筆記本，畫出自己想到的逼供方法給他看。小林已無力附和，看著鈴愛的眼神好像從不認識她。但鈴愛依舊一無所覺，滔滔不絕地向小林訴說自己想到的逼供方法有多厲害。

約會之後過了幾天，鈴愛和她的小伙伴又聚集在燈火咖啡廳。

「分開的時候，他明明說會再打電話給我。」鈴愛吃下一小口大阪燒，垂頭喪氣地說。

「說是這麼說……」可是她並沒有接到小林打來的電話。

已經好幾天了都沒接到電話，表示大概永遠接不到了。但鈴愛還不死心地抓著那句「我再打電話給妳」不放。

「你們去明治村參觀金澤監獄對吧？在那裡體驗囚犯的生活對吧？妳甚至畫圖說明逼供的道具對吧？還在餐廳戴上助聽耳對吧？」

為了始終不明白自己錯在哪裡的鈴愛，菜生口吻平淡地一一列舉他們約會時做過的事。

「所以說，鈴愛做錯了什麼？」

「……全部。」菜生說

「他再也不會打電話給妳了。」律毫不留情地補上一刀。

鈴愛趴在桌上，嗚嗚呻吟。

「鈴愛，妳被甩了。」律還在打落水狗。

鈴愛只能繼續呻吟。她其實也隱隱約約地感覺到了，不料真的是這樣。

「可是啊，你們不覺得鈴愛很奇怪嗎？明明很喜歡監獄裡的設備和那些刑具，卻不敢看恐怖電影。大家去看《半夜鬼上床》時，鈴愛看到一半就逃走了，一個人在外面等我們。」屠夫說。

他的話讓菜生想起來了。「這麼說倒也是，鈴愛的膽子明明很小，卻又喜歡監獄。」

「鈴愛喜歡的是沒有鬼的鬼屋。」律說。

鈴愛不由自主地注視著律。這句話很特別，很有律的風格，充滿文藝氣息。感覺他說出了就連鈴愛自己也不清楚的正確答案。

律一臉事不關己，把最後一片大阪燒夾到自己的盤子裡。鈴愛把律的盤子整個搶走，背過身體，狼吞虎嚥地吃起來。

「欸，怎麼這樣，那是我的！」律想搶回來，但鈴愛閃開他的手，埋頭猛吃。

鈴愛覺得律一副比誰都了解自己的樣子，可惡極了，但也可靠極了，又有點不甘心。心情千頭萬緒，亂糟糟的。不過，把所有料都加進去的大阪燒果然很好吃。

一九八九年，日本還處於泡沫經濟的末日狂歡裡。同一年，有些泡沫也開始隱隱流露衰敗之相。令梟町一帶人心浮動的森巴樂園開發案，如同一戳就破的泡沫，迎來虎頭蛇尾的結局。因為資金周轉不靈，整個計畫付諸東流。

被賺大錢沖昏頭的商店街居民如夢初醒般，紛紛回到自己的工作崗位上，鈴愛則為了只約過一次會的小林，改變自己的上學路線。

「小林果然不理我了。」

課堂上，鈴愛偷偷摸摸地請同學幫忙把紙條傳給坐在遠處的菜生。

「逼供還是不行吧。」

看完菜生的回覆，鈴愛以堅定的筆跡寫下：「我會向前看的。」

「話說回來，今年夏天要做什麼？要再去爬金華山嗎？」

再次傳過去的紙條半途被老師發現，慘遭沒收。

「妳們還要不要上課？」

鈴愛和菜生雙雙被老師用教科書打頭。

律望著窗外。

就快放暑假了，高中最後一個暑假。積雨雲在藍天中流竄，有如萬馬奔騰。

律抱著頭。

桌上是模擬考的結果。他的第一志願是東京大學，但照模擬考的成績來看，考上機率微乎其微。他長嘆一聲。

這時，耳邊傳來哨子聲。老樣子，哨子響了三聲。過了一會兒，又響了三聲。

律比任何時候都專注聆聽鈴愛呼叫自己的哨聲。

打開窗戶往下看，鈴愛舉起蝦米給律看，口若懸河地說：

「這個給弗朗索瓦！我們家今天提供炸蝦蔬菜餅定食，進了很多蝦米。」

律逐漸露出笑容，把模擬考的成績單塞進抽屜，衝下樓，開門讓鈴愛進來。

進屋後，鈴愛的話匣子自始至終沒關上過。

他其實應該立刻翻開參考書，開始用功，盡量讓模擬考的成績稍微好看一點，可是又捨不得打斷鈴愛的吱吱喳喳，只好默默任由她說得眉飛色舞。

直到麥茶的冰塊完全融化，鈴愛的長篇大論總算告一段落。

律重新繃緊臉部肌肉，告訴鈴愛他現在必須以準備考試為重。

「所以不能再像以前那樣和大家一起玩了。」

「你告訴屠夫和菜生了嗎？」

「……我沒說，但他們已經察覺到了。」

「我就察覺不到……律要考東大嗎？」

「嗯……沒錯。」

鈴愛相信如果是律，一定能考上東大。律避開鈴愛深信不疑的目光，模稜兩可地點頭。

「沒有律的夏天啊……」

「屠夫也是喔。」

「屠夫也要準備考試啊……」

「他家裡的壓力太大了。菜生要去念專科學校對吧？」

「她好像要去名古屋學服裝設計……」

「那妳有什麼打算？」

鈴愛咕嘟咕嘟地喝了一口被冰塊稀釋的麥茶。

「我要去找工作，不想再念書了。家裡也沒什麼錢，還是留給草太比較好，那小子比我會念書。啊，不過也只是跟我比啦。」

「我認為只要妳肯用功，也是很會念書的。」

這不是安慰，而是發自內心的肺腑之言。但鈴愛笑著說：「這種話只有全世界的母親才會信以為真，我們家的孩子只要肯努力就能辦到！」

律也笑了。

鈴愛的笑容漸漸凋零。「我還以為夏天可以跟往年一樣，律、屠夫、菜生還有我，我們四個人一起去搭金華山的纜車……看煙火……」

「明年再去吧。」

「沒有明年了。」鈴愛斬釘截鐵地說，「明年就要各分東西了。」

一時半刻，兩人默默地喝著麥茶，只有弗朗索瓦啃蝦米的聲音迴蕩在房裡。

「對了，也給妳一張。」

律突然想起某件事，從抽屜裡拿出照片，遞給鈴愛。那是鈴愛、律、屠夫、菜生四個人笑著一起拍的黑白照片。

是律的父親彌一幫大家拍的畢業照。

「哦，是黑白照片耶，好酷啊。」

律也從鈴愛旁邊探頭去看。明明照片是前陣子才拍的，但黑白的色調卻讓人覺得已經是很久以前的回憶了。

吃完晚飯，鈴愛留在客廳看漫畫。一本本漫畫在客廳的圓矮桌上愈堆愈高。

那些不是宇太郎蒐集的陳年少年漫畫，而是名為《蕭邦常伴左右》的少女漫畫，封面印有漫畫家的名字「秋風羽織」。這是律借給她的。

回家時，律說：「雖然有點不好意思。」遞給她這疊漫畫。

鈴愛只看少年漫畫，所以不太清楚，但聽說秋風羽織很有名。就連草太也得意地說：「我也知道他喔。」

「哼，是小惠借你看的吧。」

看來是女朋友借給他的。

鈴愛一針見血地戳破真相，草太面紅耳赤地別開臉。「少囉嗦。」

「那……鈴愛也是向校刊社的小林借的嗎？」

晴端茶出來，隨口的一句話讓客廳的空氣為之凍結。

只有晴還搞不清楚狀況。

「我回房間看。」鈴愛抄起矮桌上的漫畫，走向自己房間。

回到房間裡，她又打開《蕭邦常伴左右》。

聽晴提起小林的名字，內心深處固然又隱隱作痛，但看完第一集後，這股痛就被她拋到九霄雲外了。不僅如此，鈴愛甚至忘了自己的存在，沉浸在漫畫的世界裡。

媽媽跟我一樣，神經有時候真的很大條。鈴愛看完第二集，陶醉地嘆了一口氣，心想，看完這部漫畫，或許能把神經磨細一點……這裡頭的女主角對很多細節都觀察入微，像是自己的心情，或是別人情緒上細微的變化。

鈴愛拿起第三集。翻開書的感覺有點像推開一扇門，眼前呈現出一個新世界。

鈴愛拜倒在秋風羽織的世界觀下。漫畫中的台詞就像詩歌般美好，倘若有一副眼鏡，戴上了就能看到漫畫裡的世界，此時的鈴愛非常想要。

她只花了一天就看完律借她的漫畫，第二天又跑去找律。雖然不想打擾律準備考試，卻敵不過想看漫畫的心情。

律不肯一次借給她所有秋風羽織的漫畫，一次只借她一部。

難不成是因為只要一直去找他借書，就算只有五分鐘，我和律也能見到面嗎？受到秋風羽織的漫畫影響，她甚至產生這種想法。

律之所以借秋風羽織的漫畫給鈴愛，大概是怕她整個夏天無聊到發慌。不過，套句秋風羽織會說的話，律是為了不讓鈴愛寂寞，為她打開了新世界的大門。

最後，鈴愛和自己的家人，還有菜生的家人一起去放期待以久的煙火。

她換上浴衣，手裡拿著豪華的煙火，大聲嬉鬧。到後來只剩下仙女棒。

鈴愛和菜生同時點燃仙女棒，比誰的仙女棒撐得比較久。

她搖晃菜生手裡的仙女棒，菜生氣呼呼地還以顏色。兩人高聲大笑。

菜生的仙女棒先燒完，只剩下鈴愛的。她小心翼翼拿穩仙女棒，凝望前端的火球發出「啪嘰啪嘰」的微弱聲響。

仙女棒的火球愈縮愈小，最後頹然落地。

大概是受到秋風羽織的影響，鈴愛覺得每個瞬間都很特別，要是四個人都能聚在這裡，一定會更特別。

耳邊傳來秋蟬的鳴叫聲。夏天就快結束了。

鈴愛身為孩子的最後一個夏天結束了。

就職考試從九月開始。明明還想不想長大，卻又不得不逼自己長大。

鈴愛在升學就業指導室裡翻閱徵人啟事，視線不時瞟向屏風後面。老師正在屏風後嚴厲教訓準備考試的人，再這樣下去會考不上。

鈴愛就讀的高中有八成的學生都選擇繼續升學，深陷考試地獄的他們看起來很辛苦，但鈴愛不以為然。

等到明年春天以後，他們又是孩子了，頂著大學生頭銜的小孩，燦爛的青春正等著他們。

鈴愛慢條斯理地下樓，在樓梯間停下腳步，抬頭看窗外。美麗的藍天彷彿被窗框切下一塊。鈴愛曾不假思索地說出「天空好藍」，卻被菜生數落「天空本來就是藍色的」。明明才幾天前的對話，她已經開始懷念。

她很喜歡從樓梯間看到的藍天。和菜生衝下樓時，也會看到這塊藍天。四方形的藍天，相當於她的青春。

鈴愛從九月開始找工作，一開始就碰得滿頭包。

她在履歷表上誠實寫下左耳聽不見的事；若面試官問起她的聽力，也老老實實地回答：

「還是聽不見。」

因為這是事實。

鈴愛在回答與聽力有關的問題時，心情就跟寫上正確的出生年月日一樣。當面試官表示同情，鈴愛會說右耳聽得比誰都清楚，能比誰都更早發現賣烤地瓜的人來了。面試官們聞言無不愉快地笑著說：「那是因為楡野同學很貪吃吧。」

大叔們都笑得開懷，彷彿聽力障礙根本不成問題，但面試的結果總是不予錄取。經歷一次又一次的面試，鈴愛稱這些大叔為「假笑老狐狸」，開始提高警覺。

收到第十三家公司的不錄取通知時，鈴愛在牆上的紙打了個叉叉。紙上密密麻麻寫滿了鈴愛參加過面試的公司名稱，只剩最後一家農協還沒打叉。

草太敲門進房。

「那個……妳可以去上大學啊。」草太人小鬼大地說。

晴他們都聚在樓下的客廳為鈴愛操心，派他來當說客。草太也很擔心鈴愛是不是為了讓他繼續升學，而犧牲自己。

鈴愛要求草太保密之後，告訴草太自己就算上了大學，也沒把握能不能好好享受校園生活。因為耳朵的問題，鈴愛很排斥聯誼或居酒屋之類人聲鼎沸的地方，也討厭人多的場合。明明聽不見還要裝成聽得見的樣子附和，更令她不堪其苦。

聽到鈴愛以悲慘的表情說完這番話，草太不疑有他地相信了。

真是個傻弟弟。鈴愛在心中竊笑。

她早就決定，榆野家微薄的財產應該有效地運用在頭腦比自己靈光的草太身上，因此她想為草太留下各種退路。不管是國立、私立、東京、關西、第一志願、備胎，甚至是重考，任他挑選。

得知左耳治不好的隔天，草太用自己原本要買風箏而存下來的錢，送了她一把萬花尺。只要照著畫，就能畫出花一般美麗的圖案。

把問題推給耳朵，心地如此善良的草太一定會相信的。拜秋風羽織所賜，鈴愛最近開始有點明白這種「細微之處」了。

她從抽屜裡拿出萬花尺，久違地開始描摹圖案。還以為這麼一來就能心無旁騖，沒想到反而更加不安。對草太說了大話，萬一一直找不到工作怎麼辦？

正當她盯著牆上的叉叉，內心驚恐不已時，電話忽然響起。

聽不清晴接起電話說了些什麼，只知道母親的反應很激動。

「鈴愛，鈴愛！是農協的人打來的，妳錄取了！」晴在樓梯下面高呼。

鈴愛反問：「真的嗎，媽媽？」幾乎是連滾帶爬衝出房間，結果因為用力過猛，一腳踩空，連累晴和她一起摔得四腳朝天。

晴被鈴愛壓在底下，儘管如此還是很高興。

鈴愛沉浸在總算被錄取的喜悅中，心想母親的香味仍然跟以前一樣。她終於放下心中的重擔。

晚上，律坐在書桌前，翻開數學考古題，振筆疾書。

但他並不是在解題，而是在畫翻書漫畫。律在角落畫下正在打籃球的男子，邊翻頁檢查男子的動作。剛畫完男子滑倒的畫面，耳邊傳來哨聲。

跟平常一樣響了三次，是召喚火箭大使的聲音。

律站起來，關掉電燈。開窗，用手電筒由下往上照，陰陽怪氣地面向鈴愛。

鈴愛嚇了一跳，噗哧一笑。

「好笑嗎？」律繼續用手電筒照著臉問道。

「好笑。」

鈴愛望向律的雙眼熠熠生輝，眼裡的光芒跟小時候一模一樣。

律闔上畫了翻書漫畫的考古題，小心不被和子發現，躡手躡腳地溜出家門。

「我正好也想出來透透氣。」律說，鈴愛的臉色更加閃亮。

兩人彷彿受到微弱路燈的指引，漫步在商店街。

「考試準備得很辛苦嗎？」

「嗯……還好。」律含糊其詞地回答。

「啊，我這邊聽不見。」

「對耶，我忘了。」

兩人換邊站。

「其實聽得見啦。夜裡很安靜，不管站在哪邊都聽得見。」

「沒關係，就這樣吧，我也比較習慣站在鈴愛右邊。」

事實上，走在鈴愛右邊確實比較習慣。

律與鈴愛並肩走在夜晚的商店街。平常頂多借還漫畫，已經很久沒像這樣聊天了。鈴愛突然提起夢想的話題。

美術社的朋友都有自己的夢想或想做的事。有人想進文化中心工作，有人將來想開繪畫教室教小朋友畫畫，也有人想進美術短期大學，從事插圖的工作，這點令鈴愛受到很大的衝擊。就連菜生也想學服裝設計，夢想著把木田原服飾店打造成真正走在時尚尖端的店。

至於鈴愛，卻連要在農協做什麼都回答不上來。

「我什麼也沒想，只希望找到工作就好了。」

「因為妳只想明天和後天的事嘛。」

「一般人會想到大後天的事嗎？」

「一般人會想得更遠吧。」

兩人停在自動販賣機前買飲料。律從取物口拿出罐裝可樂，遞給鈴愛。

坐在長椅上，後方的商店已經拉下鐵門。

鈴愛咕嘟咕嘟地喝可樂，心滿意足地呼出一口氣，將手中的紙袋交給律。

「對了，我拿秋風羽織的漫畫來還你，謝啦。」

「這麼一來，鈴愛幾乎已經看完所有秋風羽織的作品了。」

「我這個夏天都在看他的漫畫，畫得太好了，感覺我心裡的迷霧都被吹散了。」

鈴愛萬分陶醉地凝望天空。

「他讓我看清楚原本心煩意亂的部分、搞清楚自己感受到的一切。秋風羽織太神了，簡直是天才。我好崇拜他，沒想到世界上居然有這種人！」

即使路燈十分昏暗，律也能看見鈴愛眼裡閃閃發亮的光芒。

「這麼誇張？」

「我完全迷上他了。」

「這樣啊……」

「總之，秋風羽織太厲害了，改變了世界的顏色。沒想到居然有人能從這個角度看世界，所以我試著模仿了一下。」

鈴愛翻開捧在懷裡的素描本，裡頭忠實重現了秋風羽織作品的細膩筆觸。

「哇，畫得好棒。」

「秋風羽織的漫畫把我心裡想的全部畫出來，幫我理解這個世界，我感覺自己心裡好像有什麼東西被打開了。」

「有、有這麼誇張嗎？」

饒是對鈴愛的一頭熱習以為常的律，也不由得被她嚇到。

鈴愛漲紅臉，以悠然神往的表情猛點頭。

「……就是這麼誇張。反正已經找到工作了，有的是時間，我想去車站前的岩田屋超市打工，存錢買下所有秋風羽織的作品。」

「妳要不要試著畫漫畫？」回過神來時，律已脫口而出。

「妳會畫圖，說話又搞笑，應該也能寫出好台詞吧？」

鈴愛聞言大驚，整個人愣住。可樂罐定格在嘴邊，隨即慌張地猛揮手，笑著說：「怎麼可能，我辦不到啦。話說回來，秋風羽織是個怎樣的人？基本上沒有人知道吧？光想像就覺得好激動。」鈴愛又一臉陶醉地仰望天空。

別說秋風羽織的長相，就連年齡、性別都是祕密，是個籠罩在神祕面紗下的漫畫家。

當著鈴愛的面，律不敢表現出來。他原本是在和子的強迫推銷下開始閱讀的，但也一股腦兒栽進秋風羽織的世界裡。秋風羽織的話題便在兩人間逐漸升溫。

「我覺得應該是個美少女……或是漂亮的大姊姊？頂多二十八歲左右吧。」

「是嗎，我認為是美少年。長得眉清目秀，像是從這本漫畫裡走出來，或是《東京卡薩諾瓦[12]》裡的人。」

律與鈴愛仰望夜空，天馬行空地討論秋風羽織在自己心目中的形象。

鈴愛在自己的房間裡，目不轉睛地盯著秋風羽織的漫畫看。

那是她最喜歡的作品，已經反反覆覆看過好幾次，台詞和表情幾乎都背下來了。翻閱漫畫的同時，鈴愛開始覺得如坐針氈。

「妳要不要試著畫漫畫？」

聽到律這麼說，雖然覺得不可能，鈴愛還是想試試看。

她拿出素描本，把秋風羽織的漫畫放在旁邊，有樣學樣地開始分割畫面。簡單勾勒人物，拉出對話框，寫下台詞。

沒有任何前置作業，沒先想好分鏡，沒有先設計人物，也沒先構思情節，一口氣從頭畫到尾。

標題是〈卡式錄音帶之戀〉，靈感當然是來自與小林的回憶。

每次手去撞到素描本的線圈都讓她非常不耐煩，乾脆把紙撕下來，畫得更加起勁。

鈴愛突然停下畫圖的動作，雙眼直勾勾地盯著秋風羽織漫畫上，人物背景的網點。她瞪著網點看了好一會兒，慢慢用鉛筆描繪出一點一點。以相同的距離用點點填滿畫格，是足以讓人想放棄的浩大工程，但鈴愛全神貫注地畫下去。

當背景有如秋風羽織的漫畫，被整齊的黑點填滿，鈴愛如釋重負地吐出心滿意足的大氣。

耳邊傳來鳥兒啁啾的啼聲。意識過來，明媚的晨光已經照進屋子裡，天亮了。

鈴愛一夜未眠，整夜都在畫漫畫。

在最後一格寫下「FIN」之後，鈴愛喘了一口氣。

「畫好了！」

她一張張從頭審視書桌上堆成一座小山的素描紙。

不是她自誇，畫得真好。她畫出漫畫來了。鈴愛沉醉在成就感中，一骨碌地站起來，手忙腳亂地把剛畫好的漫畫塞進包包，衝出家門。

目的地是萩尾家。

鈴愛吐著白煙，在冬天冷冽的空氣中拔足狂奔。一口氣還沒緩過來，便朝律房間的窗戶吹起哨子。她完全沒考慮到時間問題，只想盡快讓律看到自己的漫畫。

窗戶遲遲不開，鈴愛等得心急如焚。好不容易等到律開窗，探出臉來。

「律，我完成了，我的漫畫畫好了！」鈴愛雙眼炯炯有神地向律報告。

12.《東京卡薩諾瓦》（東京のカサノバ）：漫畫家倉持房子於一九八三年開始連載的少女漫畫。故事描述女主角多美子愛慕自己的哥哥曉，兩人晚上總是一起睡。而對於女人緣非常好的曉，多美子十分嫉妒。有一天，多美子因緣際會知道了曉的出生祕密，故事也這樣展開。

現在才早上五點半，看書看到三更半夜的律，睡眼惺忪，眼睛幾乎睜不開。抬頭仰望自己的鈴愛像隻小狗，可愛極了。

律忍不住莞爾一笑。靠在窗櫺上，不小心又睡著了。

他在半夢半醒間，聽見鈴愛呼喊自己的名字。心想一旦去了京都，就再也聽不見鈴愛呼喚自己的聲音了，感覺清靜許多的同時又有點捨不得。

這時律已經偷偷地下定決心，要報考京大，而非東大。

鈴愛坐在萩尾家的客廳裡，桌上是和子為她泡的咖啡。榆野家的餐具截然不同，鈴愛在宛如舶來品的精緻咖啡杯裡注入滿滿的牛奶，喝下一大口。

稍早之前，律靠著窗櫺睡著，身子逐漸往下滑落，終至消失無蹤，大概是爬回床上睡了。鈴愛抱著原稿，不知如何是好時，被哨聲吵醒的和子叫住她。

「啊，我會畫漫畫了。不對，是我畫了漫畫。」

鈴愛眉飛色舞地說。和子雖然驚訝，卻也很高興，請鈴愛進屋裡坐。

「當初是我介紹律看秋風羽織的作品喔。」和子看到鈴愛畫的漫畫封面，與有榮焉地說。

還以為和子會馬上看漫畫，但她卻沒伸手拿。和子的心思早已從鈴愛的漫畫飄遠，侃侃談起自己給了律多少東西，又是如何栽培律的可能性。

「伯母起初想培養那孩子成為貝多芬，認為他隨手就能譜出《命運交響曲》這樣的曲子，沒想到那孩子不喜歡彈琴。既然如此，我又想將他培養成村上春樹，期許那孩子從處女作就一炮而紅，遲早會拿下諾貝爾獎。」

鈴愛聽得一愣一愣的。雖然全世界的母親都相信「我們家的孩子只要肯努力就辦得到」這種神話，但萩尾家的神話規模未免太大了。

「咦，妳不是認為自己生了一個愛迪生嗎？」剛起床的彌一向鈴愛道早，也加入對話。

「我想把他培養成愛迪生是在那之後，知道那孩子原來是理科男孩的時候。既然要做研究，就要以諾貝爾獎為目標。」

「總之就是要拿下諾貝爾獎嗎？」

「沒錯。」

「照這樣聽下來，感覺律好像真的能拿下諾貝爾獎，感覺拿諾貝爾獎就像在車站前的岩田屋買肉包那麼簡單。」

「……鈴愛真是的，說的話明明很酸，卻又聞不到酸味呢。」和子鬧彆扭地噘起嘴。

彌一笑著打圓場。「哎呀，鈴愛沒有那個意思啦。」

「哦，真的嗎？」

和子隨即堆出滿臉微笑，探出身子逼問，鈴愛用力點頭。

「真的，我也覺得律好像真的能拿下諾貝爾獎……」

「話說回來，鈴愛一大早來有什麼事？」

彌一這麼一問，和子這才想起鈴愛的漫畫，拿給彌一看。

「這是鈴愛畫的漫畫。」

「哦，好了不起。」彌一接過漫畫，但也沒翻開來看，而是目光耿直地注視鈴愛的雙眼問道：「妳特地拿來給律看？」

「對，我好不容易畫好了。」

「既然如此，那豈不是該讓律第一個看嗎？」

彌一詢問和子的語氣彷彿這是天經地義的事，鈴愛不由得也覺得這樣才對。因為是律先問她「要不要畫漫畫」，所以完成的瞬間，鈴愛覺得一定要拿給律看，倒是沒想到要讓他第一個看。聽到彌一這麼說，又覺得一定要讓他先看不可。

問題是，律本人還睡得香甜。

還在想該怎麼辦才好，經彌一提醒，和子比鈴愛更覺得一定要讓律成為鈴愛漫畫的第一號讀者，沉不住氣地站起來。她帶鈴愛闖進律的房間，掀開被子，抓住律的肩膀就是一陣狂搖猛晃。力道之大，甚至讓人擔心律的脖子會不會扭到。

「伯母……伯母……律太可憐了。」

說是這麼說，但鈴愛好想笑，拚命忍住笑意。

經和子一陣不留情的狂搖猛晃，律終於不情不願地張開雙眼。

「律，我的漫畫畫好了！」

律一睜開眼，鈴愛就迫不及待地把漫畫塞進他懷裡。

律莫名其妙地接過原稿，鈴愛一臉興奮，等著律的視線落在漫畫上。但律並未翻開漫畫，而是以睡眼惺忪的表情不解地說：「妳的時間來得及嗎？今天沒放假喔。」

這麼說來，今天是平日，得去上學。昨天開了一整晚夜車，什麼都還沒準備，必須立刻回家、換衣服、洗臉刷牙，做好上學的準備才行。

「完蛋了，我要回家，我先回去了！」鈴愛搶過律手中的原稿，「這個很重要，我先帶走。」

「什麼？」律依舊滿臉睡意，搞不清楚狀況。

「今天六點在燈火咖啡廳見！」

「……好。」

「我要讓律第一個看，所以在那之前誰也不許看。」

鈴愛丟下這句話，手忙腳亂地與和子及彌一道別，往回家的方向狂奔。昨晚明明一夜沒睡，鈴愛卻一點也不睏。想像律看漫畫的神情，心情就像拆開禮物前一樣，既緊張又期待，希望六點快點來。

六點。不只律，菜生和屠夫也出現在燈火咖啡廳，一張一張傳閱鈴愛的漫畫原稿。鈴愛提心吊膽地觀察大家的反應。

「好厲害，真的是漫畫耶。」看完鈴愛的漫畫，律老實地讚嘆。

「本來就是漫畫。」鈴愛挺起胸膛，得意地說。

「而且很有趣。」菜生也一臉佩服。她那坦率的感想帶給鈴愛前所未有的喜悅，有點像自己說的話逗笑別人時的感覺。可和那種快樂相比，此時此刻的喜悅更勝百倍。

「〈卡式錄音帶之戀〉是指前陣子和小林子的事吧？」屠夫說道。

「嘖、嘖、嘖，」鈴愛搖了搖食指，「請稱之為從中得到靈感，是謂『靈感革命』。」

「妳只是想說這句話吧……」屠夫喃喃低語。

胡言亂語是鈴愛的老毛病，律也懶得糾正，聽聽就算了。

「話說為什麼大家都在？」律在意的是這個。「不是要讓我第一個看嗎？」

律的語氣有些不滿，鈴愛極為乾脆地說：「倒也不是，我只是被彌一叔洗腦了。」

「洗腦？」

鈴愛把今天早上發生的事說給律聽，包括彌一接過漫畫時說的：「既然如此，那豈不是該讓律第一個看嗎？」

「聽到他用那種表情、那種語調說這句話，就不由自主信以為真了。」

「有可能，我爸確實有這種神奇的魔力，一字一句說得言之鑿鑿的樣子。」

「沒錯沒錯，說得跟真的一樣！」

鈴愛舉雙手贊成。律說得沒錯，彌一的話充滿神奇的說服力。

「相反的，我媽不管說什麼，我都當成耳邊風，船過水無痕。」

「啊，我懂我懂。就像心曠神怡的風，又像搖籃曲。我喜歡和子伯母的聲音，諾貝爾獎在和子伯母口中就像集印花貼紙一樣簡單。」

所以鈴愛一直認為，律要拿下諾貝爾獎易如反掌。她原本就相信律只要有心一定能拿下諾貝爾獎，但是會想得那麼簡單，大概也是因為和子的催眠效果。

「對了，」菜生拉回歪樓的話題，「鈴愛之所以帶原稿去找律，也是因為一大清早，剛過五點半，還不到六點的時間，突然被挖起來還不會生氣的人，只有律了。」

「只是因為這樣嗎！」律不自覺板起臉。

如果只是因為這樣就來打擾他這個準考生的睡眠，實在不可原諒。

鈴愛也覺得有點過意不去，自告奮勇地說：「我請客。」

律立刻打蛇隨棍上，加點了綜合大阪燒。這是燈火咖啡廳最貴的一道菜。

鈴愛對自己種下的惡果後悔不迭，驚慌失措地檢查錢包裡的現金。

鈴愛回到家，也立刻讓家人看了自己的漫畫。

大家一張一張地傳閱，無不驚訝鈴愛畫的漫畫確實有模有樣，而且真的很有趣。

宇太郎沾沾自喜地說：「這是我從小讓妳看漫畫的功勞。」

鈴愛笑容滿面地觀察家人的反應。自己畫的漫畫受到讚美，感覺就連內心最深處、連自己也不知道的部分都受到稱讚了。

這時，黑色電話驚天動地地響起。

鈴愛接起電話，以裝模作樣的語氣應答。電話是律打來的，他還以為是晴接的電話，規矩地說：「麻煩請鈴愛接電話。」

鈴愛恢復正常的聲音回答：「笨蛋，是我啦。」

「其實我今天在燈火咖啡廳就想說了。」

「說什麼，愛的告白嗎？」鈴愛插嘴。

律以毫無感情的冷淡語氣說：「鈴愛，我喜歡妳。」

鈴愛一點反應也沒有，鎮定地回答：「你在開玩笑吧？」

「對，我在開玩笑。那個……」

「什麼事。」

「我想放棄東大，改去京大。」

對律而言，這也是某種下定決心的「告白」，但鈴愛不解，律的態度為何突然變得如此慎重。

「抱歉，這兩所學校對我來說都像沒去過的星球，我其實不太懂兩者有什麼不同。」

「欸？」

鈴愛的反應顯然不在律的意料中。

但鈴愛不以為意地繼續說：「而且屠夫早就告訴我了。」

「哇，真是大嘴巴。」

「貓頭鷹會沒有祕密。」

「貓頭鷹會是什麼鬼？」

「我剛命名的。律和我和菜生和屠夫，四個人加起來就叫作貓頭鷹會，充滿青春氣息吧？」

「妳就不能取個更好聽的名字嗎？」

哪來的青春氣息，根本是老人會的名稱。

「有什麼辦法，」鈴愛一口駁回律的抗議。「畢竟成員也都好不到哪裡去。啊，對了對了，說到貓頭鷹會的祕密，你知道菜生已經跟寫情書給她的西校男生分手了嗎？」

「妳想和我煲電話粥嗎？為了考上京大，我要去念書了。還以為我去東大拿諾貝爾獎也是妳的夢想，怕妳受到打擊才不敢告訴妳。」

「律，你搞錯對象了，那是和子伯母的夢想，不是我的。」

大概是在回想吧，律沉默半晌，難得支吾其詞說：「……話是這麼說，但我總覺得，好像全世界的人都在期待我拿下諾貝爾獎。」

「和子伯母的威力實在太厲害了……律，你有告訴和子伯母，說你要去京大了嗎？這才是最大的難關吧。」

「我知道，待會兒就告訴她……打這通電話就是為了給自己加油打氣。」

律的聲線有些緊張。畢竟對手是和子那個規模浩大的神話，想必得做好一定程度的心理準備。

「啊，律，告訴你一個好消息。」

鈴愛告訴律一件她查到的事，那就是「京大畢業的諾貝爾得主，比東大畢業的諾貝爾得主還多」。

從屠夫口中得知律要換第一志願時，鈴愛立刻前往圖書館，查到這件事。因為她還記得小時候，律說他的夢想是要得諾貝爾獎。鈴愛雖然不像和子那樣把律得諾貝爾獎當成自己的夢想，但她深信律一定能實現願望，因此她最先調查京大有沒有出過諾貝爾得主。

鈴愛告訴律的知識非常有效。

聽說律要換第一志願的學校，和子的臉色變得很難看，可是聽完律轉述鈴愛告訴他的情報後，和子的雙眼登時又重拾光芒。

鈴愛接獲律的報告。得知律已經得到和子的諒解後，對考試的嚴峻一無所知的她，天真地以為律已經克服最大難關，接下來只要考上京大就好了。

杉菜食堂的門口掛著「今天暫停營業」的牌子。

裡頭正舉行慶祝鈴愛找到工作的宴會，熱鬧非凡。除了楡野家的人以外，還來了很多鈴愛的親朋好友及商店街的人，人數多到每個人都做了自我介紹，但還是記不得彼此。

仙吉久久一次大展廚藝，桌上擺滿料理，他最拿手的五平餅堆得像座小山。有人端著一整盤食物大快朵頤，也有人喝得醉醺醺。食堂裡充滿美味的餐點和飲料，還有歡聲笑語。

鈴愛和律等貓頭鷹會的成員在一起，但幾乎所有人都會過來祝賀她，她大概聽了一輩子份的恭喜。

等所有人都酒足飯飽後，宇太郎大聲喚起眾人注意，說是仙吉和大叔們要開始演奏了。大叔們指的是商店街的男士們，特地為今天組了樂團。

以前是吉他社的仙吉開始彈吉他，美妙的音色讓吵翻天的食堂頓時靜下來。大叔們邀請律和屠夫合唱鈴愛一九七一年出生時的流行金曲〈再談一次美好的戀愛〉。律和屠夫明明都忙著準備考試，但一聽就知道有認真練習過，第二段的和聲唱得非常完美。

對親朋好友為歡送自己出社會做的一切，鈴愛大受感動，熱淚盈眶，甚至有點惶恐。愈接近畢業和就業，自己心裡老成持重的比例也愈來愈高，可是她實在不認為那些成熟的比例會就此停留在自己心裡。

「天空迴蕩著紅蜻蜓之歌，一切都跟從前一樣……」

鈴愛與正引吭高歌的律不經意地對上眼。

「當時兩人一直追著夕陽……」

在鈴愛腦海中，與律的回憶有如走馬燈旋轉——第一次吹響火箭大使的哨子、製作傳聲筒，全都像昨天才發生過的事，歷歷在目。鈴愛眼中的律與回憶中的律，除了身高以外幾乎沒有任何改變，兩人的關係也沒有任何改變。

可是又覺得一切將要有所不同。

律要去京都，兩人即將分隔兩地。今後就算在律的窗台下吹哨子，他也不會打開窗戶，露出不耐煩卻又溫柔的笑臉。

「再談一次美好的戀愛……」

眾人在食堂裡一齊高歌，腦袋還配合旋律左右搖擺，唱得十分投入。

一曲既終，仙吉彈出最後一個音符，其他人報以如雷的掌聲。

所有人都笑著拍手，律也一臉害臊地鼓掌。

鈴愛內心湧起一股熱浪，滿臉笑容地面向所有人，眼淚隨時都要掉下來。

曲終人散後，她站在杉菜食堂的門口，目送來參加的人一個個離開。

幾乎所有人都離去後，律向鈴愛招手。

她跑上前去，律遞出禮物，慶祝她找到工作。是秋風羽織的脫口秀門票。和子在報紙上看到秋風羽織要舉辦脫口秀，參加抽獎，還真的給她抽到了。律給鈴愛的傳單上還有秋風羽織至今不曾出現在媒體上的大頭照，鈴愛驚喜地瞪大了雙眼。

「呼呦呦！這就是秋風羽織嗎？根本是個老頭嘛。」

鈴愛和律都猜錯了。秋風羽織既不是美少女，也不是美少年，而是位俊美的中年男子。雖然已經有點年紀，依舊帥得令人忍不住多看一眼，但再怎麼英俊，也是男性，而且還是個大叔，實在很難相信秋風羽織那個纖細的世界，是由他創造出來的。

「原來他長這樣啊……光看照片不是很清楚……原來是個男的啊……對了，你也會去吧？」

「嗯。那我回去了。」律微微頷首，背對鈴愛。

看到他的背影，鈴愛喊了聲：「律。」

律轉過身來。

「就算你去了京都，也別忘記我喔。」

「……天空迴蕩著紅蜻蜓之歌，一切都跟從前一樣。」律正經八百地唱起歌來。

「幹麼唱這段啦。」

歌詞和熟悉到令人有點火大的臉都太憂傷了，鈴愛起勁地拍了律的肩膀一下。

秋風羽織的脫口秀籠罩著異樣的緊張感。就連第一次目睹本尊、為之瘋狂的熱情粉絲，也無不屏氣凝神地注視台上的他。

舞台上擺了一張小桌子和兩把高腳椅。秋風伸直修長的雙腿，坐在其中一張高腳椅上，另一張椅子上則坐著擔任主持人的女主播。

秋風喝了一口放在桌上的水，立刻將保特瓶移開唇畔。

主持人連忙問道：「有什麼問題嗎？」

「太涼了……」秋風的語氣冷到令人心裡發毛。「我說過……要常溫的水。」

主持人對秋風擠出職業笑容，背過臉去，盛氣凌人地指示守在後台的工作人員換常溫水。現場僵到不行。在這樣的氣氛下，鈴愛和律並肩而坐，一瞬也不瞬地盯著秋風看。對鈴愛而言，秋風說的話比會場的氣氛來得重要多了。她集中精神，把秋風對漫畫的見解全部收進右耳，每一句都不放過。

「《蕭邦常伴左右》也是超級賣座的暢銷漫畫，加上這部作品，老師的漫畫累計賣出五千萬本，請問您當時的心情如何？」好不容易振作起來的主持人提出下一個問題。

「沒什麼好說的。」秋風的回答非常不給面子。

主持人狼狽地想把場子圓回來。「啊，這、這樣啊，漫畫家在乎的不是銷售量，而是如何表現出自己想表達的概念嗎——」

「漫畫家？」秋風挑了挑形狀姣好的眉毛。

「有、有什麼問題嗎？」

「雖說都是漫畫家，其實也包含各式各樣的類型吧。一群雛鳥裡或許也有天鵝，但我屬於醜小鴨那種。」

主持人被堵得說不出話來，無法理解秋風的言下之意，連反應都做不出來。

鈴愛小聲地問身旁的律：「什麼意思？」

「大概是說『別把我和那些不成氣候的漫畫家混為一談』。」

「好厲害，律會讀心術嗎？」

鈴愛聽得一愣一愣，律優雅地聳聳肩。

舞台上，主持人擦拭滿頭大汗，提出另一個問題：「那麼請老師用一句話簡單說明，您認為漫畫是什麼？」

「我不想說。」秋風眼神凌厲地看著主持人，斬釘截鐵地拒絕。「如果漫畫用一句話就能交代過去，我也不必為此獻上我的一切。和妳根本談不下去，我先失陪了。」

秋風站起來，頭也不回地走向後台。然而就在距離下台只剩一步之遙的地方，他倏地停下腳步，重新面對觀眾席的方向。

「不好意思，讓大家聽了一場無聊的對談，但我的作品不會背叛大家，所以讓我們繼續在作品中相會吧，這才是我的真心話。」

觀眾都被這句話震撼住了，台下響起稀稀落落的掌聲。隨著鼓掌的人愈來愈多，不一會兒掌聲就大到幾乎要掀掉會場屋頂。

秋風優雅地點頭致意，華麗地離開舞台。

即使秋風已經不在台上，會場的氣氛依舊狂熱。周圍的人全都熱烈拍手，律隨著人群也跟著拍了幾下手。他喜歡秋風的漫畫，但不會因此成為秋風本人的粉絲。

這時，鈴愛突然站起來，以迅雷不及掩耳的速度衝出觀眾席。如果這是漫畫，大概會發出「咻！」的效果音。

鈴愛在會場的走廊上，捕捉到秋風走向休息室的背影。

「秋風羽織老師！」鈴愛衝上前去，遞出小心翼翼捧在懷裡的東西。「這個送給老師。」

「謝謝。」秋風以不冷不熱的態度收下，轉身消失在休息室裡。

「好帥啊，跟老爸完全不一樣……」鈴愛著迷地盯著秋風挺得筆直的寬闊背影。能和畫出那些漫畫的人說上話，鈴愛一個人興奮不已。

秋風走進休息室，一屁股坐在離自己最近的椅子上。

原本只想直接見見自己的粉絲，才答應參加出版社企畫的脫口秀，沒想到比想像中還累。

「給我一杯茶。」

秋風一開口，守在旁邊的菱本立刻畢恭畢敬地點頭。

菱本是個給人冷酷印象的美女。這也難怪，因為秋風只會讓符合自己審美觀的美麗事物出現在自己的視線範圍內。

「好的，我帶了老師愛喝的京都宇治手摘玉露，現在就去泡。」

秋風從工作到私生活都由菱本打理。他有很多規矩，不論是茶還是其他事物，只接受自己認可的東西，而菱本對這一切瞭若指掌。

秋風粗魯地打開鈴愛給他的禮物。

袋子裡是五平餅，完全是鄉下人吃的食物，可是撲鼻而來的焦香味令人難以抗拒。算了，吃一口試試吧。秋風拿起一根，送入口中。

才咬下，他原本生無可戀的表情為之一變。

「好好吃！」

秋風翻來覆去地端詳鈴愛用來包五平餅的包裝紙，可上頭完全沒有店名之類的資訊。秋風急了，這麼一來，他可能再也吃不到這種食物。

「這才是真正的食物！菱本，妳馬上去大廳給我找出那個少女。」

「哪個少女？」

「給我這玩意兒的少女。該怎麼說呢，是個土里土氣的鄉下小姑娘，頭髮的長度大概到這裡……」

秋風比手畫腳地形容。

菱本固然有些困惑，也被秋風激動的態度逼得衝出休息室。

菱本在擠滿粉絲的大廳裡扯著嗓子，拚命大喊：「不好意思！請問剛才給秋風那種捏成橢圓形、用竹籤串起來、塗上醬汁，有點像醬油糯米糰的人還在現場嗎？」

觀眾們紛紛對菱本的問題給予反饋，其中也有不少人猜出那是五平餅。

鈴愛不知所措地四下張望，確定沒有其他人也送秋風五平餅後，一馬當先地舉手。

「在，是我送的！」

菱本說秋風找她，鈴愛還以為自己在作夢。

她走進秋風的休息室，一邊衷心感謝要她帶五平餅來給秋風的仙吉。

「這個，非常好吃。」秋風熱切地讚美五平餅，問道，「妳在哪裡買的？」

鈴愛回答，那是自己家做的五平餅。秋風不知道鈴愛家裡開食堂，開玩笑地說：「可以拿出來賣了。」鈴愛也沒發現秋風誤會了，牛頭不對馬嘴的對話就這麼持續了好一會兒。

跟著鈴愛過來的律雖然察覺到他們雞同鴨講，也知道原因出在哪裡，但是解釋起來很麻煩，所以保持沉默。

秋風又吃起另一根五平餅，看樣子他真的非常喜歡這玩意兒。眉開眼笑、大啖五平餅的秋風，與剛才台上的他判若兩人，就連鈴愛問可不可以與他合影，秋風也爽快答應。

菱本用鈴愛帶來的立可拍相機，接連拍下兩張照片，還給鈴愛。畫面中，秋風手裡拿著五平餅，笑咪咪地站在她和律中間。

「老師，餐廳預約的時間到了……」

菱本附在秋風耳邊提醒。她為秋風訂好了鰻魚飯三吃的蓬昇軒。提到鰻魚飯三吃，秋風只吃蓬昇軒，而且限定名古屋本店，所以決定來名古屋舉行脫口秀後，菱本立刻訂了位。

「啊，對耶。不好意思，我們接下來還有要緊事……」鈴愛和律原本在喝菱本為他們泡的茶，聽到這裡趕緊站起來。

「謝謝妳的五平餅，這是貨真價實的五平餅。」秋風說道，依依不捨吃下最後一口。

菱本推開休息室的門，律先出去，鈴愛也正要離開，但突然停下腳步。

如果就這麼走人，她一定會後悔一輩子。

鈴愛鼓起勇氣轉過身。

「那個，老師，」鈴愛嚥了一口口水，一口氣說完，「我正在畫漫畫，今天也帶來了！」

鈴愛從包包裡拿出原稿，塞進秋風懷裡。才剛畫完〈卡式錄音帶之戀〉，她馬上又一鼓作氣熬夜畫出〈神的備忘錄〉。菜生他們給了很高的評價，她也頗有信心，暗自覺得畫得比第一部作品好很多。

秋風臉上閃過舉棋不定的表情，但看著手裡的五平餅竹籤，即使不是很情願，還是接了過去。他默不作聲地一張張開始瀏覽鈴愛的原稿，不知不覺竟換上專業的嚴肅神情。

「可以問妳一個問題嗎？」

「請說。」鈴愛打直背脊猛點頭。她很緊張。

「請問這紙該不會是直接從素描本上撕下來的吧？才有這個鋸齒狀的毛邊。」

「啊，是的。我起初畫在素描本上，但是畫的時候，右手會一直撞到線圈，很礙事……」

「……用鉛筆在圖畫紙上畫漫畫。」

秋風盯著原稿的眼神，彷彿看到什麼新品種的生物。鈴愛一頭霧水地看著秋風，不明白這有什麼不對。

「塗黑的部分是用什麼畫的？」

「塗黑？」

「就是這個用黑色填滿的地方。」

「哦，那是用自來水筆畫的。」

「……只有這裡奇蹟似地畫對了。漫畫要用墨水畫。妳知道什麼是肯特紙，什麼是沾水筆的G筆尖、圓筆尖嗎？」

「圓……筆尖？」

鈴愛誠惶誠恐地複述聽到的單字。秋風一臉孺子不可教也地搖頭，轉向律。

「你叫作律對吧？這傢伙是笨蛋嗎？」秋風不客氣地指著鈴愛說，「因為這些網點……我是指陰影的網點，全都是徒手畫的。」

「陰影的……網點？」鈴愛鸚鵡學舌似地重複。

秋風不耐煩地敲打鈴愛耐著性子打上黑點的畫格。

「網點是用貼的！市面上可以買到印有網點圖案的透明貼紙，用刀片割下來貼上去就好了。」

鈴愛聽得目瞪口呆，作夢也沒想到還有那種神兵利器。

律代替跟不上對話的鈴愛回答：「不好意思，我們住在鄉下，附近沒有人在賣網點紙，既然本人以為是手繪，我也就由著她去了。」

「啊，你比較聰明……塔吉歐……」

「塔、塔吉歐？」突然被安上一個聽都沒聽過的名字，律望向菱本，尋求翻譯。

菱本了然於心地頷首，向他解釋塔吉歐是電影《魂斷威尼斯[13]》的美少年。

「所有美少年在他口中都叫塔吉歐。」

「是、是喔……」律無力地附和。

「可以再問妳一個問題嗎？」秋風目不轉睛地看著鈴愛，目光如炬地向她確認，「所謂的漫畫，要先有所謂的分鏡，也就是構思劇情，寫下劇本，分配畫格，安排人物的位置，用鉛

13.《魂斷威尼斯》：義大利電影，於一九七一年首映。故事描述一名慕尼黑作曲家奧森巴哈到威尼斯休養，在飯店遇見一名波蘭少年塔吉歐，並被他的美貌深深吸引。

筆打草稿，然後才正式開始作畫。」

「……我都不曉得，想畫就一口氣畫下來了……」

鈴愛被自己對漫畫的無知打敗了。她沒想過畫漫畫其實有方法，不知道自己什麼都不知道。

「這是妳第一次畫漫畫？」

「啊，這是第二部作品，但第一部差不多也是這樣畫的。」

「什麼，妳想都沒想就直接畫下去了？」

「對。」

秋風也被她打敗了。這個少女明明對漫畫一無所知，居然靠自己摸索出來的方法，真的畫出似模似樣的漫畫來。

「妳是天才嗎？」

儘管秋風的語氣還半信半疑，但「天才」二字實在太撩人了，鈴愛不禁笑開懷。

律連忙插嘴：「那、那個，秋風老師，你還好吧？這傢伙太不按牌理出牌了，你可別被她唬住，請從這部漫畫好不好看來判斷她是不是真的天才……」

秋風認為律說得很有道理。「塔吉歐，你果然很聰明。」

「他要考東大，才不是什麼塔吉歐。」鈴愛引以為傲地對秋風說，然後想起律換了第一志願，連忙又補了一句：「啊，不過已經降格成京大了。」

「哦，真了不起。我連美術大學都沒有畢業……話說回來，妳叫什麼名字？」

「我叫鈴愛，楡野鈴愛。」鈴愛再次報上姓名。

秋風神色自若地點點頭。

「很好，楡野鈴愛小姐，妳願不願意當我的徒弟？」

「願意！」

秋風的邀請來得極為突然，鈴愛不假思索地回答，一秒鐘都沒有猶豫，奮不顧身地抓住他伸過來的橄欖枝。

鈴愛和律原本打算看完脫口秀，在名古屋吃點好吃的東西再回家，但狀況有變，鈴愛幾乎是拖著律回到小鎮，前往燈火咖啡廳。

為了展開作戰會議。

突然說要拜秋風羽織為師，家裡應該不會答應，尤其是晴肯定會極力反對。不，晴一定會勃然大怒，暴跳如雷。正因如此，鈴愛希望能爭取多一點人站在自己這邊，收集說服晴的籌碼。

「妳是認真的嗎？」律問。

鈴愛正把家人的名字寫在紙上，苦惱著說服的順序。

「對，我已經決定了。」鈴愛的回答沒有一絲猶豫。

律聽得目瞪口呆，也有些許羨慕。「真了不起，原來妳的大腦不是裝飾品。」

「太沒禮貌了。你從我出生到現在，都一直認為我是隻猴子吧。」

「可是妳也最好再想清楚一點，妳真的要去東京嗎？真的能勝任秋風老師的徒弟嗎？那個人顯然是個怪胎——」

「律！」鈴愛用力地一掌拍在桌上。

「天才本來就都是怪胎。比起這個，我可是能在旁邊觀察他怎麼畫出《蕭邦常伴左右》和《談心的階梯》喔，還有《三次安可》和《海的天邊》！能看到夢裡的世界被創造出來的過程，不是很神奇嗎！秋風老師的漫畫帶我認識了世界，如今居然能看到世界創造出來的過程，能待在造物主身邊。我要去東京，我一定要去！我要去見識老師創作的過程，才不要去農協賣菜。」

律被鈴愛迸發的熱情震懾住。她一直說自己沒有夢想，也沒有想做的事，如今她找到了，喜愛到足以將利弊得失、麻煩與否全部拋到九霄雲外。

「總有一天，我要畫出屬於自己的世界，我要成為漫畫家！」

鈴愛站起來，擲地有聲地宣布。

「……欸，什麼時候決定的？」

「現在決定的。」

「妳真的好誇張啊，」律忍不住笑了，「真不知妳到底是傻瓜還是天才。」好不容易才找到工作，居然就這麼放棄，不顧一切地說要畫出自己的世界。律真的很羨慕鈴愛能這麼單純，勇往直前。

雖然對律撂下要成為漫畫家的大話，但鈴愛畢竟只是普通人，遲遲不敢告訴家人，一個星期就這麼過去了。

家人還為她開了宴會，慶祝她找到工作，這麼一來，等於是背叛那些衷心祝賀她的人。一想到此，她就無法輕易踏出那一步。

秋風羽織的名片一直躺在鈴愛的口袋裡，被她當作護身符。那是鈴愛夢想的種子，只要打通電話，夢想就會萌芽。她經常從口袋掏出名片為自己加油打氣：「今天一定要說！」可是一看到晴或宇太郎的臉，就什麼話也說不出口。

當鈴愛下定決心回家，打定主意今天非說不可，便看到菜生的母親幸子坐在客廳，她不禁全身僵硬。幸子手裡拿著剛做好的套裝，那是晴為了鈴愛進公司報到當天，請家裡開服飾店的幸子為她量身訂製的。即使價值不斐，晴仍咬緊牙關為鈴愛買下來。

「妳穿穿看。」

在晴的催促下，鈴愛試穿了套裝。

由於是量身訂製的，套裝讓鈴愛的體型顯得更加挺拔，晴和幸子都讚不絕口。鈴愛繃著一張臉，默默聽她們七嘴八舌地討論。

「穿上這套西裝，從春天開始，鈴愛就是農協的員工了。真是太好了，晴。」

「嗯，我總算放心了。」

晴這句話讓鈴愛忍無可忍，苦苦壓抑的心情有如潰堤的河水，化成文字，脫口而出：

「媽，我不去農協上班了。」

「妳在說什麼呀？」晴不以為意地笑著反問，還以為鈴愛又在開玩笑。

鈴愛咬緊牙關。「我明天就去農協，請他們取消錄取我的事。」

晴的臉色大變，一觸即發的緊張氣氛令幸子不知如何是好。

「我要去東京。」

「什麼？」

「去東京……」鈴愛吞了吞口水，堅定地說，「去東京，成為漫畫家！」

「妳說什麼？」

一如鈴愛在燈火咖啡館預料的，晴被她的宣言氣得火冒三丈，暴跳如雷。

自從鈴愛宣布要拜秋風羽織為師，晴再也不跟她說話了。

即使鈴愛主動幫忙收拾餐桌，晴也只是撇過頭去，一把搶下她手中的碗盤，自顧自地收拾。宇太郎只能捏著一把冷汗靜觀其變，家裡瀰漫著劍拔弩張的氣氛。

話說回來，鈴愛打從第一步就走錯了。

鈴愛揚言不去農協上班後，晴斥責：「枉費大家還那麼盛大地為妳慶祝。」針對這番指控，鈴愛忍不住反擊：「是媽媽叫他們來的，又不是我。」這是鈴愛最不願提及的事，便反射性回嘴。

晴氣得七竅生煙，不管鈴愛說什麼，她都聽不進去。

鈴愛急死了。距離秋風說要收她當徒弟已經過了一星期，必須趕緊回覆對方才行。但現在什麼進展也沒有，實在不曉得該如何啟齒，總不能像個小學生似地反問對方：「我爸媽不答應，我該怎麼辦才好。」

僵局尚未打破，事態卻在鈴愛不知情的狀況下急轉直下。

為了確認鈴愛的決定，菱本打電話到楡野家。

宇太郎接到電話，起初還有些誠惶誠恐，卻被菱本公事公辦的態度惹毛了。他不解，菱本怎麼可以不來打聲招呼，就要父母把寶貝女兒交給她。

宇太郎氣急敗壞地指責：「說得好聽，什麼培養她成為漫畫家，聽在父母耳中就跟強行帶走小孩的江湖郎中沒兩樣。」說得一副女兒被花言巧語矇騙的樣子。

菱本有條有理地回答：「我們並沒有說要請她來當漫畫家。秋風羽織開了一家人少質精的秋風塾，網羅來自全國各地的菁英，收他們當徒弟，提供吃住的同時，也請他們協助秋風作畫以作為回報，每個月還會支付薪水。啊，如果您願意稍等一下，我可以馬上精算給您聽。」

菱本侃侃而談。宇太郎不禁被她淡泊口吻底下的怒氣給嚇到了，試圖反駁，但菱本隨即以幾十倍的語彙量反擊。菱本指出，鈴愛已經十八歲，是個大人了，強調「怎麼能說是強行帶走小孩」，語氣冷若冰霜。

「我們等了一個禮拜都沒接到電話。既然您這麼說，那我們就當作這件事沒發生過，可以嗎？」

宇太郎被菱本不怒而威的迫力嚇得噤若寒蟬，同時也覺得遭到小看，不甘示弱地反擊：

「正、正合我意。」

「我可以把『正合我意』視為『yes』的意思嗎？既然如此，這件事就當作沒發生過，也請您如實轉告令嬡，再見。」

菱本自顧自地說完，掛斷電話。

宇太郎手裡拿著斷線的聽筒，茫然自失。

「……我是不是……搞砸了。」

如此這般，拜漫畫家為師的事就在鈴愛不知情的情況下泡湯了。

鈴愛是在吃晚飯的時候知道這件事。

宇太郎滿臉歉意，晴卻露出幸災樂禍的笑容，終於肯跟鈴愛說話。

「這不是正好嗎？反正我也不會讓妳去東京，而對方也只有這點誠意。」

「……開什麼玩笑，你不知道有些事情可以做，有些事情不能做嗎？」鈴愛瞪著父親，眼神十分尖刻。

「妳怎麼可以這樣對爸爸說話！」晴破口大罵。

鈴愛也吼回去：「真不敢相信，破壞女兒的夢想算什麼爸爸！」

宇太郎不知所措地夾在母女中間，仙吉也擔心得坐立難安。草太靜靜放下筷子，少年老成地靜觀事情的發展。

「妳給我差不多一點！爸爸媽媽為了妳拚命工作——」

「我可沒有拜託過你們！」鈴愛把手裡的筷子拍在桌上，筷子順勢反彈，掉到地上。

晴氣得柳眉倒豎，宛如厲鬼般嘶吼：「妳說什麼！」

「算了算了算了，看在爺爺這張老臉的份上，鈴愛和晴都先冷靜下來。」

兩人隨時都要上演全武行，仙吉趕緊插進來。鈴愛急得快哭了，甩開仙吉的手，惡狠狠地瞪著晴說：「不行！就算看在爺爺的份上，鈴愛這次也不原諒爸爸媽媽。」

晴嗤之以鼻地取笑她：「都十八歲了，還喊自己鈴愛的小ㄚ頭能決定什麼、有什麼本事去東京？」

「我已經長大了，自己的事由我自己決定！」

「妳在說什麼傻話，是誰找工作處處碰壁？妳以為能找到農協的工作是拜誰所賜？」

「咦……」

晴這句話讓鈴愛當場愣住，宇太郎和仙吉也掩飾不了臉上「完蛋了」的表情，心驚膽戰地吞口水。全家人都動彈不得的狀況下，只有草太還保持冷靜，默默撿起姊姊掉在地上的筷子。

晴已經氣到失去理智，忍不住說出發誓絕不告訴鈴愛的事。

「是爺爺拜託老交情的農協高層，妳才能去農協上班。」

「晴！」就連仙吉也忍不住想罵媳婦了。

鈴愛失魂落魄地問仙吉：「是真的嗎？」

「不是啦，沒有這回事喔。鈴愛、鈴愛是好孩子……」

仙吉不會說謊，眼神游移不定。鈴愛立刻反應過來。這一切都是假的，只有自己被蒙在鼓裡。鈴愛流下懊惱又憤怒的淚水。

「就連爺爺也跟他們串通起來騙我嗎？」

「鈴愛，跟爺爺道歉！」

晴責備鈴愛口不擇言，但她對母親的責備置若罔聞，淚流滿面地問草太：「……草太……草太也知道這件事嗎？」

「不……我不知道，不過我有想過是不是這麼回事。」

「騙子！」鈴愛悲痛地尖叫。

宇太郎和仙吉表情黯然，就連眼裡燃燒著熊熊怒火的晴也不免有些心生動搖。

「全家人都是騙子！明明不是靠我自己的實力錄取，居然還找大家來為我慶祝……你們根本都在心裡嘲笑我。」

「我們沒有嘲笑妳。」草太一臉受不了的樣子，想開解姊姊。「這個世上……」就是這麼回事——

草太還沒來得及把後半句說完，就被鈴愛打斷：「夠了！」她不想聽這種三歲小孩也懂的大道理。「我不想聽……跟你們無話可說。」

鈴愛心碎地丟下這句話，靜靜離開客廳。

她直接穿著家居服走出家門，冬天凜冽的寒風幾乎要刺穿皮膚，但她也不想回去拿外套，腳步蹣跚地走在商店街上。

感覺全世界只剩下自己一個人。淚水從眼眶滑落。

一旦開始哭泣，就覺得愈來愈傷心，鈴愛哭得涕泗縱橫。

哭歸哭，她並未停下腳步，反而愈走愈快，最後變成小跑步。

她邊跑邊呵出白煙。

前方是萩尾照相館。她仰望律房間的窗戶，看到燈還亮著，打從心底鬆了一口氣，感覺自己並不是一個人。她從口袋掏出哨子，想跟平常一樣吹響哨子，再也沒有比現在更需要律的安慰了。

但鈴愛猶豫了好半晌，終究將哨子放回口袋。

理智告訴她不能打擾律念書。屠夫說過，律的考試似乎準備得不太順利。

「律。」鈴愛輕聲呢喃，聲音一下子就被夜風吹得無影無蹤。

抬頭看著律房裡的燈光，淚水有如斷了線的珍珠，不停落下。

不能打擾律用功，但也不想直接回家。

鈴愛思前想後，最後走向燈火咖啡廳。她想起那裡有個公共電話。

鈴愛拿出秋風羽織的名片，打電話去他的事務所「奇妙仙子工作室」。電話響了幾聲，隨即轉入語音信箱。鈴愛雙眼發直地盯著古老的壁鐘，每隔十分鐘打一次，但每次都轉進語音信箱，吞下一枚十圓硬幣。

老闆雅子送上咖啡。鈴愛沒帶多少錢出來，趕忙想要婉拒。

雅子微微一笑說：「請妳喝。」

時間一分一秒過去，手邊的十圓硬幣愈來愈少。

不知打到第幾通電話，終於不再是語音信箱的機械化應答，而是人的聲音：「喂。」

鈴愛臉上頓時重現生機。

「啊，你好，請問是秋風羽織老師的事務所嗎？」

「是的。」

鈴愛記得這個擺明很不耐煩的聲音。

「那、那個，請問是秋風老師本人嗎？」

電話那頭的人說他只是值班的人，老師已經回去了。但她一下子就聽出秋風只是換了聲音，不死心地報上自己的名字。

「楡野鈴愛，誰啊？」

秋風的口吻並不是裝傻，而是真的忘記。鈴愛趕緊告訴對方：「我是送你五平餅的那個人，五平餅！」秋風貌似終於想起來了。「總算打通了……」鈴愛鬆了一口氣，差點哭出來，緊緊地抓住話筒。

「從剛才開始，每隔十分鐘打電話來的人該不會就是妳吧？」

「對不起，因為我無論如何都想打到有人接。」

「萬一真的沒有人在，妳打算怎麼辦？每隔十分鐘就打一次，一直打到明天早上嗎？」

「我猜大都市的事務所應該會有人留守，所以打算努力到十二點。」

秋風傻眼地嘆了一口氣。「……還好我趕快接起來。妳有什麼事？」

「那個，老師，家父前幾天對菱本小姐說了很失禮的話，真是對不起！可是，可是我想在老師手下工作，想學習漫畫！我替家父向您道歉，請您大人有大量，不要拋棄我！」

不要拋棄我。鈴愛第一次說出這麼難為情的話，可此時此刻的鈴愛也只能抓住秋風這根救命稻草了。

「那、那個，我明天就過去拜訪，也得向菱本小姐道歉。您那邊的地址是……東京都，港區……」

「喂，五平餅，冷靜一點。」秋風打斷鈴愛。她的語氣急切得彷彿現在就要跳上電車。

「我明白妳的心情。」

「您能明白我的心情嗎？」

「包在我身上。」秋風自信滿滿地說。

鈴愛的眼睛為之一亮，心想或許能拿回一度消失的夢想種子也說不定。

這次一定要抓住機會。鈴愛專心記下秋風的交代，一個字也不敢放過。

這天，鈴愛一大早就和仙吉、草太一起打掃家裡，宇太郎也稍微幫了點忙，只有晴像尊佛像似地坐在電視機前，一動也不動。

打通電話那天，秋風說他會派菱本來杉菜食堂，還說接下來交給她就行了。也沒忘記提醒鈴愛，要記得讓菱本帶五平餅回來。

沒多久，她立刻接到菱本的電話，說要來拜訪杉菜食堂，鈴愛開始準備迎接貴客的事宜。家裡打掃得一塵不染，還插了花，全家人都煞有其事地換上外出服，只有晴還穿著圍裙，完全沒有要換衣服的意思。

「有完沒完，瞧你們一個個魂不守舍的樣子。」

晴出言諷刺宇太郎和仙吉，臉上毫不掩飾地表現出對兩人站在鈴愛那邊不以為然的態度。

「先說好，我可一點都不歡迎——」

晴作勢要站起來，身體卻搖晃了一下。大概是跪坐太久，腳麻了。鈴愛連忙扶住母親。

晴尷尬地正想重整旗鼓，門外就傳來「打擾了」的招呼聲。

鈴愛喜上眉梢地衝向門口。

菱本與自稱小杉——秋風的責任編輯結伴而來。

「敝姓菱本，是秋風的祕書。」

被帶進客廳的菱本向宇太郎遞出名片，禮數周到地問好。

菱本的寒暄非常有禮貌，挑不出半點毛病來，但宇太郎等人卻像是江戶時代第一次看到外國人的鄉巴佬那樣盯著她看。因為菱本穿著一件超級花俏，綴滿荷葉邊與蝴蝶結的粉紅色連身洋裝，看在他們眼裡，簡直是奇裝異服。

鈴愛趕緊解釋那是玫瑰屋的衣服，是都市非常流行的品牌。宇太郎等人也只好勉為其難地接受這就是都市人的穿著。

接著輪到小杉打招呼。得知他們家的出版社出了許多少年漫畫雜誌後，熱愛漫畫的宇太郎聽得眼神發直。看樣子這也是秋風的策略之一。如今只剩晴一個人還板著臉，坐在一旁聽大家一團和氣地大聊漫畫。

鈴愛躡手躡腳地溜出客廳，走進沒有半個人的杉菜食堂，偷打電話給律。

「聽起來可能有戲也說不定。」

「真的嗎？」

律的聲音令她卸下心中重擔，鈴愛重新打起精神。

簡短丟下一句「如果有什麼動靜會再打過去」之後，她掛斷電話，回到客廳。

客廳裡，菱本正在向宇太郎解釋秋風為什麼沒來。

「秋風本人其實也很想來拜訪，可是很不湊巧，他正忙著處理由他的作品改編而成的電影上映事宜，同時手邊還有五個連載要截稿。」

鈴愛認為這一定是騙人的。秋風是很忙沒錯，但是他沒來的真正原因肯定是嫌麻煩。事實上，秋風此時此刻正坐在奇妙仙子工作室裡的俄羅斯方塊機台前，玩得不亦樂乎。

菱本懇切地向宇太郎述說發生在自己身上的事。她說自己從小就離開父母身邊，進入規定全校學生都要住宿的中學，所以不太了解父母的心情，可能有思慮不周的地方，應該更早登門拜訪才對，說著說著又煞有其事地低頭道歉。

她都說到這個份上，宇太郎也不好意思再緊咬對方的錯處不放，抓抓頭髮，底氣不足地說：「我也說得太過分了。」

菱本看著宇太郎，嫣然一笑。從進門到現在，始終一臉酷酷的她終於笑了。菱本長得貌美如花，這抹微笑儼然具有核彈級的效果。

宇太郎被迷得神魂顛倒，完全忘了上一刻還嫌她穿得太花俏。

「不好意思啊，女兒都十八歲了，實在輪不到父母跳出來幫她下指導棋……之前講的話讓妳見笑了。」

宇太郎已經徹底被收服，晴用力地擰了他的手臂一下。宇太郎忍住痛，滿臉笑容地看著菱本。

菱本重新向鈴愛的家人說明，秋風廣收門徒是想培養新銳漫畫家，他們出道時，也會幫忙介紹與自己有交情的出版社。邀小杉同行顯然是為了替這個計畫背書。

宇太郎與仙吉認為這個計畫比他們當初想得靠譜多了，至少不再沒頭沒腦地反對，積極問了菱本和小杉許多問題。

只有晴堅不妥協的態度始終如一。

「我認為今天就是決戰之日。」

菱本和小杉留下一句「請好好考慮之後再做決定」。離開後，鈴愛立刻打電話給律。

感覺菱本的來訪讓半數以上的家人都站到自己這邊，接下來，只要打倒晴這個大魔王，楡野家的風向應該就能一口氣轉為贊成她去東京。

「這樣啊，要打倒伯母啊。」律笑著說。

鈴愛也笑了。聽到律這個最忠實的戰友附議，總覺得事情一定有轉圜的餘地。

「嗯，衝鋒陷陣以前，想聽一下律的聲音壯膽。」

「妳這是在向我示愛嗎？」律淡淡地問道。

「不是。」鈴愛淡淡地回答。

一如往常的白癡對話讓人覺得好放心。

「抱歉打擾你用功，我先掛了。」

鈴愛掛斷電話，深深吐出一口氣，打起精神，走向客廳。

晴板著一張臉坐在客廳裡，仙吉、宇太郎和草太也在。

鈴愛鼓起勇氣，在晴面前坐下。

「妳去農協上班就好了。」晴命令鈴愛的態度，彷彿菱本今天根本沒來過。「我不准妳去東京。」

晴的嘴巴緊緊抿成一條線，看起來好難對付。鈴愛移開視線，求救地望向宇太郎。

「……爸爸怎麼說？」

「現在是媽媽在跟妳說話。」晴不由分說地打斷鈴愛。

「晴，先別意氣用事，這孩子又不會被鬼抓去吃掉，妳犯不著露出那麼難看的表情。」仙吉以柔和的語調打破僵局。

宇太郎也跟著附和：「就是說啊。」但晴依舊繃著一張臉。

「我不知道妳有沒有天分，老實說……就算看了妳的漫畫，媽媽也看不太懂。」

鈴愛不由得一把火上來。看到她第一次完成的漫畫時，晴明明讚不絕口。

「沒辦法，誰教媽媽是外行人，可是我很明白妳不適合東京。」

「……什麼意思？」

「妳比較適合去鎮上的農協工作。」

鈴愛的腦海中，又浮現知道農協不是靠自己的實力錄取時的憤恨。雖然晴說農協比較適合她，但鈴愛才不認為並非靠自己實力錄取的職場會適合自己。

「……我才不想去靠別人錄取的地方工作，我不要去靠關係、走後門錄取的公司上班！」

「妳還有臉說，還不是因為妳遲遲找不到工作。妳知不知道為什麼妳應徵了十三家公司，沒有一家公司要用妳？妳知道嗎？」晴咄咄逼人地質問鈴愛，緊迫盯人的語氣彷彿隨時都要哭出來。「因為妳太老實了，因為妳一五一十地在履歷表寫下自己左耳聽不見的事。」

客廳陷入一片死寂，鈴愛、宇太郎、仙吉全都默不作聲地低著頭。

草太感覺如坐針氈，起身想離席。

「草太也聽著，這件事很重要，事關你姊姊的未來。」

晴這麼說，草太只好又坐回去。

「聽清楚了，鈴愛。世界上不是只有好人，也有壞人。妳活到這麼大，卻連這種事也不懂。因為全家人都對妳太好了，律也是，還有菜生，大家真的都對妳太好了。」晴一字一句地曉以大義。「妳不知道人心險惡，也沒見識過社會上的黑暗面。這真的很幸運，媽媽很感謝妳能這麼幸運。可是也因為這樣，我更不能讓妳去東京。因為妳無法在漫畫那種充滿競爭的世界裡活下去。」

鈴愛慢吞吞地抬起頭，直勾勾地看著晴。

「……媽，我知道。鈴愛知道自己找工作為什麼處處碰壁。」

「咦？」

「可是鈴愛……可是我死都不想靠說謊錄取！我要寫下實情，讓他們僱用我……我要去東京。」鈴愛平靜地告訴晴，晴不以為然地冷笑。

「想當漫畫家的人比比皆是，那種充滿競爭的世界……妳不可能撐得下去。」

「媽，漫畫不是充滿競爭的世界，漫畫是充滿夢想的世界。」

鈴愛不卑不亢，說得十分篤定。她相信漫畫，相信賦予自己新世界的漫畫，相信賦予沒有夢想的自己夢想的漫畫。

「我想抓住夢想的種子。」

曾幾何時，晴的表情不再充滿怒氣。她一瞬也不瞬地看著鈴愛，眼神彷彿承受巨大的痛苦。

和煦的陽光灑落在晴和宇太郎的寢室。晴失魂落魄地坐在陽光充沛的房裡。

聽到鈴愛對漫畫的執著，晴一直很迷惘，還拿鈴愛畫的漫畫去給和子看，想聽聽她的感想。和子看得很開心，笑呵呵地說：「很有趣。」

或許那孩子真的有天分。晴心裡當然也想這麼相信。可是離開現在的舒適圈，那孩子要怎麼活下去？

冷不防，眼角餘光掠過壁櫥。

晴站起來，從壁櫥裡拿出蒙上薄薄一層塵埃的圓筒，輕輕拍掉灰塵。那是鈴愛和律小學時做的旋轉畫筒。

晴用手轉動來看。從縫隙裡看到的小矮人，好像會動，雖然動作很不流暢。

「如何？媽媽，很厲害吧？這就是鈴愛左邊的世界。」

她想起鈴愛自豪地挺起胸膛、表情豐富的生動模樣。

晴掉了幾滴眼淚，連忙用袖子擦掉。

這時宇太郎走了進來。

「老公。」宇太郎正背對她換衣服，準備開店。

晴吶吶地說：「那孩子或許真的很有一套。」

「怎麼說？」

突然冒出這句話，宇太郎不由得笑了，然而晴的表情很認真。

「我不確定那孩子有沒有畫漫畫的實力，但那孩子說她知道自己為什麼找不到工作。明明知道，還是想在履歷表上寫實話。」

「但我們也不知道是不是因為這樣才被刷掉的。」

「嗯，可是我就做不到。換成是我，才不會寫下對自己不利的事。我輸給那孩子了……是我的錯嗎？」晴強忍著淚水說道。

宇太郎順著晴的視線看出去，明亮的窗外，有隻麻雀隨時要展翅翱翔。

「都怪我給她取了鈴愛這種名字，她才會離我們遠去……」

「鈴愛只是麻雀，又不是飛機，不會飛得太遠啦。」

宇太郎輕輕攬過晴的肩頭。晴被宇太郎的話逗得又哭又笑。

「妳可以去東京了。」

晚餐時間，晴為草太添飯，順口告訴鈴愛，語氣輕鬆地像是突然想起這件事。

「欸，真的嗎？」鈴愛不可置信地反問。

即便是菱本來訪那天，晴直到最後也不肯點頭。

「嗯。」晴微微頷首。

鈴愛不可置信地輪流注視每個家人的臉。

宇太郎、仙吉和草太都異口同聲地表示贊成。

「太好了！」鈴愛高舉雙手，擺出萬歲的姿勢。

「明天要去農協賠罪，全家一起去。」

鈴愛放下雙手，乖巧地點頭。她完全忘了農協的事，然後這才想起另一件事，面向仙吉說：「啊，這是爺爺幫我爭取到的工作機會。」

「別擔心，我已經跟對方打過招呼了。」仙吉搖搖手，笑得很溫柔。

他肯定是拉下老臉去拜託以前認識的人。知道仙吉為她打通關時，鈴愛雖然怪仙吉「與大家串通起來騙她」，但爺爺這麼做也是為了鈴愛。

「謝謝爺爺，對不起。」

鈴愛老實地道歉，再次揚起臉時，臉上已經充滿能拜秋風為師的喜悅了。

「既然已經決定了，我可以打電話給律嗎？他很擔心我。」

鈴愛迫不及待地站起來。

「怎麼，姊姊，妳不是先打電話給秋風老師，而是第一個打給律哥啊。」

經草太這麼一說，鈴愛才猛然想起：「啊，也對。」但是想第一個向律報告的心情並沒有受到影響。「有什麼關係，秋風老師又不會跑掉。」

「律哥也不會跑掉啊。」草太語帶調侃地說。鈴愛一掌拍在草太的腦袋上，站起來。

這時，原本若無其事為大家倒茶的晴，淚水突然滑過臉頰。

「喂。」

最先發現的宇太郎不知所措。先前他們已經互相提醒過無數次，不要哭，要開開心心地送鈴愛離巢，但晴的眼淚一發不可收拾。忍耐許久的淚水一旦潰堤便再也停不下來。

「媽。」

「晴。」

晴的眼淚如此令人心痛，草太和仙吉都忍不住喊了她一聲。

鈴愛只是茫然地看晴落淚。

「妳可好了，妳只顧著高興就好了。」

淚水有如斷了線的珍珠，不斷從晴眼裡湧出來。

「媽媽……媽媽呀……好捨不得。」

鈴愛以看到外星人的眼神看著晴。她一直以為母親永遠都不會老，可是仔細一看，她也隨鈴愛一起走過四季，臉上充滿歲月的痕跡。

「媽媽……現在在超級市場、百貨公司、書店或其他各式各樣的地方聽到小朋友喊媽媽的聲音，還是會忍不住回頭看，以為是鈴愛在叫我。雖然妳已經十八歲了，可是在媽媽心裡，還有著三歲的妳、五歲的妳和十三歲的妳。就算跟我說妳已經十八歲，是個大人了……」

晴放聲大哭，蒙著臉衝出客廳。

鈴愛呆站在原地，動彈不得。

對鈴愛而言，母親的淚水比所有說教、叱責的話語加起來都還要有分量。

晴的呼叫聲從客廳傳來，鈴愛趕緊衝下樓。

晴、宇太郎、仙吉坐在客廳裡，晴和宇太郎都換上正式的洋裝和西裝。

晴和仙吉要帶鈴愛去農協賠罪。晴認為要拒絕的話最好別拖，所以一大早就打電話去農協，說他們會和鈴愛一起去道歉。

明明晴一早起床就告訴鈴愛這件事，鈴愛下樓的時候卻還穿著家居服。

「妳在搞什麼？再怎樣也不能穿成這樣，去換套裝。」

晴百般催促，鈴愛依舊拖拖拉拉，磨蹭了半天，終於鼓起勇氣開口：「媽媽，我昨晚又重新考慮了一遍……我也可以去農協上班喔。」

「什麼？」

還以為晴會為此感到高興，她卻露出莫名其妙的表情。

「還來得及嗎？」鈴愛問仙吉，「看到媽媽哭，我也覺得好傷心。我沒想過要和媽媽分開，我想留在這裡……也說不定。」

明明是考慮了一整晚才決定的結論，語尾卻透著遲疑。看到昨晚還趾高氣揚地說「我已經長大」的鈴愛，又徹底變回孩子氣的神情，宇太郎不禁莞爾。

「喂喂喂，妳們母女倆在演什麼相聲。一下子說要去東京，一下子又說要去農協。東京和農協聽起來很像，但實際相差十萬八千里喔[14]。」宇太郎覺得自己說的冷笑話很好笑。

晴大大地嘆了一口氣。「別說傻話了，去農協道歉吧。」

「媽媽……真的沒關係嗎？」鈴愛以怯懦不安的眼神看著晴，晴展顏而笑。

「是妳告訴我，漫畫的世界不是充滿競爭的世界，而是充滿夢想的世界，媽媽這才想起，也對……妳就是這樣的孩子。」

「怎樣的孩子？」

「我永遠也忘不了，妳左耳聽不見的時候，也說左邊的世界很美好，讓我看了妳和律做的勞作。」

「旋轉畫筒嗎？」

「妳有追尋夢想的能力，有憧憬未來的能力。和妳在一起、把妳養大的過程中，妳讓媽媽看過好幾次充滿想像力的時刻。」

鈴愛露出神采奕奕的表情，晴欣慰地看著她的臉。

「這麼說或許只是因為妳是我女兒，但說不定——只是說不定——說不定妳真的有天分。說不定有許多人願意陪妳一起作夢，期待著妳創造出來的世界。鈴愛的夢想就是媽媽的夢想，媽媽很欣慰生了一個胸懷大志的女兒。」

「我是媽媽的夢想嗎？」

鈴愛還以為自己的夢想傷害了晴，害媽媽失望了。但如果自己的夢想就是晴的夢想，再也沒有什麼事比這個更令人高興、使人充滿力量。

「總有一天，杉菜食堂會擺滿鈴愛的漫畫也說不定。」

「……謝謝媽媽！」鈴愛緊緊地抱住晴，靜靜把臉貼在晴背後。

十二月，貓頭鷹會的伙伴久違地聚集在燈火咖啡廳。

為了慶祝鈴愛去東京，大家用冰淇淋蘇打和可樂乾杯。

除了二月才要考試的律，其他人都已經決定好未來的方向。菜生要去念夢寐以求的服裝設計；屠夫通過推薦甄試，即將就讀位於京都的舞鶴學院大學。因為不想和律分開，屠夫特別將志願從東京的大學改成京都的大學。

「鈴愛，那是真的嗎？」律一邊為大阪燒翻面一邊問道。

「伯母說妳之所以面試十三家公司都沒通過，是因為妳照實在履歷表上寫下耳朵聽不見的事。妳說妳早就知道了，但不想以說謊騙人的方式獲得工作機會。」

菜生與屠夫齊聲讚嘆：「真了不起！」

「當然是假的。」鈴愛一臉坦然地說，「當時我氣得胡說八道，想到什麼就說什麼。」鈴

14. 東京的發音為「toukyou」，農協的發音為「noukyou」，尾音相同。

愛把煎好的大阪燒夾到屠夫的盤子裡，老實招認，「我根本沒想到是因為耳朵的問題被刷掉的。」

居然沒想到，就連已經認識鈴愛這麼久的菜生與屠夫也被這句話打敗了。

「我想也是。」律倒是半點也不驚訝，表示同意。「聽我媽說，伯母是被妳的勇氣感動，才答應讓妳去東京，但我認識的鈴愛才不會想到那裡去。」

「嗯，我完全沒想到那裡去。」

「妳這已經不是單純，而是蠢斃了好嗎？」

屠夫喃喃自語，菜生補了一刀：「妳現在才發現嗎？」

「有一次面試，我說我一邊耳朵聽不見，面試官說這樣工作上會有問題。我心想如果因為這樣才沒錄取的話也沒辦法。」

鈴愛單純地以為，就像需要英語能力的工作那樣，要是不符合條件，就無法勝任愉快，所以公司不僱用她也是無可奈何的事。

「可是我沒想到其他面試也是因為這樣被刷掉。」

「會戴上助聽耳的傢伙果然異於常人。」屠夫半是傻眼、半是真心佩服地說。

「而且妳到現在也不覺得自己是因為耳朵聽不見才被刷掉吧？」

律這句話讓鈴愛的心臟漏跳了半拍，感覺他完全說中了自己內心深處的想法。

「我就知道。」律稀鬆平常地說。

「因為鈴愛的世界沒有惡意。」屠夫說。

「也沒有祕密。」菜生接著說。

「更沒有歧視。」最後是鈴愛自己斬釘截鐵地說。

「那妳為什麼要跟伯母說妳早就知道？」

屠夫這麼一問，鈴愛也重新問自己一遍，然後慢條斯理地說出她認為最接近真相的答案：「當我反應過來，話已經說出口了。可能是因為我認為那一刻是勝負的關鍵。」

「勝負？」菜生不解地反問，鈴愛點頭如搗蒜。

「能不能去東京的勝負關鍵。」

「鈴愛好厲害啊。」屠夫佩服得五體投地，一旁的律卻露出不安的表情。

「……我倒是擔心得很。」律的語氣聽起來不像開玩笑，眾人頓時陷入沉默。「像妳這種岐阜深山裡的猴子，去到東京真的沒問題嗎？」

後半句話雖然加入搞笑的成分，還是能聽出律是真的在為鈴愛擔心。

「咦，你反對鈴愛去東京嗎？」屠夫戰戰兢兢地問道。

律深深地嘆了一口氣，彷彿為自己想得太天真嘆息。

「我還以為伯母會以國亞侵略地球的力量阻止妳……」

滴滴答答，下起突如其來的陣雨。

鈴愛和律連忙打開燈火咖啡廳老闆借給他們的塑膠傘。他堅持一定會下雨。

屠夫和菜生說他們還想吃大阪燒，便留在燈火咖啡廳，幾乎是不由分說地把鈴愛和律從店裡趕出來，要他們先回去。

這也是屠夫和菜生的計畫，他們還沒放棄要讓「命中注定的兩人」更進一步。春天的腳步近了，再過不久，鈴愛和律就要分隔兩地。菜生認為這兩個人如果還能有什麼發展，就只能抓住眼前的機會了。

鈴愛和律悠閒地走在雨中，對屠夫與菜生的計畫毫不知情。商店街上有很多店舖都裝飾著聖誕樹和花環，到處充滿聖誕節的氣氛。

鈴愛自言自語地說：「聖誕節快到了。」

「嗯。」律點頭附和。

下雨天的街道十分安靜，只有打在塑膠傘上的雨聲異常響亮。

「律。」鈴愛抬頭看律的臉。

「什麼事？」

「上次下大雨那天。」

「哦，妳是說發布警報那次嗎？」

「那時候啊，我為了享受雨，在傾盆大雨中撐著傘出門。」享受雨這種想法充滿鈴愛的風格，律笑著點點頭。「結果左邊果然聽不到雨聲。」

「嗯……」

「現在也聽不見。」

「嗯……」

「律，你告訴我，雨下在左邊是什麼感覺呢？」

鈴愛只是單純想知道才這麼問，但這句話聽起來好悲傷。

律的表情有些扭曲，隨即換上迷人的笑臉。「其實……雨打在傘上的聲音本來就不怎麼好聽，所以只有右邊聽到，不是也挺好的嗎？」

鈴愛被他哄得噗哧一笑。「律將來要拿諾貝爾獎吧？發明個什麼東西來，拿下就連愛迪生也沒拿到的諾貝爾獎。」

「聽起來很不賴。」律也笑了。

「發明可以讓雨聲聽起來更美妙的傘吧。」

「可以讓雨聲聽起來更美妙的傘嗎……真是個好主意，我想試試看！」

「真的嗎？」鈴愛仰望律的目光，燦若星辰。

「嗯，感覺很好玩。」律擺出英雄的表情。

不管是鈴愛想製作傳聲筒的時候，還是想製作旋轉畫筒的時候，自己做不到的事，律總是一副難不倒他的模樣，將鈴愛腦海中想的概念具體成形。律現在的表情就跟那些時候一模一樣。

「說好了——」鈴愛正要開口的瞬間，有輛車從左邊疾駛而過。

律神態自若地護住了沒聽到車聲、來不及反應的鈴愛。

車濺起泥水，弄髒鈴愛的裙子。

「啊……」

律比鈴愛先發現顏色亮麗的裙子沾上了灰泥水，不假思索地蹲下，用自己連帽T恤的袖子幫她拭去泥水。

「呼呦呦……」

鈴愛自己也嚇了一跳，一時間只能「呼呦呦」地窮嚷嚷。

「這件帽T很便宜。」律輕描淡寫地說。

裙子上的汙漬已經淡到看不出來了。

「因為很久沒見到大家了，想說稍微打扮一下。」

「嗯……我注意到了。」

律站起身，兩人的臉靠得出乎意料地近。鈴愛不由得臉紅心跳，但律還是老樣子，板著一張撲克臉。

「我回家再洗。」鈴愛說了句無關緊要的廢話。她沒辦法什麼都不說。

心跳得好快。

儘管如此，她還是想當這種心情不存在，想把這種心情藏在心底，然後慢慢地忘記。對律產生遐想太噁心了，我和律不適合發展出男女之情。鈴愛在心中反覆提醒自己，東拉西扯地拚命講一些無意義的事。

雨還在下。

只有律在的右邊，雨聲始終如一。

鈴愛坐在巴士上，手裡拿著律的准考證，呆若木雞。

她這輩子搞砸的事多到數也數不清，但以前搞砸的規模跟這次完全不能比，堪稱是本世紀最大的搞砸。

事情回溯到一天前。律第二天就要考試，鈴愛為了把護身符拿給他，進了律的房間，從包包裡拿出岐阜森巴樂園的資料夾。當時岐阜森巴樂園為了宣傳，曾廣發資料夾。資料夾的設計雖然很拙劣，但不失趣味，鈴愛用來收藏自己的寶貝。

她從資料夾裡拿出護身符，親手交給律。

律把護身符放進自己的岐阜森巴樂園資料夾裡——他也是這款資料夾的愛用者。鈴愛過年讓給他的上上籤，就小心翼翼地收在自己的資料夾裡。

律緊張到徹夜難眠。第二天一大早，為求慎重，他再次檢查書包裡早在前一天就已收拾好的物品，一樣一樣拿出來點名確認，最後輪到岐阜森巴樂園的資料夾。看到資料夾裡的東西，律整個人都傻住了。裡面原本應該要有准考證、護身符和上上籤，可是他手裡的資料夾，只有與秋風、鈴愛拍的照片和《活力樂團天國》[15]的門票等，全是鈴愛的寶貝。

律立刻反應過來，自己和鈴愛不小心拿錯彼此的資料夾了。

儘管腦中一片空白，律立刻打起精神。因為睡不著，現在才六點，距離考試還有很充裕的時間。他立刻趕往杉菜食堂。

仙吉正在食堂裡擦窗戶。

一看到律，仙吉便想跟他暢談昨晚看的新春時代劇。他看了十二個小時的預錄，一路看到三更半夜。律趕緊抽身，進屋找鈴愛，赫然在收銀機旁看到岐阜森巴樂園資料夾，鬆了一口氣。就在伸手要拿的那一瞬間，門外傳來巨大的聲響。他連忙衝出去，發現仙吉倒在地上。律大聲叫人，晴聞聲趕來，兩人便一起做好急救措施，等待救護車。

仙吉在岡田醫院接受檢查，確定只是貧血。大概是太專心看時代劇，熬夜對身體造成了負擔。

宇太郎和草太分別參加商工會的視察旅行和籃球社晨練不在家，律只好一路隨行。

貴美香擔憂地問：「今天不是要考試嗎？」

晴不知道律今天要考試，嚇了一大跳。「你怎麼不早說！」

但律還是老神在在，離考試還有段時間。

然而，當律回到杉菜食堂，卻當場愣住——原本放在收銀機旁的岐阜森巴樂園資料夾，已經不見了。

同一時間，律的資料夾正和鈴愛一起坐在長途巴士上。鈴愛這天要先去東京視察環境。她一直賴床到出發前一刻，就連聽到救護車的警笛聲，也以為在作夢，當然也不知道仙吉昏倒了，頂多覺得家裡沒有半個人有點不太尋常，但也無暇他顧，為了趕車而衝出家門。

鈴愛悠閒地與鄰座的小男孩聊起《活力樂團天國》的話題，拿出寶貝資料夾，準備讓小男孩看演出門票。這時，她才看到裡面的准考證，不由得瞪大雙眼，停止呼吸。

「搞砸了……」

鈴愛驚慌失措地求司機停車。見她一副失魂落魄的樣子，司機只好停車。但巴士已經開了好長一段時間，與杉菜食堂和梟町皆已拉開一大段距離。

鈴愛臉色鐵青地握緊律的准考證。

已經來不及了，這次真的是無可救藥的「搞砸了」。

15.《三宅裕司的活力樂團天國》（三宅裕司のいかすバンド天国）：日本的深夜音樂節目，從一九八九年播放至一九九〇年，簡稱《活力樂團天國》（イカ天）。演出的主要為業餘樂團。

結果因為拿錯資料夾，律不得不放棄京大，進入東京的私立名校——西北大學就讀。

律自始至終都沒有責怪過鈴愛，但似乎又不太能接受怎麼會發生這種事。他明明很清楚有兩個一模一樣的資料夾，也牢牢記得要把兩個資料夾放在不同的地方。

「我又不是鈴愛。」律向貓頭鷹會的同伴再三強調。

或許有人會認為，這只是自尊心比天還高的律不肯承認自己粗心大意，但凶手真的另有其人。

仔細回想，當時烏龜弗朗索瓦正在放著資料夾的桌上慢吞吞地走來走去。想起弗朗索瓦有用頭去頂桌子上的東西，律確信是牠不曉得什麼時候移動了資料夾。

菜生的想法就更浪漫了。她認為是弗朗索瓦不希望律和鈴愛從此各分東西。

屠夫這才發現律不能和自己一起去京都了，為此嘆息不已。

律雖然一臉惆悵，但還是接受了改念西北大學的命運。只有鈴愛無法原諒自己。她認為律應該念京大，拿下諾貝爾獎，實現夢想。她的夢想實現了，自己卻剝奪了律的夢想。一想到此，這件事更令她耿耿於懷。

律順利考上西北大學，一切暫告一個段落後，鈴愛再次和宇太郎、晴、仙吉一起上萩尾家賠不是。

「這次真的非常抱歉。」

鈴愛一家人一齊低頭謝罪，彌一趕緊要他們把頭抬起來。

「這次的事不是任何人的錯，反正也考上西北大學了。」

「律考高中的時候也為了救狗而落榜。」鈴愛說道，她低落得有如跌到谷底。律這輩子，已經錯失兩次證明自己能力的重要機會了。

「這次換我變成那隻狗了，真的很對不起！而且狗是真的出車禍，但我只是普通的貧血。」仙吉無精打采，臉上滿是歉意。

「不，最糟糕的還是我，要不是我帶走律的准考證……」鈴愛也同樣滿懷歉意，垂頭喪氣地站在仙吉旁邊。

彌一搖搖頭，對鈴愛說：「鈴愛，只要仔細看過入學考試的注意事項，就會發現上頭明確寫著，萬一忘記帶准考證，也能當場申請補發。」

鈴愛大吃一驚，抬頭看向彌一。

「欸，真的嗎？我還以為忘記帶准考證就不能參加考試了。」

「我不確定律有沒有仔細看注意事項，但我認為那孩子不可能沒發現有申請補發的補救措施。」

「咦，那怎麼還會怎樣？」和子大惑不解地側著頭看彌一。

彌一望了和子一眼，以沉重的語氣說：「我猜他把第一志願從東大改成京大後，士氣變得低落，大概擔心再這樣下去，會不會連京大也考不上。或許在他的內心深處……想要逃避。」

「老公，等一下，」和子尖銳地瞪著彌一，質問他，「你是說律故意不去考試？你是說那孩子利用仙吉叔昏倒一事，逃避京大的考試？」

「不不不，我不是這個意思。」

「不是？聽起來明明就是。」

和子向楡野家徵求同意。屈服在她不由分說的眼神攻勢下，鈴愛等人也點頭如搗蒜。

「不，我猜他完全沒意識到這一點，只是內心深處或許稍微鬆了口氣……」彌一連忙補充，試圖閃開和子凌厲的視線，但和子愈發不能接受。

她不以為然地反駁：「老公，你這樣隨意揣測兒子的心情，即使對象是自己的兒子也很失禮喔。」

「……那我換個方式說好了。」彌一不偏不倚地直視和子的雙眼，以彷彿解釋給自己聽的口吻說：「和子，我倒是鬆了一口氣……對於律改考西北大學，而且也考上了打從心底鬆一口氣。萬一他沒考上京大，我真不知道該怎麼安慰那孩子才好。」

大家都被這句話的重量震懾住了，一時無言以對。和子也默不作聲地低下頭去。

「他背負著我們的期待，不止，是整個梟町的期待。從出生就被譽為神童，三歲就會背九九乘法表。」

「對，他從小就會背九九乘法表！」鈴愛還清楚記得律完整背誦九九乘法表的模樣。她當時真的以為律是天才，深信他一定會成為了不起的人，做出了不起的事。

彌一以溫和的笑臉面向鈴愛。「他也以為自己背負著全世界的期待，所以無論如何，也無法開口要我們讓他去考只是備胎的私立大學。我甚至認為，這次的意外救了律一命。」

「可是，律還是很了不起。就算是備胎，也是私立的頂尖學校！他考上西北大學，東京的西北大學呀！」宇太郎一迭聲地讚揚。

彌一笑得一臉苦澀，壓低聲線說：「這句話我只告訴你們，憑良心說，律的成績並沒有好到可以輕鬆考上京大。」

「欸，我都不曉得，還以為京大對他只是小菜一碟！彌一叔叔，這件事最好不要告訴別人……」鈴愛慌張地說。

晴憂心忡忡地喃喃自語：「偏偏鈴愛根本守不住祕密……」

但鈴愛以認真的表情向彌一與和子發誓：「別擔心，這件事就算撕破我的嘴，我也不會告訴別人，絕對不會告訴別人。」

「不愧是鈴愛，非常了解律……別看他那樣，律的自尊心可是全世界最高的，比聖母峰還高。」和子說。

「那和埃佛勒斯峰比起來呢？」宇太郎忍不住插嘴。彌一不急不徐地解釋，埃佛勒斯峰跟聖母峰是同一座山。

「我都不曉得！」鈴愛不禁大驚小怪。

彌一清了清喉嚨，繼續往下說：「那孩子從小就是個不讓父母操心的孩子……然而，即使是自己的孩子，有時候也搞不懂他在想什麼。」

和子對彌一的想法感同身受，露出帶點戲劇效果的寂寥微笑說：「那孩子不會把自己內心真正的想法告訴別人。」

所有人都在心裡默默想：「本來就沒有人會把自己內心真正的想法輕易告訴別人。」只有鈴愛不這麼認為。

那我至今聽到的那些算什麼？內心邊緣的想法嗎？像麵包邊那樣嗎？

她還以為自己知道律的所有想法，原來她根本不明白律內心真正的想法啊。就像沒吃過麵包最好吃的部分那樣，這點令鈴愛大受打擊。

要找到出門在外的律並不難。律在梟町有可能去的地方，鈴愛大概都知道。

她隨即就在河邊，找到正在打水漂的律。

鈴愛劈頭就問他「內心真正的想法」。律一臉莫名其妙地聽她說完，知道和子講話帶演技的老毛病又犯了。

「……我好難過。」鈴愛控訴，「我還以為我們是朋友，真要說的話，我甚至以為自己是律最好的朋友。」

「鈴愛……」

鈴愛的眼神如此真誠，律忍不住輕聲嘆息，請她坐在他們小時候經常一起坐的大石頭上。

長大之後再看，那石頭原來沒有多大，與律並肩而坐，幾乎就沒有其他空隙了。

律沉默地凝望河水好一會兒，鈴愛耐著性子等他，耳邊只有河流的潺潺水聲。正擔心再這樣下去，律會什麼都不說，這時，律終於開口了。

「我受過兩次挫折……」

「……嗯。」

「一次是沒考上海藤高中，另一次是永動機……」

「哦，那個啊！你小學埋頭研究的那個嗎？這麼說來，你後來就不再研究了。」

這麼說來，忘記從什麼時候開始，律房裡那一大堆永動機的裝置都不見了。

「我真的以為能做出永動機，直到國二夏天……我彷彿得到天啟，明白這個世界上確實製造不出永動機。」

「天啟兩個字不是這麼用的吧？」鈴愛小聲嘀咕。

律不置可否地搖搖頭。「這不是重點，我希望妳能了解我要表達的意思。」

「……好。」

「我明白世上有些事，再怎麼深信不疑、再怎麼努力也辦不到。」

鈴愛一臉正色地點頭。她很清楚律正為了她，勉強自己說出內心真正的想法。

「總之因為大家的期待，我想去念海藤，從海藤考上東大。」

「……律自己是這麼想的嗎？」

「我？我認為自己應該辦得到，也認為那是理所當然的選擇。」律以自暴自棄的語氣淡淡說道，「可是我輸給了現實。」

「不，律沒有輸，你救了小狗！救人……不對，救狗比只顧自己更偉大、更正確。」

「為了證明這麼做是對的，我必須考上東大。」律說到這裡，淺淺一笑，「可是鈴愛，是妳我才說的，我大概沒那麼優秀。」

「咦，你這樣說，聖母峰沒關係嗎？」鈴愛大驚失色地說。

不管是律心裡這麼想，還是他主動說出這個想法，都令她大吃一驚。

「對了，聖母峰與埃佛勒斯峰是同一座山。」因為太驚訝了，鈴愛沒頭沒腦地亂說。

律當作沒聽見，繼續往下說：「模擬考再怎麼努力，成績也沒有起色。」

「會不會是因為來念朝露的關係？」

「不是，要是去了海藤，說不定連西北都考不上。一直都是第一名的人其實很軟弱，一旦發現有人比自己厲害，很容易一蹶不振……」

「一直都是第一名……這種話好意思自己說嗎？不過律的確一直都是第一名。」

「我很焦慮，怕自己無法扮演好周圍期待的角色。」

「哦，這樣啊。這也是幫凶對吧？」

鈴愛從口袋裡拿出哨子。她到現在都還隨身攜帶火箭大使的哨子。

「和子伯母以前說過，火箭大使是英雄，所以必須永遠都是英雄才行。是這玩意兒害的嗎？我都沒發現，真的很抱歉！」

鈴愛一鼓作氣站起來，不假思索地就要把哨子扔進河裡。

「哇，住手！」律趕緊抓住鈴愛的手，「別丟。」

律說得懇切，握住鈴愛的手用力到幾乎弄痛了她。鈴愛嚇了一跳，看著律。

兩人四目相對。

她瞪大雙眼，直視律急切的表情，無法移開視線。

律靜靜地放開抓緊她的手。鈴愛慢慢張開握住哨子的掌心。律拿起她手中的哨子，再交還給鈴愛，彷彿某種重要的儀式。

鈴愛將哨子拿到嘴邊，吹響三聲，輕輕地喊了一聲：「律。」

「我在。」律就在身邊回應，「……不要丟掉。」

「好……」

鈴愛將哨子收回口袋，感覺口袋裡的哨子似乎帶了點熱度。

原本藏在內心深處的感情，隨時都要探出頭來。鈴愛為了擺脫這股情緒，拾起石頭，扔向河裡。石頭並未如願在水面上彈跳，而是撲通一聲，沉入河床。

畢業典禮當天，貓頭鷹會的四名成員事先約好，溜出禮堂。

教室、走廊、樓梯間、從樓梯間看到的藍天，空無一人的校舍裡，四個人輪流拿起相機，拍下一張又一張照片。偶爾也為彼此拍照，但主要還是拍風景。

他們想用底片把四下無人的校舍、今天之後就要告別的高中記錄下來。最後，大家在畢業典禮的立牌上留下貓頭鷹的塗鴉。

貓頭鷹會的四名成員，一如往常地前往燈火咖啡廳。

四個人胸口別著花、手裡拿著畢業證書，遞給老闆雅子一個信封。信封裡裝著他們至今賒的帳，分毫不差。

「我們要畢業了。」菜生說道。

雅子凝視他們的笑臉，覺得好耀眼。「居然真的付清了……感覺好捨不得啊。」

雅子請他們吃大阪燒，算是送給他們的畢業禮物。

四個人跟平常一樣，開始煎大阪燒。一切都一如往常，卻是最後一次了。想到這裡，總覺得大阪燒哽在喉頭，吞不下去。

「聽說啊……」屠夫像是承受不了沉默似地開口，「聽說有一種東西叫文字燒。」

「哦，我也聽說過，但還沒吃過。」菜生跟上話題。

「不知道好不好吃？」屠夫說，對話再度停滯。

四個人暫時相對無言，埋頭吃大阪燒。

第一片大阪燒吃得差不多後，菜生猛然想起似地說：「剛才拍的照片，等洗好的時候，大家都已經不在梟町了。」

這句話讓鈴愛等人停下筷子。

「屠夫後天就要去京都，鈴愛什麼時候出發？」

「下禮拜。」

「律在那之後對吧？」

律微微頷首。

菜生盯著鐵板上的大阪燒，孤零零地說：「感覺只有我被大家拋棄了。」

眾人驚訝地望向菜生。菜生總是負責鼓勵其他人，很少說喪氣話，因此這句話聽起來格外沉重，格外悲傷。

「好寂寞呀。」淚水從菜生眼中滾落，滴在鐵板上，發出「滋——」的一聲蒸發。

「我……我第一次看到烤眼淚……」

鈴愛不由得興奮起來。注意力很容易被眼前新奇的事物吸走，也是她的特色，菜生忍不住又掉了幾滴眼淚。

「傻呼呼的鈴愛不在以後，日子一定很難熬。」

菜生索性任由淚水奔流。

看到她的表情，鈴愛也忍不住哭了。「照妳這麼說，我和律……和律……」

屠夫的肩膀也跟著抖動起來，開始哭泣。「我和律分開以後該怎麼辦……我最喜歡這裡，最喜歡貓頭鷹會了。離開這裡，我該如何是好……要我一個人去京都，太可怕了。」

「喂喂喂喂，你們是小學生嗎？」雅子看不下去，拿面紙來給他們。

鈴愛等人用面紙拭淚，又用力地擤鼻涕。

「算了，想哭就哭吧！哭是好事，想哭的時候就盡情哭泣。今天慶祝各位畢業，我請客，和著淚水吃下去吧，不管怎麼說，祝你們畢業快樂！」

大家也異口同聲地說：「畢業快樂！」重新乾杯。

「畢業快樂」明明是句開心的話，卻又令人有些感傷。大家一邊笑著說「畢業快樂」，一邊又掉了幾滴眼淚。

只有律，直到最後都沒掉一滴眼淚。

鈴愛猜想，律內心真正的想法或許藏得很深很深。上次律告訴她的那些，當然也是他內心真正的想法，但除了那些以外，或許還有一些想法，藏在更深更深的地方。

「謝謝。」

宅急便小哥把一個個紙箱堆上卡車，晴目不轉睛地看著。

紙箱裡裝滿鈴愛的行李，她即將到東京展開新生活。奇妙仙子工作室會提供床鋪之類的大型家具，但還要備齊其他瑣碎的生活必需品，數量不容小覷。

鈴愛明天就要前往東京了。

前幾天，宇太郎在院子裡鋸木頭，製作鈴愛也拿得動的迷你櫃。直到最後一刻，他才將完成的迷你櫃送給鈴愛。宇太郎很難為情，擔心鈴愛可能不願意使用這個櫃子。迷你櫃簡單、大方又堅固，可惜不太稱頭，一看就知道是外行人做的。

結果鈴愛一看到迷你櫃，眼神立刻燦若星辰。「哇，好酷！」

「真的嗎？」宇太郎更難為情了。

「嗯，很好看，我要帶走。」

「不用麻煩，我給妳寄過去。」

「真的嗎？」

鈴愛百般珍惜地撫摸著迷你櫃。櫃子表面經過仔細拋光，很光滑。光從這些細節，就能感受到宇太郎的心意。

「等鈴愛的漫畫出版，就可以放在裡面了。」

「嗯……我也這麼想。」

「我們家的食堂也要擺出妳的漫畫。」宇太郎為鈴愛打破店裡只放舊版少年漫畫的規矩。

鈴愛笑著說：「那你還要等很久喔，爸爸。」

「鈴愛，這個家隨時都歡迎妳回來。」宇太郎突然冒出這句話，目光充滿柔情，彷彿在現在的鈴愛身上，看到小時候的小小鈴愛。

「爸爸、媽媽、爺爺、草太都在梟町等妳回來……當然，妳要在東京努力也無妨。只是，如果妳覺得撐不下去了，隨時都可以回來。」

「嗯……」淚水湧上眼眶，鈴愛假裝看著櫃子發呆，企圖矇混過去。

「沒什麼好擔心的，爸爸媽媽永遠都是鈴愛的爸爸媽媽，永遠是妳的後盾。」

「嗯……我知道。」鈴愛用力點頭，偷偷地拭去淚水。

在家吃的最後一頓晚餐是壽喜燒。

為了這一天，晴不惜下重本，在桌上擺滿特級的飛驒牛肉。

草太幫鈴愛打蛋，說他在電視上看到，打到像蛋白霜那樣起泡最好吃。

鈴愛就著草太打得鬆鬆軟軟的蛋汁，吃起壽喜燒。

「好好吃！」

她滿臉笑意，置身夢中般，享用美味的晚餐。

吃完晚餐，洗過澡，接下來就只剩下睡覺了。

明天也要早起，最好早點就寢，但翻來覆去就是睡不著。

她仰望天花板。

也必須跟這個房間的天花板說再見了。

一想到明天晚上抬頭看到的將是另一塊天花板，鈴愛終於對自己要離開這個家，有了切身的感受。

「龍在游泳……」

她用食指描摹天花板上形似蛟龍游泳的痕跡。

晴也在自己和宇太郎的寢室，度過無眠的一夜。

明明鈴愛明天就要去東京了，晴卻幾乎沒和她說到幾句話；明明有很多機會可以聊天，晴卻一句話也說不出來。

回想鈴愛大啖壽喜燒的笑臉，她深覺這筆伙食費花得太值得了。就算接下來要勒緊褲帶，過一陣子縮衣食節的生活，還是值回票價。

宇太郎的鼾聲隱約從身旁傳來，晴依然毫無睡意。一想到鈴愛明天以後就不在了，不禁覺得身體裡好像破了一個大洞。

淚水從晴眼中滑落，一滴接著一滴不停落在枕頭上，又被枕頭吸了進去。

「媽媽。」

鈴愛的聲音讓晴心裡一緊，趕緊拭去淚水。

「怎麼啦？」

拉開紙門，鈴愛站在門口，表情像迷路的孩子。

「我作惡夢了。」鈴愛堅持要跟晴一起睡。

兩人背對背躺在被窩裡。小時候覺得兩個人蓋綽綽有餘的被子，如今卻剛剛好。

「妳是笨蛋嗎？都幾歲的人了。」

「我有什麼辦法，人家作惡夢了嘛。」

「什麼惡夢？」

「我忘了，是什麼夢來著。」

晴呵呵竊笑。她一聽就知道鈴愛在撒謊。

鈴愛轉身面對晴，抱住她的背。

「妳到底怎麼啦。」

「跟小時候的味道一樣。」

鈴愛圈住晴的肚子，晴把自己的手疊在她的手上。

「妳的手倒是長大了……妳剛出生的時候，手像一片楓葉，像這樣緊緊地握住媽媽。」晴握住自己的食指給鈴愛看。「我永遠也忘不了。」

「聽說那是小嬰兒的反射動作，會抓住手裡碰到的東西，是每個小嬰兒都有的反應。」鈴愛有時會冒出莫名艱深的話。

「……那這也是反射動作嗎？是每個十八歲的人都會有的反應嗎？」

晴拍了拍鈴愛緊緊抱住自己的手。

「這是愛。」

晴笑了。「小傻瓜……」

「媽媽，妳在哭嗎？」

「妳猜錯了，我才沒有哭，哭了鱷魚就會跑出來吃掉我們。」

「什麼意思？」

「妳小時候經常說被子是船，掉下去就會被鱷魚吃掉。」

晴感覺背後的鈴愛在笑。

「哈哈哈，我說過。」

「哭了鱷魚就會跑出來，所以要變得堅強。」

「鱷魚說過這種話嗎？」

「是我剛才編的。」

「媽媽，對不起……」

「對不起什麼，妳已經很努力了。」

鈴愛收攏抱緊晴的雙手。晴能感受到她忍住不哭出聲的嗚咽。晴也用力忍住淚水。

「鱷魚要跑出來了。」

必須變得堅強。晴感受著鈴愛暖得令人淚崩的體溫，在心裡喃喃低語。

鈴愛出發當天是個大晴天。

天空藍得望不見一片雲，但鈴愛卻沒有心情仰望藍天，細細品味，而是抱著大包小包的行李，奮力衝向長途巴士站。身後跟著晴與家人，全都上氣不接下氣地全力衝刺。

然而，車門無情地在她面前關上，巴士開走了。

「搞砸了……」

要是錯過這班車，就很難在約好的時間抵達秋風的事務所。

「鈴愛。」

鈴愛茫然自失地目送巴士開走，這時，耳邊傳來熟悉的聲音，菜生就站在隔壁的巴士站牌下。

「是這輛巴士喔。」

原來剛才的巴士是開往大阪的。鈴愛驚魂甫定，拍了拍胸口。她要搭的是開往東京的長途巴士，距離發車還有十分鐘左右，綽綽有餘。

「菜生，妳來送我啊？」

「嗯，本來想給妳一個驚喜，特地來這裡等妳。這是我和我媽送妳的禮物……東京人都很時髦，所以我沒什麼自信。」

菜生遞給鈴愛一個木田原服飾店的紙袋。

「打開來看看。」

鈴愛在菜生的催促下打開紙袋，裡頭是件青蛙圖案的洋裝。

「呼呦呦，是青蛙！」

青蛙是杉菜食堂的守護神，食堂門口也有青蛙的裝飾品。把衣服設計成這樣，在視覺上實在很有衝擊性，完全正中鈴愛的喜好。

「好可愛！」

「可以收下嗎？這麼好的衣服肯定很貴吧。」

晴誠惶誠恐地問菜生，菜生搖頭。

「這件衣服來到我們家的時候，我就覺得很適合妳。」

「你們居然會進這種衣服，這在梟町賣不出去吧。」

「一時鬼迷心竅。」

鈴愛哈哈大笑。「謝謝妳，我會在東京穿上它的。」

「小鈴，」菜生緊緊地握住鈴愛的手，「我一直開不了口，所以一直沒告訴妳，加油！一定要得到秋風羽織的肯定，我支持妳！」

「謝謝。」

菜生這句話，讓鈴愛近來跟晴一樣栓不緊的淚腺又鬆了。

她把裝有洋裝的紙袋緊緊擁入懷中。

「別哭，鈴愛，妳都把我一個人丟在這裡了，不許哭！」

菜生笑著拍打鈴愛的肩膀。鈴愛拭去淚痕，展露笑容。

巴士繞了一圈，宛如大海裡悠游的大魚，滑進車站。晴輕輕攬過鈴愛的肩，鈴愛向晴點頭示意。

車門開啟，她上車。

「再見了，鈴愛，要加油喔。」

「偶爾也要回來看看喔。」

「姊，加油。」

宇太郎、仙吉和草太一口一聲地說，鈴愛對每句叮嚀都鄭重地點頭回應。

「要保重身體喔。」

「媽媽也是。」鈴愛牢牢將晴的身影烙印在眼底。

菜生退後半步，以免打擾她與家人話別，悄悄地朝鈴愛揮手，鈴愛也朝她揮手道別。

她走進車裡，坐在事先訂好的靠窗座位上。

在家人面前強忍下來的淚水再也止不住地落下，擦也擦不乾。不想讓家人看到自己這副模樣，她背過車窗，可是當巴士的引擎聲響起，鈴愛終於鼓起勇氣，望向窗外，只見晴一行人一直仰頭看著她坐的位置。她急著想開窗，窗戶卻關得死緊，怎麼也拉不開。巴士引擎聲聲催促，鈴愛總算推開車窗。

「謝謝大家……」

晴他們全都笑著點頭。

巴士啟動。

「我走了！」

「路上小心。」

大家都在揮手，還追著巴士開始跑起來。

鈴愛急著走向巴士後方。從巴士後面的大片車窗，可以看到晴一行人衝到馬路上、頻頻揮手的模樣。

鈴愛又哭又笑，用盡全身的力量向大家揮手道別。

她突然靈機一動，朝車窗呵出一口氣，用手指在起霧的玻璃上寫下「我愛你們！」的四個大字。

不知道大家看見了沒？

只見眾人的笑意更深了。

隔著「我愛你們！」四字，家人和菜生的身影愈來愈小。

當車窗上的文字消失，已經完全看不見大家的身影了。

一九九〇年　東京

鈴愛拿著事先查好的奇妙仙子工作室地圖，走在東京的街道上。

儘管已經做好心理準備，但都會遠比想像中熱鬧許多。喇叭聲、不知從哪傳來的流行歌、多到令人瞠目結舌的人群交談聲……全都攪和在一起，撞擊右邊的耳膜。

當時的日本，被比喻成泡沫即將破滅的末日狂歡。仔細觀察，其實已隱約可以嗅出景氣的衰敗，但看在鈴愛眼中，卻是繁花似錦。每個人都打扮得光鮮亮麗，像是要去參加宴會似的，昂首闊步穿梭在青山街頭。

鈴愛不小心與人相撞好幾次，每次都慌慌張張、畏畏縮縮地道歉。

好不容易找到奇妙仙子工作室時，已經累得不成人形了。

奇妙仙子工作室是一棟巨大的建築物，外觀與美術館無異。

她重新背好行囊，按下門鈴。

菱本前來開門，鈴愛跟在她身後走進工作室。黑白格的地板、大紅色的牆……比起辦公室，更像時髦的咖啡廳，令鈴愛大開眼界。

除了秋風以外，辦公室裡還有四名工作人員，其中兩個人的年紀與鈴愛相仿。即使她走近，他們也沒抬起頭來，全神貫注地埋首工作。四個人的臉色都很糟糕，一副沒睡飽的模樣，這似乎就是傳說中的「截稿前的地獄」。

「請菱本帶妳去宿舍，明天早上十點開始上工，今天好好休息，晚安。」秋風頭也不抬，以飛快的速度邊作畫邊說道。

鈴愛探頭去看秋風手中的原稿。

「剛出爐的原稿……我可以看一下嗎？」

她一頭栽進面前秋風的世界，不由得想看仔細一點，傾身向前的瞬間，不小心便碰倒了放在原稿旁邊的咖啡杯。

咖啡在筆觸細緻的原稿上奔流，轉眼便將原稿染成咖啡色。

秋風目瞪口呆地凝視著染成咖啡色的原稿，嚥下人之將死的呻吟，抱著頭，整個人往後彈開。

搞砸了……

如此這般，鈴愛的新生活從第一步就絆了一大跤。

奇妙仙子工作室是漫畫界大師——秋風羽織的住家兼辦公室，一棟內在比外觀更豪華的建築物。地價八億圓，建築物四億圓，加起來要價十二億。三樓是工作室，二樓是娛樂室，一樓是秋風的私人空間，光是三層樓就有電梯貫穿其中，看得鈴愛的眼珠子差點掉出來。

菱本提起幾乎拖到地上的長洋裝裙襬，為鈴愛介紹私人空間以外的房間。沒想到菱本走路極快，鈴愛背著行李，拚命跟在後面。

娛樂室是秋風為了轉換心情而設計的房間，有可以喝酒的吧台，也有擺放撞球台和俄羅斯方塊機的空間，比工作室更能反映秋風的興趣。牆上掛著知名畫家畫的三張狗肖像畫和一張兔子的肖像畫，看來這個房間的主人很喜歡狗。

「這是什麼布景嗎？」

「妳問這句話的用意是？這個房間是按秋風的喜好設計的。」

聽不太清楚菱本在說什麼，鈴愛悄悄地移動到她的左邊。

「啊，我左邊的耳朵聽不見，所以請讓我站在這邊。」

聽完鈴愛的解釋，菱本酷酷地應了一聲：「是喔。」

「那有什麼需要留意的地方嗎？」菱本問。

「沒有，如果在我左邊說話，我會聽不見，但這時我會自己繞到另一邊，所以沒問題。」

「那就好。」

「那個，我剛才打翻咖啡在老師的原稿上，老師要重新畫過對吧？不要緊嗎？」等到菱本的說明告一段落，鈴愛提心弔膽地問道。

闖下大禍之後，鈴愛立刻被攆出工作室。既然菱本繼續向她介紹環境，就表示自己沒有被炒魷魚，但她始終很在意那份原稿要怎麼善後。

菱本連眉頭也不挑一下地回答：「怎麼可能不要緊，但也不至於重畫。那種程度的問題，助手就可以想辦法解決了。」

鈴愛如釋重負地鬆了一口氣，菱本則是語重心長地嘆了一口氣。

「我提醒過老師好幾次，不要把咖啡放在原稿旁邊，他就喜歡這種走鋼索的感覺，喜歡在『萬一打翻怎麼辦』這種如履薄冰的情況下作畫，真是變態。」

創作原來是這麼回事啊。鈴愛單純地佩服不已，甚至認為如果不夠變態，大概就無法創作出那麼精彩的作品了。

菱本最後帶她到從今以後要生活的地方。

名為「秋風之家」的建築物看起來很破舊。房屋結構和裝潢都很老派，到處都是歲月的痕跡，再加上見識過金碧輝煌的工作室，兩邊的落差險些令人跌破眼鏡。

走在嘰嘎作響的走廊上，菱本向鈴愛說明哪裡是廚房、浴室，哪裡是共用的空間。廚房也很老舊，浴室簡直是古董，就連梟町都沒有這種燒瓦斯的浴室了。

「妳知道怎麼燒瓦斯吧？」

被菱本這麼一問，「不知道」這三個字實在說不出口。

菱本最後向鈴愛介紹她的房間。

小就算了，牆壁還烏漆抹黑，散發出一股老房子特有的霉味，是個跟「在東京展開新生活」這句話的印象相差十萬八千里的房間。儘管如此，鈴愛仍安慰自己，至少還有床和書桌等最基本的家具。

「那麼，明天早上十點見。」

菱本丟下這句話，轉身就要離開，鈴愛連忙問她：「晚飯呢？」肚子好餓。

「哦，今天就不用忙了，明天再麻煩妳。」

「啊……哦，了解。」

「怎麼？難道妳是指自己的晚飯嗎？」

「不不不，怎麼可能。」鈴愛連忙揮舞著雙手自圓其說。

內心深處還以為自己是來做客的，這樣的誤會令她無地自容。

打開晴寄來的紙箱，她把從小用到大的日常用品和生活必需品放到該放的地方，房間頓時有了家的感覺。

鈴愛將軟木板掛在牆上，火速釘上貓頭鷹會四個人的合照。晚餐則是在附近繞了一圈，好不容易找到便當店，買便當回來。用紙箱代替桌子，她在上頭吃起最便宜的海苔便當。一個人吃飯，兩三下就吃飽了。

接著想去洗澡，但終究還是搞不懂要怎麼燒熱水，只好放棄。她無奈地換上睡衣，直接躺在床上，眼前是陌生的天花板。鈴愛仰望沒有龍的天花板，心想再也不能回那個家了，從今天起，這裡就是自己的家。

這時耳邊傳來敲門的聲音。鈴愛連忙掀開門簾，把門打開。

門外是年紀與自己相仿的青年，白天在工作室埋頭苦幹的助手之一。青年的長相十分俊俏，就連從小與律一起長大、對長得還算帥的男生已經免疫的鈴愛，眼睛也不禁為之一亮。

「人家叫藤堂誠，是助手之一，明天開始請多多指教。」

「人家……」

「沒錯，『人家』是我的口頭禪，大家都叫我小誠。我話很多，請別在意。還有，我是同性戀，所以妳不用擔心。」小誠以高亢柔和的音調，倒水似地自我介紹。

鈴愛聽得目瞪口呆，消化不了他接二連三丟出來的訊息。

「就是我不會偷襲妳的意思啦。這個給妳。」

小誠不給鈴愛發言的機會，滔滔不絕地一口氣說完，把懷裡的包裹遞給她。

「我現在還在工作，只是回來拿資料。啊，我房間在斜對角，不要偷襲我喔。還有，這個是今天早上寄給楡野鈴愛小姐的包裹，一直放在廚房，我猜菱本小姐肯定是忘記了。」

「啊……好……謝謝。」

「那我走了。」小誠轉身就走。

「請、請問……」鈴愛誠惶誠恐地叫住他，「我打翻咖啡的原稿，那個，救得回來嗎？」

小誠大步流星地走向鈴愛，咧嘴一笑。

「妳還真有一套，初來乍到就這麼驚天動地！不過不要緊，已經處理好了，別放在心上。」

「給你們添麻煩了，真不好意思！」鈴愛深深一鞠躬。

「妳的睡衣很可愛。」小誠莞爾一笑，三步併兩步地又趕回截稿地獄。

鈴愛第一次遇到小誠這種人，覺得他跟水一樣，身段柔軟，難以捉摸。

鈴愛回房，立刻拆開包裹。裡頭是宇太郎為她做的櫃子。有點歪七扭八，但作工十分細緻。鈴愛覺得好想哭，萬般珍惜地撫摸著櫃子。

這時，手裡好像摸到什麼東西，她趕緊把櫃子翻過來，只見有個信封用膠帶貼在櫃子背面。

信封上沒寫字，打開一看，有三張折起來的萬圓鈔和一張小紙條。

「有困難的時候再拿出來用。這是媽媽的私房錢，分一點給妳。

母字」

是晴的筆跡。

看著看著，鈴愛的視線一片模糊，晴的字也被淚水暈開，看不清楚。

她抱緊櫃子，手裡還握著信封，就像抱緊爸爸媽媽。櫃子散發出木頭的香味，一如故鄉的森林。

第二天，鈴愛對菱本說，她想告訴秋風自己左耳聽不見的事。

晴認為，鈴愛之所以面試了十三家公司都失敗，是因為耳朵有問題。她雖然不以為然，但也認為應該要說清楚才公平。

菱本略顯遲疑，似乎覺得這有什麼好說的，但還是馬上帶鈴愛去工作室。助手們四仰八叉地躺在工作室地板上，與屍體無異。鈴愛見狀嚇了一大跳，隨即發現他們只是睡著了。

「剛截稿都是這樣的，大家都會變成屍體。」菱本不以為意地說。

第一次親眼見識到製作漫畫的辛苦過程，鈴愛受到很大的震撼，卻也有些興奮。

「榆野有話想跟你說。」菱本對窩在桌子底下睡覺的秋風說。

鈴愛驚慌失措地開口：「不用急著現在說也沒關係。」

秋風已經老大不情願地睜開雙眼，瞇著眼望向鈴愛。「嗯……妳是誰？」

「老師，她是五平餅。」菱本立刻答腔。

秋風好不容易想起鈴愛是誰，睡眼惺忪地看著她。

「昨天……打翻咖啡的傢伙。」

「對不起！」鈴愛慌忙低頭道歉，但秋風累得睜不開眼睛。

「沒關係，反正原稿已經完成了，其他的都不重要，我要睡覺。」

秋風丟下這句話，腳步虛浮地走出房間。其他人也氣若游絲地站起來，尾隨他離開。大概是要回各自的房間吧，眾人宛如從墳墓裡爬出來的殭屍，消失在工作室門外。

時機顯然不太對。鈴愛決定改天再說耳朵的事，先開始做助手的工作。

上工的第一天由菱本跟前跟後，事無鉅細地告訴鈴愛該做哪些事。菱本告訴她，她屬於助手中的「伙食助手」，也就是負責做飯的助手。鈴愛單純地以為，原來要先從伙食助手做起，不料伙食助手的工作範圍還挺廣的。

「聽清楚了嗎?早上十點先去秋風的辦公室開窗換氣，從三樓打掃到一樓，然後出去買東西。大家會各自吃完早餐再來，所以十二點要準備好午餐；三點吃點心，晚上七點開飯。成員為秋風老師和我，但我不一定每天都會在這裡吃飯。伙食助手還有同樣是菜鳥的小誠和裕子、資深助手中野先生和野方小姐。中野先生和野方小姐只有在老師忙不過來的時候才會來幫忙。中野先生已經正式出道了，要兼顧自己的工作，但是他的漫畫乏人問津，這部分不要踩到他的地雷。野方小姐則是自由接案的專業助手。」

光是這樣一路聽下來就已經暈頭轉向了，鈴愛拚命寫下菱本交代的大小事。菱本除了指導鈴愛要怎麼保養工具、怎麼做菜，還告訴她供奉於寵物墓園的三隻狗和一隻兔子的飼料放在哪裡，指示得十分仔細。

菱本正經八百地告訴鈴愛，掛在娛樂室的狗和兔子的肖像畫，畫的就是這些寵物。每天誠心誠意為秋風心愛的狗和兔子祈福，也是伙食助手很重要的工作。

到了傍晚，原本像具死屍的秋風已經回到工作室，叫來了小誠和裕子，手裡拿著他們的原稿，熱心地指導。

「老師，榆野有話想跟你說。」秋風正要進入喘息模式，菱本抓緊時機開口。

「岐阜的猴子嗎……什麼事？如果是打翻咖啡的事就不用再說了。」

「不是，那個，老師，我有件事一定要告訴老師。我小時候因為生病，左耳聽不見。」

「所以呢？」秋風喝著菱本為他泡的咖啡，一臉不以為然的表情說，「妳是要告訴我，妳因為左耳聽不見，所以能畫出跟別人不一樣的東西嗎？妳了解別人不了解的世界，所以能畫出與眾不同的作品嗎？」

鈴愛對秋風的反應大吃一驚。過去在面試的時候，面試官知道她耳朵聽不見以後，不是露出同情或傷腦筋的表情，就是假裝不在意。秋風的反應和他們完全不同。

「聽著，別拿耳朵當擋箭牌！如果有經驗才畫得出來，沒經驗就畫不出來；只會畫自己的遭遇，沒有經歷過的事就畫不出來，這樣妳能畫的東西只會愈來愈少。重點在於想像力！只要有想像力，什麼都畫得出來。想像的翅膀可以帶妳去任何地方！」說著說著，秋風的雙眼閃爍著斑斕的光芒，語氣也愈發激動。「啊，不過只有一隻耳朵聽得見，倒是很好的題材也說不定，妳有朝一日可以把這個故事畫出來。下一個，小宮，原稿拿來。」

裕子遞出自己的原稿，秋風又開始講課。

鈴愛呆若木雞地愣在原地。

小誠抓住鈴愛的手臂，將她拽到房間角落，壓低聲線說：「老師是認真的，他就是那種人。我們住的秋風之家後面不是有股燒焦味嗎？」

「這麼說來，確實有一點……」

「那是老師為了描繪失火的場景，放了一把小火留下來的痕跡。」

鈴愛倒抽一口涼氣。菱本一個箭步走上前來，將打掃工具遞給鈴愛，順便補上一句：「雖然後來被消防局撲滅了，但老師是為了放火，才買下那棟房子的。」

菱本丟下這句話又形色匆匆地走開。小誠偷偷瞄了秋風一眼，他正踱著方步，以演說般的口吻對裕子發表高見。

「秋風老師是那種，為了體會真實的感覺，會在自己家裡放火的人。為了作品，不惜付出任何代價。作品就是老師的一切，所以才會僱用我這種人。」

「咦？」

「我不是說過我是同性戀嗎？」

「啊，嗯……」

同性戀之於小誠，或許就像左耳失聰之於鈴愛。秋風肯定也對小誠說過同樣的話。

「小誠——你也過來聽！接下來我要說的話很重要，這可是天才的講座。」

被秋風點到名，小誠立刻衝上前去。鈴愛這才想起自己手裡還拿著掃地用具，伙食助手要做的事還很多。

秋風之家的公共空間有一具粉紅色的電話。鈴愛準備了一大堆十圓硬幣，打電話給晴。

「媽媽，這裡好神奇啊，一隻耳朵聽不見在這個世界根本不成問題，甚至還可以加分。」

鈴愛興奮到聲音分岔，對晴說。從東京打到岐阜的電話七秒就要十圓，講不到幾句話就耗掉一大堆十圓硬幣。

「我告訴秋風老師耳朵的事，他根本不在乎，這裡還有同性戀。」

「同性戀？」

剩下沒幾枚十圓硬幣了，鈴愛狠下心來丟進百圓硬幣。

「就是同性戀啊，我以前只在電視或書裡看到過。在這裡，漫畫就是一切，創作就是一切，跟是誰畫的一點關係也沒有。就算一隻耳朵聽不見也沒關係，不對，反而好像因此受到期待。媽媽，這裡好自由。」

「……妳其實很在意面試的事吧？」

「……是有一點在意。」鈴愛忍不住說出心裡話。

晴柔柔一笑。「去到一個好地方，真是太好了。」

「嗯！」

公共電話發出「嗶」的一聲，鈴愛倒水似地說：「媽媽，沒有零錢了，我先掛斷，改天再打給妳。」

「好，我等妳。」

「改天再聊，媽媽。」

電話到此結束，鈴愛放回話筒，轉過身，裕子就站在她身後。裕子的氣質很成熟，臉上掛著怎麼看都有點像律的表情，鈴愛還沒跟她好好說上幾句話。

裕子微微提起嘴角，有點瞧不起人地噗哧一笑。

鈴愛有點不服氣。「我這麼大還叫媽媽……很奇怪嗎？」

「不會……」

裕子的表情倏忽消失，頭也不回地走向自己的房間，「砰」的一聲，用力甩上房門。

鈴愛進奇妙仙子工作室已經過了一週。

每天起早趕晚忙著伙食助手的工作，邊用清潔劑把流理台刷洗得乾乾淨淨，邊在心裡想著，秋風什麼時候才會教她畫漫畫。來到現在，鈴愛還沒機會提筆作畫。

此外，身為伙食助手，鈴愛還有一個很大的煩惱，那就是五平餅。

秋風每天都吵著要吃五平餅。他以為鈴愛也會做，但那是仙吉的獨門絕活，鈴愛就跟松鼠一樣，頂多只能幫忙剝核桃。她懷著必死的決心，換了一堆百圓硬幣，打電話回岐阜，向仙吉請教五平餅的詳細作法。

她祈求上蒼幫幫忙，照仙吉教的方法做了五平餅。

秋風只吃一口就歪著脖子，不屑地說：「難吃死了，怎麼可以這麼難吃！」

馬失前蹄的鈴愛只好心不甘、情不願地坦白招認，五平餅只有仙吉會做。

秋風毫不掩飾地大皺其眉。

「那我僱用妳到底是為了什麼？」

「咦……」

「妳可是五平餅的必要人員。」

「五平餅的必要人員……」

「早知如此，我就僱妳爺爺來當伙食助手了。算了，妳回家一趟，好好向妳爺爺學習如何做出完美的五平餅再來！妳爺爺年紀也大了，遲早要去極樂世界，怎能不把獨門絕活傳授給孫女。」秋風推開五平餅的盤子，彷彿連看到都覺得心煩。

「老師……」腦海中浮現出不祥的預感，鈴愛低聲說道。

「什麼事？」

「五平餅的必要人員是什麼意思？我什麼時候才能提筆作畫？」

「Pardon？」秋風把手靠在耳邊，故意惹人厭地反問，「妳在說什麼傻話？妳那雙手就是用來烤五平餅的，別說畫筆，連拿橡皮擦的機會都沒有。妳是伙食助手，永遠都是伙食助手，是碳水化合物的必要人員。」

「碳水化合物的必要人員又是怎麼回事？你之前可不是這樣說的！」

「我現在說了。」秋風不當一回事地說。

鈴愛氣得渾身顫抖，她有多麼感動這裡的自由，此刻就有多生氣。

「你騙我，這跟之前說的不一樣！」

鈴愛一把抓起秋風桌上已經仔細畫上美麗墨線的原稿，跑向窗戶。

「妳想做什麼？」秋風至此終於臉色大變。

「我想就這樣把手放開……」鈴愛把抓住原稿的手伸到窗外。

原本在自己工作崗位上的助手，全都捏一把冷汗。

鈴愛忿忿不平地瞪著秋風，兩人無言對峙。

「好好好，冷靜點，冷靜點鈴愛，妳是個好孩子，別衝動。」

菱本一步步靠近，語氣與其說是在安撫貓咪，不如說是要阻止凶暴的猛犬。

鈴愛不吃這一套，手臂伸得更遠。

「還給我，妳這隻猴子！」

秋風的挑釁讓鈴愛的怒火直衝腦門，作勢就要把原稿一張一張往外扔。

「還我。」

秋風心急如焚的語氣，讓鈴愛在最後一刻停下動作，但拿著原稿的手還掛在窗外。

「不要，除非你正式僱用我當漫畫助手，否則不還給你。」

「妳說什麼！」

「我要去散英社前面發傳單，說秋風老師騙了我，說你對年幼無知的未成年女生性騷擾！」

「我什麼時候對妳性騷擾了？」秋風氣急敗壞地表示抗議。

鈴愛破罐子破摔地大嚷：「誰教你要騙我，這叫以牙還牙、以眼還眼！真相是什麼根本不重要，一旦出現這樣的傳聞，秋風羽織就會名聲掃地，你完蛋了！」

鈴愛彷彿影視劇裡的壞蛋，「哇哈哈」地高聲奸笑。

說時遲、那時快，有隻手從後面冷不防伸過來，搶走鈴愛手中的原稿——是小誠。他在眾人都沒發現的時候，無聲無息繞到鈴愛身後。

「鈴愛，心急吃不了熱豆腐，原稿是很神聖的東西。」

小誠將原稿還給秋風。

「得救了……」秋風以顫抖的手將原稿擁入懷中，長長地吁出一口氣，放鬆下來，臉上早已不見平時那股盛氣凌人的神氣。

鈴愛還不死心地瞪著秋風。即使手中已經沒有人質，她依舊沒有要退讓的意思。

「剛才那句話可不能聽過就算了，碳水化合物的必要人員是什麼意思？你僱用我只是為了五平餅嗎？」

秋風好不容易六神歸位，小心翼翼地把原稿放回桌上，重新面向鈴愛，臉上已經恢復平常自信滿滿的神情。

「也罷，我就告訴妳我為什麼要僱用妳吧，五平餅只是其次。」

「先說最重要的原因。」

受到碳水化合物必要人員的衝擊，鈴愛對秋風已經完全不使用敬語了。從來沒有人敢這樣對秋風說話，他頓時有點火大，隨即以裝模作樣的語氣娓娓道來。

「我開了秋風塾，徵召來自全國各地有才華的徒弟。像在座的小宮，就是非洲菊漫畫研討會的特待生[16]，小誠也經常拿到百合月刊的佳作。」

「那我就是無冕王，相當於《小拳王》的卡洛斯．李維拉[17]。」

秋風對鈴愛的豪語嗤之以鼻。

「夢話請留到睡覺的時候再說。言歸正傳，這裡原本就只有五個年輕人。」

菱本馬上訂正：「老師，是八個。」另外三個似乎已經消失在秋風的記憶裡。

「但是有漫畫天分的年輕人都是怪胎，淨是些劍走偏鋒的阿宅。同為助手也每天吵個不停，相互競爭，趁對方翅膀還沒長硬就先折斷對方的翅膀，結果誰也飛不起來。於是我想到一個辦法，那就是加入一個類似緩衝的人。」

秋風瞥了鈴愛一眼。

「沒有任何心眼，在岐阜深山長大的野生少女——海蒂。我認為妳一定可以成為這些血氣方剛，但又天資過人的年輕人之間的潤滑油。」

「什麼……」

秋風瞧不起人一般，對臉上寫滿問號的鈴愛冷笑一聲。

「潤滑油這三個字聽起來也太稱頭了，妳是接著劑，接著劑。」

「接著劑？」

「若說有才華的徒弟是松阪牛、神戶牛，妳就是他們的接著劑，是漢堡排的麵包粉。不管怎麼樣，妳都是碳水化合物，所以是碳水化合物的必要人員！」

這次換秋風「哇哈哈」地高聲奸笑。

然而鈴愛早已不為所動，不甘示弱地打斷他：「慢著，那其他那些徒弟都到哪兒去了？我懂了，是老師折斷他們的翅膀，你逼他們放棄了。」

忠心耿耿的菱本為秋風辯護：「不是老師逼他們放棄，是他們自己放棄了。」但說著說著，也不知道是無法自圓其說，還是覺得不耐煩，不小心脫口而出：「他們都夾著尾巴逃走了。」

「我不回去，我不能回去，我絕不回去！」

---

16. 意指針對入學考或在學成績優異者，得免除部分或全部學費，或給予獎學金等特別待遇的學生。
17. 漫畫《小拳王》中委內瑞拉籍天才拳擊手，世界排名第六，實力堅強到排名在他上位者會刻意避開與他比賽。

鈴愛抵死不從。為了那些不停地朝巴士揮手、笑著送她離開的人，她不能回去。

「我來這裡是為了成為漫畫家，我有天分，我要成為漫畫家！」鈴愛不假思索地說。大家都相信她，她也相信自己。「我被秋風羽織迷倒了，被感動了，我心裡的那扇門被打開了！我不想放棄，無論發生什麼事，我都不會忘記，一切都始於那一刻的心動。」

「我好像在哪裡聽過這句台詞。」

「這是老師的《蕭邦常伴左右》麻子的內心獨白。」

秋風一時啞口無言，表情看上去似乎有點羞赧。

「我一直把老師的台詞、老師的漫畫、老師的世界很珍惜地捧在懷裡。」

「怎麼，這次要動之以情嗎？我才不會上當……光靠嚮往吃不了這行飯的。聽好了，漫畫家是很辛苦的職業，必須日以繼夜地埋首案前，在腦海中編織故事，幾乎沒有幾天能看到天空、踩到土地。這麼小的一張紙就是全世界，會發瘋喔。妳有這樣的決心嗎？」

「有！」鈴愛斬釘截鐵地說，眼裡蓄滿淚水。

「哦，是嘛。」秋風挑釁地低頭看鈴愛，「既然妳都這麼說了，我就給妳事做。」

「欸！」

秋風從桌上抽出一張原稿，遞給鈴愛。

「這裡的背景交給妳了，麻煩妳畫上排線。這給妳參考。」

秋風花點時間在書桌四周翻箱倒櫃，找出一本在外行人眼中覺得難如登天的範本。

「期限是一週後，等我看完妳的作品，再決定妳的去留。但是妳也要跟平常一樣，做好伙食助手的工作。」

「我明白。」鈴愛毫不猶豫地點頭。她知道秋風是在刁難自己，但她認為這也是個機會。她要完成這項任務，讓他認同自己這個卡洛斯．李維拉。

「妳這隻猴子……還是回岐阜深山吧，猴子大王也在等妳回去不是嗎？今天的工作就到這裡，我要去喝酒了。」秋風一臉受不了地搖搖頭，獨自走出工作室。

鈴愛怔怔地問菱本：「……線排是什麼？」

「是排線。」菱本糾正鈴愛的錯誤。

菱本雖然面無表情，可看到鈴愛與秋風正面開戰，順利得到機會時，她微微綻放出笑容。

排線是用來表現深淺效果的漫畫技巧，用直線與橫線填滿一公分見方的格子，稍微改變一下角度，再用直線與橫線填滿另一個一公分見方的格子……以此類推，也能藉此表現出漸層的效果。

秋風給她的範本非常細緻，由好幾層細線交疊而成。

鈴愛央求小誠教她。

「妳可不要以為我是那種心地善良、長得又可愛的同性戀喔。」

說是這麼說，但小誠還是以飯店甜點吃到飽為交換條件，答應教鈴愛。在小誠的指導下，鈴愛立刻在不要的紙背後試著畫平行線。

只是畫線的話應該難不倒自己。還以為很簡單，沒想到鈴愛就連畫出漂亮的線都辦不到。執筆的速度如果不一致，就無法拉出工整的線條。小誠隨手拉出的線，每一條都非常整齊，難以想像跟自己畫的是相同的直線。

此後，鈴愛隨身帶著紙跟筆，利用當伙食助手的空檔拚命練習。她連覺也捨不得睡，沒日沒夜地練習畫排線。腦子都被排線填滿了，嚴重到在路上看到穿著黑色網襪的女人，都會忍不住盯著看，認為那就是排線。

鈴愛在娛樂室裡擦拭狗的肖像畫玻璃時，幾乎快睡著了，直到聽見撞球相碰的聲音才驚醒過來。

菱本正在打撞球。

「鈴愛，妳沒事吧？有在睡覺嗎？」看到鈴愛憔悴的臉，菱本問道。

「有，每天都有睡兩個小時。」其實連這兩個小時，她也想拿來練習。

鈴愛睡眼惺忪地仰望狗的肖像畫。「菱本小姐，那個心靈冰冷到像冰塊加了鹽的秋風老師，也愛過這些狗吧？」

「對，而且非常愛。那四張畫由左到右分別是瑪麗蓮、粽子、兔子、露琪亞。兔子就是兔子，不是狗。一時鬼迷心竅養了大型兔，可惜沒多久就……還來不及取名字呢。老師經常說，狗好就好在不會說話，又說狗很了解他。老師其實還想再養狗的，但是怕又養死，所以就不敢養了。」

菱本仰望肖像畫的眼神十分哀戚，這才發現鈴愛站在旁邊，清了清喉嚨說：「因為他那種性格，只能跟狗當朋友。」

「……只能跟狗當朋友。」聽到這句話，鈴愛來東京後第一次想起那個只能跟烏龜當朋友的兒時玩伴。

與此同時，律也在距離奇妙仙子工作室不遠的地方，租了一間套房，開始獨居生活。西北大學位於新宿區，奇妙仙子工作室在港區，兩區就在隔壁。和子與晴討論過後，特地將租屋處選在離港區較近的新大樓。

和子早看穿律會拋棄岐阜這個故鄉，假裝成東京人，大學玩四年，所以刻意安排他住在鈴愛附近。

「我希望鈴愛能成為梟町的代表，成為拉住你的風箏線。」

律覺得和子這句話說得非常重，太重了，因此他暗自決定，暫時不讓鈴愛知道自己的電話號碼，至少在他認識半屏山頭、穿緊身衣的女生以前不告訴她。律便與鈴愛住得近在咫尺，瞞著她展開新生活。

才剛搬過來，就撞見隔壁鄰居的火爆場面。

「我可以排在美穗後面、胡桃後面、恭子後面，就算是米蓮後面也沒關係。」梳著半屏山、穿著緊身衣的美女，正朝著隔壁鄰居說出有如連續劇分手場面的台詞。律正要把闖進自己房裡的美國短毛貓，抱去隔壁房間歸還，不禁當場愣住。鄰居臉上掛著游刃有餘的笑容，對眼前的火爆場面視若無睹，接過小貓，喚了聲米蓮。看樣子米蓮是這隻貓的名字。看到男人比起自己更重視逃跑的小貓，美女「哇」的一聲大哭起來，頭也不回地跑走了。

「不用追上去嗎？」律忍不住開口問鄰居。

他以雲淡風清的口吻說：「分手的時候一定要用鋒利的刀子，一刀斬斷彼此的關係，這是分手的不二法門。」

但律認為，鄰居頂著一張半夢半醒的臉，說出再帥氣的話也沒什麼說服力。

那是他與正人的相遇。

正人是個永遠心不在焉、有如奶油糖霜般的男子。乍看之下人畜無害，完全看不出是會同時和好幾個女人交往的人。正人同樣也是西北大學一年級的學生，而且也是鄉下來的。知道這點以後，兩人很談得來。

正人教會律很多事情，也教他如何隱藏口音。不對喔、很好啊、挺不賴、好可愛……只要惜字如金就不會穿幫，律佩服得五體投地。

如此，律在離鈴愛很近的地方，在她渾然不知的情況下，交到弗朗索瓦以外的朋友。

正人約律去河邊的咖啡廳，說他們家的義大利麵很好吃。看到那家店，律下意識地揉揉眼睛。

「面影咖啡廳」與梟町的燈火咖啡廳幾乎一模一樣。除了沒有大阪燒以外，無論是裝潢，還是命名的品味都如出一轍。

「歡迎光臨。」氣質優雅的老闆迎上前來。

除了與燈火咖啡廳看起來大同小異，面影咖啡廳也是一家待起來很舒服的店。兩人都點了拿坡里義大利麵，裝在牛排鐵板上，周圍打了鬆鬆軟軟的蛋，看起來很復古，有一股令人懷念的味道。兩人不禁狼吞虎嚥起來。

正人邊吃邊對女生品頭論足，語帶抱怨：「明明都說是來看小貓的，結果也不曉得什麼時候就掛在我身上了。」

「搞什麼鬼呀。」律覺得忿忿不平，憑什麼這個男人這麼受歡迎，自己卻沒有女人緣。

「誰教你長得這麼清秀，女孩子都不敢靠近你了。」正人不假思索地說，「像我這樣剛剛好。」

「受歡迎是好事，但有必要同時交好幾個女朋友嗎？」

正人對律的疑問不以為然地搖頭。「好比說，大家不是都會養狗嗎？假如家裡又來一隻新的狗，你會因此丟掉以前養的狗嗎？」

「不會……」

「這不就結了？狗可以多養幾隻，為什麼女朋友不能多交幾個？我就是這點想不通。」正人說得煞有其事。

「說到狗，我有一件事非常後悔。」

正人神遊似地看著空氣，娓娓道來。他說他是北海道人，在叔叔的建議下報考了名古屋的海藤高中。考試當天早上，他在路上看到狗被車撞了，為了不讓狗再被車子撞到，他把狗移到路邊，沒送狗去醫院，而是選擇先去參加考試，但始終放心不下，於是又折回去，結果那條狗已經不見了。

律好像在哪裡聽過這個故事。他趕緊問正人車禍地點與狗的品種，正人的回答和律的記憶完全相符。原來是正人先救了那條害律沒考上海藤的狗。正人雖然趕上考試，但因為滿腦子都惦記著那條狗，最後還是落榜了。那條狗犧牲了他們兩個的高中考試，換回一條命。

「原來是你送那條狗去醫院，真是太好了！話說回來，這也太巧了吧。」

「嗯，沒想到我們居然會認識。」

兩人用力地握手。感動的再會，就連坐在後面偷聽的秋風也哭了。

面影咖啡廳不只離律他們住的大樓很近，離奇妙仙子工作室也不遠。律完全沒注意到，早在他們踏進這家店以前，秋風就在後面的座位畫分鏡。

兩人在不知不覺中，以接力的方式救了一條狗。

愛狗如命的秋風聽得聲淚俱下。「真是一段佳話。」

秋風悄悄叫來老闆，對他說：「等那桌吃完，給他們兩客冰淇淋。」

拜拚命練習所賜，鈴愛畫的排線進步神速，還得到助手中野及野方的認可。

鈴愛正在燒水，準備吃從超商買回來的泡麵，就連等水燒開的時間也在練習畫排線。水燒開了，鈴愛注入熱水。她已經很習慣一個人吃飯，不再動不動就想起晴和宇太郎了。

「剛才有妳的電話喔，家裡打來的。」裕子悄無聲息地走進來倒水，順便告訴鈴愛。

「哦，謝謝。」

「……妳不問我他們打來有什麼事嗎？」

「沒什麼要緊事吧？想必就跟平常一樣，只是想聽聽我的聲音，麻煩死了。」

鈴愛邊說邊留意加入佐料包的時機。她曾經那麼期待家裡人打電話來，如今就連講電話的時間都捨不得浪費。

「……妳真的以為這是個機會嗎？」裕子靠著流理台喝水，嘴邊浮現嘲諷的笑意。「才不是，這只是為了讓妳死心，才會突然要妳畫排線。」

這句話有如當頭淋下一桶冰水。見鈴愛的表情僵在臉上，裕子笑得更愉悅了。「天曉得秋風老師心裡在想什麼，到底是機會，還是想讓妳死了心，沒有人知道。我認為是後者，妳則認為是前者，真是樂天派。妳總認為有人會救妳，船到橋頭自然直，一定會有人向妳伸出援手，所以才會率先舉手，說妳辦得到。」裕子模仿鈴愛的音色說道，「然後還找了最不懂得拒絕別人的小誠當幫手。」

鈴愛一句話也說不出來，因為裕子說得都對。她根本不知道排線是什麼，卻還是舉手說她辦得到，也的確向小誠求助，全都被裕子說中了。裕子的話刺痛了她的心，感覺就連至今仍小心帶著的火箭大使的哨子也受到指責，內心隱隱作痛。

「因為妳長得還算可愛嗎？肯定從小嬌生慣養吧。我可不認為妳在這個世界混得下去。」

「我才沒有嬌生慣養……」鈴愛好不容易逮到反駁的機會，「我左耳聽不見，小學玩傳話遊戲時還受到欺負——」

裕子絲毫沒放鬆氣勢，窮追猛打。「所以才更加備受呵護不是嗎？」她不以為然地聳聳肩，將玻璃杯放在流理台上，背對鈴愛。

「不准妳自顧自地說完就走！」鈴愛撲向她的背影。

兩人扭打成一團，小誠聽到聲響連忙過來居中協調。

「別打了，別打了。吵架被發現的話會被開除喔！」

鈴愛和裕子這才恢復理智，慢慢放開用力抓住彼此的手。兩人皆氣喘如牛。

回到自己房間，躺在床上，裕子說的話依舊在鈴愛腦中盤旋不去。她覺得裕子踩中了自己的痛腳，她其實也知道自己很容易得意忘形。

明明睏得不得了，卻又睡不著。好想跟律說話，想告訴他一切，詢問他的意見。鈴愛坐起來，拿起放在櫃子上的哨子，輕輕地吹了三下。

「啊，就是這樣才不行，這種依賴的心態……」鈴愛喃喃自語。

說是這麼說，內心深處依舊期待律會來救她，但想也知道那是不可能的事。再說，鈴愛也不確定是不是吹了哨子律就會來。以前，或許只是因為她都跑到律的家門口吹哨子，律才不得不出來。

愈來愈沒自信。鈴愛又吹了一次哨子，小聲但確實地吹了三響。

這時門外傳來敲門的聲音。鈴愛下意識還以為是律。

門外傳來小誠的聲音：「哨子的聲音太吵了，已經很晚了。」

「對不起……」鈴愛向小誠道歉，無精打采地將哨子放回櫃子上。

「這是什麼？」工作室裡，秋風對鈴愛破口大罵。

鈴愛沒準備好資料要用的照片。那個時代，網路還不普及，漫畫裡需要畫到橫濱港的豪華郵輪門廳。鈴愛遵照秋風的指示去橫濱拍照，可是當她抵達橫濱港，已經看不到門廳，想拍也沒得拍。

菱本附在秋風耳邊解釋，依照船期，鈴愛根本拍不到門廳，但他依舊怒不可遏。

「這艘粉紅色、超沒品味的船是怎麼回事？」

秋風指的是鈴愛拍回來的粉紅色海賊船。聽到這句話，正在工作的裕子悚然一驚。粉紅色的海賊船入港時，鈴愛為求謹慎起見，曾經打電話回事務所，當時是裕子接的電話。裕子打包票說：「那艘船非常罕見，女生一定會喜歡！」勸鈴愛拍下那艘船。然而，不管秋風對鈴愛說了什麼，鈴愛都沒把裕子供出來。

菱本不動聲色地站在被罵得狗血淋頭的鈴愛面前，向秋風說明粉紅色的海賊船很受年輕女性歡迎。聽完她的說明，秋風開始集中精神在原稿上，思考能不能用粉紅色的海賊船表現出符合這個時代的約會氣氛。

菱本悄悄對鈴愛使了個眼色，要她退下。鈴愛回到自己的工作崗位，開始處理雜事。

過了好一會兒，決定以海賊船作畫的秋風忙到一個段落，推開椅子站起來，踩著不可一世的腳步走向鈴愛，壞心眼地對她左耳低聲喃咕：「喂，岐阜的猴子，妳還是趕快滾回鄉下去，別在這裡浪費時間，回鄉下賣洋蔥還比較適合妳。」

菱本向他解釋鈴愛左耳聽不見，秋風頑固地把嘴巴抿成一條線。「不管，我就喜歡別人的頭在自己右邊，我就想從左邊小聲說話。妳給我回鄉下去！」

秋風又大聲地說了一遍。

「啊，不好意思，老師，我左邊聽不見。」

鈴愛以純粹到不能再純粹的表情撇著八字眉，抬頭看秋風。

輕聲細語的話另當別論，但那麼大聲說話，右耳也聽得見。除了秋風以外，在座的所有人早就意識到這一點。但有些脫線的秋風渾然不覺，還真的信了鈴愛說的話，不過事到如今，也提不起勁繼續對她的右耳說話，只好不屑地從鼻子裡冷哼一聲，回到自己的座位上。

鈴愛偷偷地對裕子比了個勝利手勢。裕子差點也要伸出手去表示歉意，但猶豫了一會兒，又縮回手，回頭做自己的事。

時鐘指向深夜時分。

鈴愛搞定伙食助手的工作，正在練習畫排線。集中精神、屏住呼吸畫出來的排線看起來很工整，幾乎不比範本遜色。

鈴愛大大地深呼吸。「再來要正式開始了……」

她把秋風給她的作業攤在桌上，一想到要直接畫在原稿上，不由得緊張起來。

「喂。」還留在工作室的裕子出聲叫她，給鈴愛一枝筆。

「這叫學生筆，畫出來的線條會比較穩定。」

在裕子的建議下，鈴愛試著畫線。

如裕子所說，這枝筆比鈴愛平常用的圓形筆尖順手多了。

「送給妳。」裕子說。

鈴愛有些困惑。昨天還吵成那樣，差點打起來，太陽是打西邊出來了嗎？

「……我啊，沒怎麼被人溫柔對待過，所以也不太習慣對別人好。」

這句話讓鈴愛想起稍早之前的事。她在工作室聽到裕子和她母親講電話，裕子的語氣客套得像是在跟客戶說話，令鈴愛耿耿於懷。

「可是試了之後，發現感覺還不賴。」裕子笑得有些羞怯，為昨天的事情向鈴愛道歉。

「抱歉，我其實有點嫉妒妳。」

「裕子姊……」

「討厭啦，我們一樣大吧？又是同期，叫我裕子就行了。」

「裕子……了改。」

「這句話真好玩，妳還有其他搞笑的台詞嗎？」

「驚訝的時候會說『呼呦呦』。」

鈴愛告訴她自己的口頭禪，裕子也笑著說：「呼呦呦。」

朗聲大笑的裕子，看起來比平常稚氣許多。

鈴愛花了一整個晚上的時間畫好排線，看起來跟範本幾乎一模一樣，她也覺得自己畫得很好。

想早一點讓秋風看，可是找遍整個事務所都找不到秋風的人影。菱本告訴她，秋風可能去附近的咖啡廳設計分鏡稿了。鈴愛頭也沒梳、臉也沒洗，蓬頭垢面地前往那家咖啡廳，一心只想著趕快讓秋風看到自己的成品。

當咖啡廳映入眼簾，鈴愛忍不住脫口而出：「見鬼了！」還仔細確認店名——那家店跟燈火咖啡廳實在長得太像了。

一推開門，鈴愛就看到律的身影。隔了一拍，律也認出鈴愛了，想躲也來不及。

「律，你不是律嗎！你在這裡做什麼？」

鈴愛情不自禁地衝上前，連珠砲地用岐阜腔問他。直到走到他身旁，才發現他對面坐著一個女孩子。

女孩立刻站起來，丟下一句：「打擾了。」離開咖啡廳。

律以目光追逐女孩的背影，卻沒有要起身追的意思。

「不用追出去嗎？」

「不用了，我只是，在這裡，喝茶。」律照正人教他的方法，正在練習如何說話不顯露岐阜腔，把一句話切成一段一段地說。當他想起對象是鈴愛，立刻恢復正常，口若懸河地說：「我剛好在這裡喝茶，是對方主動上來攀談。」

老闆問鈴愛要點什麼，她才想起自己是來找秋風的，老闆搖搖頭說秋風今天沒來。鈴愛只好順勢在律面前坐下，點了一杯可樂。

店裡的氣氛太像燈火咖啡廳了，再加上律就在面前，感覺就像回到了梟町。

這時鈴愛才知道，律就住在離這家店只有五分鐘路程的地方，鈴愛住的地方離這裡也只要五分鐘。當律說換算成直線距離，兩個住處的距離走路不到十分鐘時，鈴愛不禁脫口而出：「呼呦呦。」

「我們被設計了。」律抱著胳膊，手肘擱在桌上，以凝重的表情說道，「我媽和伯母串通好，讓我們住在附近。」

鈴愛問他這是為什麼，律死都不肯告訴她。雖然很想知道原因，但鈴愛現在最重要的還是排線。她喝光可樂，與久別重逢的律也沒好好說上幾句話，又衝出咖啡廳。

回到事務所，鈴愛繼續尋找秋風的下落。只見秋風抱著膝蓋、縮成一團躲在娛樂室的吧台下，一動也不動。就連鈴愛也看得出來，他正深深陷入自己的世界裡。

「一旦變成那樣，誰也不敢開口跟他說話。」菱本一本正經地說，「老師構思故事的時候都會躲在吧台下，就像貓咪生小貓會鑽進緣廊下一樣，這樣才能想到有創意的點子。」

「……哇，我見證到了好偉大的瞬間啊。」鈴愛十分激動。

「老師現在已經進入故事的世界裡，一時半刻不會回來了。」

「了解……」

「不能拿排線去打擾他。」

「了解。」

「我會幫妳留意時機，請妳等到那個時候。」

「了解。」

鈴愛邊處理伙食助手的工作，耐著性子靜候時機到來。

然而，等秋風的工作告一段落，時機還是沒有到來。

秋風的分鏡圖不見了，事情鬧得不可開交。

菱本遵照秋風的指示，去他的房間拿分鏡圖，卻到處都找不到。就連浴室都找過了，還是連個影子都沒有。

「不可能！我昨天一口氣畫好了。那是空前絕後的傑作，我連標題都想好了，就叫作〈由我說再見〉。」

「你該不會是在作夢吧？」菱本半信半疑地說。

秋風火冒三丈地堅持，「不，我畫好了，我用這雙手畫好了。」

明知是鈴愛打掃自己的房間，秋風卻還一個一個問是誰打掃他的房間，最後才問到鈴愛。她不敢抬頭，以小到不能再小的音量回答：「是我。」

「妳有看到我的分鏡圖嗎？」

秋風又問了一遍。鈴愛其實連什麼是分鏡圖都不知道。她聽過所謂的分鏡，但不知道分鏡圖長什麼樣子，也不知道上頭畫了些什麼。

「那個，好像有幾張類似塗鴉的紙掉在地上……」

鈴愛全身都能感受到秋風的怒氣節節高升，嚇得往後退了一步。

「我以為那是垃圾……」

「妳丟掉了？」

「……對。」

「那是我重要的分鏡圖。」

「可是……揉成一團丟在地上……」

「才沒有揉成一團！我一整疊好好地放在桌上。」

「咦……」

鈴愛丟掉的垃圾確實是揉成一團、丟在地上的紙。難不成分鏡圖在無人知曉的情況下，自己掉到地上嗎？

鈴愛茫然自失，秋風對著她咆哮：「去追垃圾車！那是我的遺作。」菱本糾正他的語病，秋風改口：「是足以當成遺作的傑作。」

「可能只是一場誤會。」中野這句話讓所有人都站起來，把事務所翻了一遍。

秋風靜靜走近呆站在原地的鈴愛。

「妳覺得那不是分鏡圖，而是塗鴉嗎？」

秋風的語氣冰冷而帶著憐憫，鈴愛簌簌發抖。

他提起某知名漫畫家的軼事。有個弄丟原稿的編輯來向漫畫家道歉時，漫畫家說：「原稿等於是我的孩子，我不需要你的道歉，把我的孩子還給我。」

「講談館出版社的編輯聽到這句話，打算在講談館歷代董事長的墳墓前切腹謝罪，把刀子刺進肚子裡……要是找不回我的分鏡圖，妳也給我切腹謝罪。」

鈴愛嚇壞了。自己的命不要緊，但自己的夢想無疑在今天就要胎死腹中。這份恐懼讓她的手抖得如寒風中的落葉。

結果還是沒找到原稿。雖然不至於真的要鈴愛切腹，秋風但也要她立刻滾出秋風之家。太陽早就下山了，不等到早上硬要趕人出門實在很沒常識，只可惜在這裡，秋風的話就是王法。鈴愛收拾點行李便離開宿舍。

小誠和裕子憂心忡忡地從自己的房間裡探頭出來，她甚至沒有臉面對他們。

鈴愛默默走出秋風之家，漫無目的走在路燈昏暗的光線下。

她淚如雨下，怎麼擦也擦不乾淨。

仰仗著律寫在紙條上的地址，鈴愛找到了律的住處。

結果即使來到東京，若說有什麼可以投靠的地方，頂多只能想到律的住處。

站在律的大樓下，鈴愛拿出哨子吹了三聲。沒有任何反應。

「不在家嗎……」鈴愛不死心，又吹了一次，呼喚律的名字。她的聲音比任何時刻都微弱，卻也比任何時刻都迫切。

窗戶突然開了，但開的是隔壁房間的窗戶。正人從窗口探出頭問：「妳是誰？」

他一頭霧水地盯著了無生氣的鈴愛。就這樣放她走的話，她似乎會去跳神田川自殺。基於這樣的想法，正人姑且先讓鈴愛進自己的房間。

鈴愛抱著膝蓋，雙眼發直地盯著一個點，抽抽噎噎地哭個沒完。

正人抱著一絲希望，打電話去面影咖啡廳，律果然在那裡。說明原委後，律馬上趕來正人的房間，把鈴愛帶回。

感覺已經一隻腳踏進墳墓裡的鈴愛，看到律的臉，還是鬆了一口氣。在律的詢問下，鈴愛斷斷續續地交代自己被炒魷魚的經過。

「妳不知道那是分鏡嗎？」

鈴愛訥訥地點頭。「不知道，還以為是塗鴉……我把那個塞在泡麵碗裡丟掉了……」

「無論如何，這件事絕不能告訴秋風老師。」

還在嚶嚶啜泣的鈴愛，向律提出一個請求。開往岐阜的深夜巴士已經收班了，她拜託律收留自己一晚。

「我不會偷襲你的。」鈴愛認真地向律發誓。

律嘆了一口氣，鈴愛再次緊緊擁住自己的身體。

「我該怎麼跟媽媽說才好？我該怎麼跟幫我釘了櫃子的爸爸說才好？」

「這樣說可能不太好，但鈴愛要是回去的話，他們會很開心的。比起實現孩子的夢想，父母更想跟孩子在一起。」

「這樣啊……或許是吧……可是……可是……」鈴愛哭得臉都花了。「那我的夢想該怎麼辦？我想成為漫畫家。我以為自己可以成為漫畫家，現在也想當漫畫家，想得不得了……我想畫漫畫……排線好好玩。」鈴愛的眼眶又湧出新的淚水。

律只是坐在一旁，安靜地聽著。

門鈴聲響起，正人來接律。兩人約好這天要去六本木有名的Mahajaro舞廳[18]。

這是律第一次去Mahajaro。

18.「Mahajaro」一詞，應源自「Maharaja」。「Maharaja」為日本泡沫時期的連鎖迪斯可舞廳，可作為日本泡沫經濟時期的代表。

要拋下鈴愛、自己去玩，律有些過意不去，於是正人建議帶鈴愛一起去。正人家隨時都有女生進出，不乏華麗的金色緊身衣。律帶鈴愛去正人的房間，讓鈴愛看了緊身衣，就像精神科醫生開鎮定劑給病人那樣，但鈴愛連瞧一眼的力氣都沒有。

比起Mahajaro，鈴愛開始胡言亂語，說她想回到昨天，想去夢之島尋找分鏡圖，說完便突然蹲下來，號啕大哭。正當律心想，這樣只好改天再去了，鈴愛邊哭邊說：「我去，我也要去Mahajaro。」

「哭也是這樣，笑也是這樣，反正我明天就得回岐阜賣洋蔥了，不能再給別人添麻煩，我不想破壞律第一次去Mahajaro的機會。」

「妳怎麼知道我今天是第一次去。」律不解地問道。

鈴愛以哭紅的雙眼瞥了律一眼。

「只有第一次去的人才會穿那麼花俏的衣服！」律穿著閃亮亮的華麗西裝。「太丟臉了，換一件。」

鈴愛從正人的衣櫃裡抓出一件簡單大方的衣服，正經八百地塞進律懷裡。

「鈴愛，妳太棒了，好有趣，笑死我了！」

正人捧腹大笑。

鈴愛換上緊身衣，前往Mahajaro。她原以為自己這輩子都沒有機會穿這樣的衣服。Mahajaro不管是裝潢本身，還是音樂、燈光、人、裸露的程度、心裡的欲望全都滿到溢出來，令人目眩神迷。鈴愛不知所措地站在音樂與燈光的洪水中。

雖然早已做好會很吵的心理準備，但吵雜程度還是超出想像，連正常交談都辦不到。鈴愛附在律耳邊說自己的耳朵受不了。正人為她擔心，說還是出去好了，但鈴愛遲疑了半晌，決定「既來之則安之」。只要集中精神做一件事，就能忘記耳朵不舒服的事。

「我要站在那裡跳舞，當作來東京的紀念。」鈴愛指著舞台。

正人和律幫鈴愛站上舞台。梳著半屏山髮型的大姊姊手裡拿著誇張的扇子，在身邊扭腰擺臀。

鈴愛想了一下，開始有樣學樣地學對方揮舞手臂。正人在台下為她加油。模仿周圍的動作、一起擺動身體時，不知怎的，鈴愛覺得自己也會跳舞了。她拋開羞恥心，原本難過得想一頭撞死的心情，唯有此刻也拋到九霄雲外。鈴愛笑著跳舞，原本與盂蘭盆舞無異的動作居然都有落在節拍上。

律和正人也笑了，在台下與鈴愛一起隨旋律擺動。

東京的最後一夜，鈴愛站在台上，仔仔細細地將眼前的光景烙印在眼底。

沉重的氣氛瀰漫在奇妙仙子工作室。

小誠等人面向辦公桌，忙著處理手上的工作，但一逮到空檔就偷瞄秋風。

菱本雙手叉腰，不發一語地站在秋風的辦公桌前，凌厲的視線前方是頭低低的秋風，表情一如鬧彆扭的小孩。

〈由我說再見〉的分鏡圖，完好無缺地放在秋風的辦公桌上。分鏡圖沒有丟掉，鈴愛是無辜的。

鈴愛被趕出奇妙仙子工作室隔天，秋風在娛樂室的微波爐裡發現了分鏡圖。

分鏡圖完成那天，秋風自認為畫得非常好，舉杯慶賀。喝到有幾分醉意後，覺得肚子餓了，便加熱比薩來吃。後來不曉得吃錯什麼藥，居然把分鏡圖放進微波爐，幸好他的注意力都放在比薩上，沒有真的按下開關，但分鏡圖就這麼被遺忘在微波爐裡。

隔天秋風肚子餓，想加熱冷凍烤飯糰來吃時。打開微波爐，看到分鏡圖，他的驚得下巴都掉了。

「搞砸了……」秋風忍不住呻吟。

不知不覺，他也被鈴愛的口頭禪傳染了。三魂七魄尚未歸位，秋風又以清醒的腦袋看了一遍分鏡圖。印象中堪比世紀傑作的故事，如今看來好像也沒特別好。

「老師，你有聽見背後傳來大家的無聲抗議嗎？」

菱本以嚴峻的語氣詰問。秋風縮成一團，摀住耳朵。

鈴愛回岐阜前，曾偷偷溜進秋風的私人空間，留下瑪麗蓮、粽子、兔子、露琪亞的等身大畫板。喝得醉醺醺的秋風，一時還以為牠們活過來了，衝上前去。

為了怕狗死掉而不敢再養狗的秋風，鈴愛特地送給他這些畫板。

當時秋風雖大受感動，仍不屑地說：「蠢斃了。」如今知道鈴愛是無辜的，她所留下的一片赤忱再再刺痛秋風的良心。

「要是不承認錯誤，老師就真的枉為人了，再也沒有人會跟隨你。從此以後，背景將一片空白，再也沒有人要為老師畫背景。老師，這是鈴愛畫的排線，畫得非常好喔。」

秋風瞥了一眼菱本遞給他的原稿，鈴愛畫的背景確實很完美。

菱本逼秋風去岐阜接回鈴愛。

「欸，要去岐阜嗎？」秋風正要發難，受制於菱本的迫力，只好乖乖閉上嘴巴。

「還有，我可以先問一個我一直想知道的問題嗎？老師僱用楡野鈴愛，真的只是基於五平餅這個理由嗎？真的只是把她當成碳水化合物的必要人員，要她來把其他有才華的人串連起來嗎？」

「嗯，妳這句話是什麼意思？」

「難道不是因為你認為鈴愛具有某種天分嗎？」

「是嗎？」

「到底是怎樣？」

「那傢伙會畫漫畫嗎？」

看樣子，秋風是真的忘了。菱本一直相信秋風有他的用意，沒想到他什麼也沒想。菱本找出鈴愛寄放在她那裡的原稿，逼秋風馬上看。他心不甘、情不願地翻閱。

鈴愛的第二部作品〈神的備忘錄〉是以律與清的邂逅為靈感，描繪而成的故事。少年遇見美少女，卻只問了名字就分開了。

「要是真有所謂的命運，我們就一定會再見……」

雖然沒人能保證，但當時的律卻相信兩人必然會再相逢。她把這番話原封不動地畫成漫畫。律與清的邂逅的確是命運的安排沒錯，但對神明而言，那只是眾多作業的其中之一，所以神明把兩人的命運寫在備忘錄上，以免忘記。結果有一天，那張備忘錄卻被惡作劇的風吹走了。

因為這樣的陰錯陽差，律與清是否終其一生都無緣再相遇呢？故事在最後留給讀者這樣的懸念，迎來充滿戲劇性的結局——兩人居然在五十五歲的時候重逢了。

「在五十五歲重逢，這是恐怖故事嗎？」秋風看到最後忍不住吐嘈。菱本要他正經一點，秋風不情不願地說：「不過還挺有趣的。」

「這是你第二次看了！你在名古屋的脫口秀時不是已經看過一遍了嗎？」

「沒分鏡就直接畫，而且還是用鉛筆作畫，當時看到的衝擊太大，我只剩下這兩個印象。」秋風目不轉睛地盯著〈神的備忘錄〉的封面，然後深深嘆了一口氣。「……不是我自誇，天才都是超級大路癡，我不可能找得到岐阜深山裡的深山裡的深山裡的蚯蚓町啦！」

「老師，你又說錯了，是梟町。那裡確實是連我都會迷路的深山。萬一迷路，還可能會被熊吃掉。所以我請到一位對岐阜非常熟悉的人陪你一起去。」

「誰？」

趁秋風還沒改變心意，菱本立刻打電話給律。

鈴愛留下畫板時，請菱本幫了一個忙，否則她不可能弄到狗和兔子的照片，也不可能潛入秋風的私人空間。當時，菱本便見到了助鈴愛一臂之力的律，也是他告訴菱本鈴愛要回岐阜。

再也沒有比律更適合陪秋風去岐阜的人了。就算秋風中途反悔，如果是被秋風譽為塔吉歐的律，應該也有辦法把他哄得服服貼貼，順利抵達岐阜。

秋風冷眼看著菱本三頭六臂搞定事情的模樣，又以為師的眼神，重新看了一遍〈神的備忘錄〉。

從突然返家的那天起，鈴愛就一直關在房間裡睡覺。

「簡單地說，就是我犯錯被開除了，報告完畢。」

就寢前，鈴愛只對家人說了這句話，就窩回自己的房間裡。

一家人都不曉得出了什麼事，心情七上八下。即使到了晚餐時間，鈴愛也不出來。

「假裝在睡覺吧。」宇太郎說道。大家都知道鈴愛只是裝睡。

「……真拿這孩子沒辦法。」

從小到大，每當受到傷害，鈴愛都會躲進被窩，像隻野生動物把自己藏起來。

她究竟犯了什麼錯？眾人不禁面面相覷。

這時，有個熟悉的聲音響起：「有人在家嗎？」

晴不可置信地看著站在食堂門口的律，想不通律怎麼回來了，他應該在東京的。

「啊，我朋友還在外面等我。」正人等在外頭的大馬路上。「突然上門打擾真不好意思，其實……我帶客人來了。」

語聲未落，便有個身穿和服的男人走進店裡。

得知來人就是秋風時，晴嚇得停止呼吸，反射性地想，鈴愛是不是幹了什麼驚天動地的好事，否則秋風沒道理大老遠跑這一趟。

秋風說有重要事要談，律和正人便立刻離開楡野家，大概是回家去了。他也好久沒見到和子和彌一了。

有一瞬間，秋風露出了膽怯的表情，但他隨即繃著臉，面向前方。

客廳裡瀰漫著一股緊張感，令人喘不過氣來。

「我替孫女向您道歉！」仙吉有如武士般，率先向秋風賠不是。「我不曉得她做錯了什麼，今天早上回來的時候，只說她犯了錯……如您所見，我們家只是個不起眼的食堂，要是能代替孫女向您賠罪，我什麼都願意做……」

仙吉一副隨時都要拿刀切腹的模樣，宇太郎和晴也跟著鞠躬道歉。

秋風不知所措地露出為難的表情。他們愈向自己道歉，他就愈說不出真相。

「請問……鈴愛呢？」秋風好不容易擠出這句話。

「我馬上去叫她……」晴一臉悲愴地走向鈴愛房間。

過了好一會兒，穿著睡衣、頭髮亂七八糟的鈴愛與晴一起下樓。這副模樣實在不能見客，但既然秋風馬上要見鈴愛，晴只好不由分說地硬拖她走出房門。

晴從鈴愛口中問出丟掉分鏡圖的事，偷偷告訴宇太郎和仙吉，一個傳一個，最後全家都知道了。

「這孩子犯的錯，等於是我們全家人犯的錯，只求您高抬貴手，饒她一命……」

仙吉幾乎是老淚縱橫地低頭懇求。宇太郎和晴，還有鈴愛也都深深地低著頭，額頭幾乎貼在榻榻米上。一家子跪在他面前磕頭，秋風著實不曉得該怎麼收場。

「你們家的感情真好，真令人羨慕……」他東拉西扯地說，「我沒有家人……只有狗是我的朋友，不過那些狗也死了，雖然其中一隻是兔子。」

眾人聽得一頭霧水，不明白秋風到底想表達什麼。他嘆了一口氣，下定決心開口：

「鈴愛，那個，關於失蹤的分鏡圖……」

「嗯……」

「妳丟掉的，確實只是垃圾沒錯。」

「欸，那分鏡圖呢？」

「……我喝醉了，放進微波爐了……真的很抱歉！分鏡圖找到了，是我錯怪妳了。」這次換秋風深深地低下頭去。

鈴愛不禁大喊：「什麼?!」

晴他們還沒反應過來，鈴愛已經一溜煙站起來，從客廳的抽屜裡拿出立可拍相機，再從各種不同的角度拍下低頭認錯的秋風。

「這種畫面大概再也不會出現第二次了，我留個紀念。」

秋風用力咬緊下唇。換作平常，他早就大發雷霆了，可是誰教自己有錯在先，只好拚命忍耐。

「真的很抱歉，希望妳能回來。對了，妳的排線畫得非常好。」

「咦？」

聽到秋風這麼說，鈴愛臉上的陰霾頓時一掃而空，隨即又擺出嚴峻的表情，與秋風對峙。

「既然如此，我有一個請求。」

「……什麼請求？」秋風的臉皮不住抽搐。

鈴愛意氣風發，撩起睡得亂翹的頭髮說：「我叫鈴愛，風鈴的鈴，惹人憐愛的愛，這是爸媽為我取的寶貴名字。」

「……我知道。」

「既然知道，從此以後請不要再叫我岐阜的猴子。」

晴等人開始竊竊私語。

「沒有沒有沒有。」秋風趕緊堆出息事寧人的笑容。「妳在胡說些什麼，我怎麼可能稱這麼可愛的小姑娘為猴子呢？」

「我回東京以後還要繼續當伙食助手嗎？還是不能提筆畫畫嗎？」此刻正是討價還價的好機會，鈴愛得理不饒人地追問。

「不不不，怎麼可能。豈止是筆和橡皮擦，乾脆連我的辦公室將來都交給妳吧。對了，我正打算收妳當我秋風塾的特待生呢。秋風塾雖然只有三個學生，但個個都是菁英。」

「是嗎？」

秋風的怒氣就快爆發，目光如電地瞪了鈴愛一眼。

「姊，妳可別太得意忘形。」草太好心提醒。

鈴愛鼓著腮幫子控訴：「我的人生可是差點就結束了！害我邊在Mahajaro跳舞，邊懷疑這裡到底是天堂還是地獄。」

「姊，妳去了Mahajaro啊，好好噢。」

草太以羨慕的眼神看著姊姊。對他而言，Mahajaro就像是存在尚未得到確認的神祕生物。

「老師，鈴愛是不是不用被開除了？」晴打斷被Mahajaro帶偏的話題。

秋風以正經八百的表情回答：「是的。」

全家人無不額手稱慶。

「那麼，我還要趕最後一班電車，差不多該告辭了……」

「欸，老師，住一晚再走嘛。」

就算現在回去，回到東京也已經很晚了。晴勸秋風留下來過夜，他拒絕。

「不行，我只有在自己的家裡，躺在自己的床上，蓋著自己的被子和枕頭才睡得著。」

秋風遞給鈴愛一個信封。

「這個給妳，回來的時候搭商務車廂，但是要開收據喔。那我先走了，妳可以在這裡悠閒地待一陣子再回東京。」

秋風以優雅的姿態起身。

眾人送他到食堂門口。

「老師，這是蜂斗菜味噌，不嫌棄的話請收下。」晴送上親手做的味噌。

秋風道謝。「謝謝，你們真的很疼愛鈴愛呢。」

太陽已經下山了，但是被太陽照耀過的山和天空依舊美麗得熠熠生輝，正是所謂的魔幻時刻。

秋風以視線描摹著山稜線。「這裡就像桃花源。」

他慢條斯理地往前走。

「老師！」鈴愛從背後喊了他一聲。秋風停下腳步，但沒有回頭。「謝謝你特地來找我。」

秋風稍微舉起右手，回應鈴愛這句話。

目送秋風的背影消失在視線範圍內，鈴愛終於想起自己還穿著睡衣。

回到梟町隔天，律約正人去河邊。他想不到還能帶朋友去哪裡。

起初只有律要陪秋風搭商務車廂跑這一趟，但接到菱本打給他的電話時，剛好在他房裡的正人說：「我也想去。」於是律抱著姑且一試的心態問問看：「搭普通車也沒關係。」沒想到得到秋風的許可，讓正人同行。

「哇，是河流耶，好舒服！」

正人興高采烈地把腳泡在河水裡，開心的模樣讓律鬆了一口氣。

「我啊，以前在這條河的兩岸玩過傳聲筒喔。」

「是喔，聽起來好有趣，我也想試試看。」正人說得很認真，律笑了。

「人有故鄉真好啊。」正人看著河面說，「可以想像那個人各種年紀的模樣。」

「那現在你腦子裡的我幾歲？」

「我想想，小學生吧？看到律的媽媽，害我都想哭了。」

律突然回家，和子喜極而泣。再看到兒子帶朋友回家，更是樂不可支，不僅叫了特級壽司，還準備了飛驒牛的半生熟牛肉，熱情地款待正人。

昨晚，律從彌一口中得知和子的精神狀況不是很好。大概是律不在家以後，內心像是破了一個大洞。彌一還笑著說，幸好和子最近開始打拳擊，心情似乎開朗了一點。律怎麼也想像不到和子竟然會打拳擊，可能也無法真正體會她唯有這麼做，才能略微排遣寂寞。

「……我經常在這裡和鈴愛打水漂。」

律朝水面丟石頭。不知是不是太久沒玩，技術退步，石頭只彈了兩下就沉到水裡。

「對了，鈴愛沒事吧？」

「應該沒事吧。那傢伙就算天塌下來也不會有事。」

「……你們為什麼不乾脆交往算了？」

儘管正人突然冒出這一句，律也處變不驚。與鈴愛一同出生，一同長大，這方面的問題已經被問了幾千幾百次了。

「我們不是那種關係。」

「哪種關係？」

「倒也不是沒考慮過和她發展成那種關係，但我還是覺得現在這樣最自在了。也要考慮到對方的心情。」

「這樣啊……」

「而且我有喜歡的人了。」

「欸，沒聽你說過！」正人目不轉睛地盯著律看，律難為情地別開臉。

「已經是很久很久以前的事了，高中的時候，而且我只見過那個女孩一次。」

「一見鍾情？」

「嗯……她射箭的樣子非常美麗。」

「哦……所以你才選修弓道？」律的體育選修課選了弓道。

「我想看看她眼中的世界，想體會站在靶前是什麼感覺。」

「所以你現在還惦記著那個人嗎？」

「只有站在靶前的時候，會思考如果是她會怎樣瞄準靶心。」

律彷彿瞄準靶心般，筆直地扔出石頭。石頭彈跳了好幾下，在幾乎要碰到對岸的時候沉入水中。

雖然秋風說她可以在家裡休息一陣子再回去，但鈴愛決定立刻回東京。她與小誠、裕子的差距可不是一星半點，為了早日成為漫畫家，她想快點開始學習。

「我走了。」認真道別可能會哭，鈴愛故意說得很瀟灑。

晴依依不捨地一路送她到門口，鈴愛前腳剛踏出家門，晴又跑著追上去，在她手裡塞了一個信封。「這是給妳的零用錢。」鈴愛想還給晴，但晴的態度很堅決。「留在身邊以備不時之需。」

鈴愛低頭謝過，收下信封。

「媽媽，我本來以為自己被開除，以為自己已經不行了。」

「嗯……」

曾幾何時，淚水順著鈴愛的臉頰滑落，晴溫柔地拭去她的眼淚。

「可是現在已經沒事了。」

「嗯……」

「又可以繼續打拚了。」

「嗯……」

「但我這次深深體會到，有家可以回真是太好了。」

「嗯……」

「我要走了，電車快來了。」

晴擠出笑容朝鈴愛揮手。

「再見，保重身體。加油喔，媽媽支持妳！」

往前走了一段路，晴又叫住她，鈴愛轉過身來。

「妳遇到這麼難過的事，實在不應該這麼說，可是啊，媽媽覺得有點像中了頭彩。」

「怎麼說？」

「能見到妳，感覺就好像撿到天上掉下來的禮物。」

淚水模糊了晴的笑臉。

鈴愛滿腦子只有自己的夢想，有時還會嫌晴打來只是問她好不好的電話很煩，可是就連鈴愛不在家的時候，晴也一直在為她著想。

回到東京以後，恢復忙碌的生活，大概又會滿腦子只有自己的夢想，但鈴愛決心好好記住晴現在的笑容，絕對不要忘記。她用袖口擦乾眼淚，將母親的臉龐烙印在心底。

回到東京，鈴愛馬上展開驚濤駭浪的助手生活。拜苦練排線所賜，她很快就習慣塗黑、貼網點之類的作業，並與大家一起經歷截稿前的地獄。當然，交稿後也跟大家一起躺在桌子底下呼呼大睡。鈴愛事先在工作室準備好睡袋，沒多久，其他人也爭相模仿。

另一方面，工作室也請了專門做家事的幫傭，來頂替鈴愛這個伙食助手的工作。穿著圍裙的雙胞胎美少女，活脫脫就是系出名門的女僕。雖然是菱本找來的人，但鈴愛認為，那肯定是為了迎合秋風的喜好。

依照約定，秋風也讓鈴愛加入秋風塾。

「這根本是小學生畫的圖嘛！」

看到鈴愛他們畫的原稿，秋風毫不留情地批評，說他們的描繪人物的能力還差得遠。

秋風決定找模特兒來讓他們速寫，又說既然要找模特兒，當然是帥哥比較好，於是找來了律。律受到時薪兩千圓的誘惑，二話不說答應，就連閒著沒事做的正人也一併被叫來。

速寫從早上十一點開始。秋風指導律和正人擺姿勢。律無論如何都害羞得擺不好，倒是正人輕而易舉地完成了任務。秋風稱讚正人：「你長得不怎麼樣，倒是很有天分。」

「要開始嘍。必須在二十分鐘內畫好。預備，起！」

秋風一聲令下，鈴愛等人開始用鉛筆作畫。房裡播放著快節奏的歌曲。時間一分一秒地過去。起初小誠被律帥氣的臉龐與僵硬的姿勢搞得心猿意馬，但此刻也不得不拚命動筆，試圖捕捉人物輪廓。

鈴愛一開始就手忙腳亂。

「手不要停下來，不要想太多，總之畫就對了。所謂素描，筆觸有點潦草也不要緊，最重要是氣勢！給我畫出生動的線條來。」

隨著秋風說話的韻律、音樂的節奏、逐漸縮短的時間，鈴愛幾乎是在恍惚的狀態下作畫。撇除上廁所及午休時間，鈴愛等人馬不停蹄地畫著。

時間變成一分鐘，最後縮短到三十秒。鈴愛拚了命地在轉瞬即逝的時間中畫下律的模樣。

一輪過後，秋風又把時間放寬到二十分鐘。

「起初你們會覺得二十分鐘不夠用，但現在應該會覺得綽綽有餘了。請在這寬裕的時間內從容不迫地勾勒出屬於自己的線條。」

秋風說得沒錯，鈴愛這次描繪起正人，游刃有餘，感覺就像棒球漫畫裡，棒球彷彿靜止不動的畫面一般。明明同樣是二十分鐘，感覺卻截然不同。鈴愛有生以來第一次察覺到時間的長短原來會依感受而異。

吃過晚飯，秋風的速寫教室還不下課，等到真正結束，已經是晚上九點了。大家奮鬥了將近十個小時。

「好，今天到此為止。」秋風說道。

所有人都不支倒地。律和正人要一直變換姿勢，也不由得筋疲力盡。

菱本準備了果汁。眾人舉杯，慶祝順利衝過了終點線。

「結束了……結束了……結束了——！」鈴愛仰天長嘯。若不這麼做，彷彿不知該如何放鬆繃到不能再緊的神經。

「終於結束了！」裕子和小誠被她帶動，就連正人也跟著一起吶喊。

「恭喜你們撐過這十個小時，這是我給你們的禮物。」秋風送給他們每人一本素描簿。「請隨身攜帶。上街也好，在家裡也好，搭電車也罷，看到什麼就畫下來。就跟小朋友喜歡畫畫一樣，只要有想畫的東西，什麼都可以。你們今天扎扎實實地畫了十個小時，人生一定會因此有所改變，要有自信。」

秋風笑著對每個人點點頭。不同於平常那種皮笑肉不笑的表情，他笑得開懷、豁達，充滿鼓勵的意味。

「從此以後，你們要把所有的時間都奉獻給漫畫。這一刻，就是你們朝漫畫家出發的第一步。」

受到秋風的感召，鈴愛想成為漫畫家的決心更加堅定。一想到這一刻就是他們朝漫畫家出發的第一步，鈴愛覺得不管發生什麼事，自己一定能成為漫畫家。

十小時馬拉松速寫後的慶功宴還在熱烈地舉行。鈴愛等人沉醉在完成一件大事的亢奮心情中，光喝罐裝果汁，也樂得跟喝醉了一樣。

律想稍微一個人靜靜，悄悄抽身，走進中庭。中庭四下無人，正中央的大樹被修剪成無齒翼龍的形狀。律仰望那棵植物恐龍，深深嘆息。這時，秋風手裡端著酒，踩著不緊不慢的腳步瀟灑走來。

「今天謝謝你。」律向秋風道謝，秋風微微一笑。

「這應該是我要說的吧。」

「不，感謝你讓我看到人內心溫度上升的那一刻。」

每次將自己感受到的「真實」轉化為語言說出口，律的台詞都會變得有點文謅謅，但秋風確實能明白律的感受。律又抬頭仰望翼龍。

「同時我也感覺有點不安。假如現在對鈴愛而言，是為了成為漫畫家的時間，那現在的我又是為了什麼而存在……自己想成為什樣的人呢？我居然答不上來。」

秋風一口喝光杯裡的酒，站在律身邊。

「答不上來又有什麼關係？我走到這一步之前也繞了不少冤枉路。」

「真的嗎？」

真意外，律還以為這個人生來就想當漫畫家。

秋風語重心長地頷首。「不，我其實很晚才開始畫漫畫。考上美術大學，開始學畫，但又自覺比不上周圍的人，在繪畫的道路上半途而廢，跑去當業務員。」

「秋風羽織當業務員？」

「沒錯……在大阪推銷百科全書。」

「……是喔。」

「可是有一天，頂著大太陽、挨家挨戶推銷百科全書的時候，我暗自下定決心：在即將邁入三十歲時，我決定成為漫畫家。」

「真的假的？」

「真的。我辭掉工作，斬斷所有退路，邊打工邊開始投稿。直到那一刻，我才找到了人生的方向。所以我認為那些乍看之下繞的遠路、浪費掉的時間其實都不算白費，現在的一切都奠基在過去發生的一切之上。」

「……我和鈴愛不一樣，需要花點時間摸索。」

「我個人認為，像你那樣把時間花在感受、思考上，其實很有意義。」

秋風這番話很美，也很有分量，有他的人生經歷在後面背書。儘管沒能直接傳達到律永遠與人保持距離的心中，卻也溫暖了他孤獨與寒冷的心房。

「你們在聊些什麼？」鈴愛笑嘻嘻地走過來。

秋風識相地與鈴愛換班，進屋裡去了。

鈴愛問律：「你們在說什麼悄悄話？」

「沒有，我們在聊我和妳不一樣，需要花點時間。因為我還沒找到想做的事，也沒有夢想。」

鈴愛想起高中時代，自己也說過同樣的話。當時明明她才是訴說煩惱的人，如今卻完全顛倒過來。

「律……」

「可是，我不著急。」

鈴愛不住點頭，眼裡晶晶亮亮地閃爍著對律的信任。

「你一定會找到的，律的頭腦很好！跟我不一樣，一定能成為大人物。」

「可是偶爾像今天這樣也不錯呢。大學很有趣，東京也是，不管做什麼都很開心。」

「律是天才嘛，是發現幸福的天才。」

「天才啊……」律偷偷笑了。面對鈴愛全心全意的信賴，他很高興，也有些不知所措。

正人已經變成面影咖啡廳的常客了，邊喝咖啡邊和老闆聊天。鈴愛在他面前放下兩枚百圓硬幣。

正人曾在鈴愛打公共電話打到沒錢的時候，若無其事地給她三枚百圓硬幣，鈴愛還來不及道謝，他就留下清爽的笑容，回到自己的座位去了。

「謝謝，還有一百塊等喝完咖啡，找了錢再──」鈴愛還來不及說出「還你」，正人就打斷她：「不用了。」

「作為交換條件，妳穿上青蛙洋裝的時候要給我看。」正人淺淺一笑。

直到剛才，鈴愛都在跟菜生聊天。菜生問她穿過那件青蛙洋裝沒，鈴愛回答：「我決定留到第一次約會的時候穿。」

正人顯然是聽到她們的對話才這麼說的，但這句話聽起來也有點像是「跟我約會」的意思。鈴愛不曉得該怎麼回答才好。

老闆貼心地將鈴愛的咖啡移到正人桌上。

正人問她：「妳不坐嗎？」鈴愛侷促不安地坐下。

「啊，速寫的打工好好玩啊──謝謝妳，我會再去的。」

「哦……好。」鈴愛一臉呆滯地點頭，不敢直視正人懶洋洋的表情。「請問，你剛才那句話……」不想懸著一顆心，鈴愛單刀直入地問，「你是要我穿青蛙洋裝給你看？還是要我穿上青蛙洋裝的時候讓你看一眼？」

「呃……後者……吧。」出乎意料的問題令正人也慌了手腳。

聽完正人的回答，鈴愛喝著咖啡，靜靜陷入不知所措的狀態。

距離下次截稿還有一段時間，工作人員紛紛休假，出門去了。菱本走向秋風的私人空間，打算約他和來領打工費的律一起喝茶。他好像很喜歡律，肯定會欣然答應吧。

菱本微微一笑，敲了敲秋風的房門，但是敲了好幾下都得不到回應。菱本連忙拿出秋風寄放的鑰匙，開門進去。

房裡沒人，菱本拿起秋風放在桌上的紙條，當場愣住。

「我出門旅行去了。」

秋風的筆跡龍飛鳳舞，在紙條上寫下簡單一行字。

秋風穿著和服、拿著扇子在臉前搧啊搧，望穿秋水地等待眼前的門打開。

門上掛著「準備中」的牌子，就快到開店時間了。秋風用扇子對著臉搧風，耐著性子繼續等待。

嘎啦一聲，門開了，晴把「準備中」的牌子翻到「營業中」。

看到秋風，晴愣了一下，趕緊請他進門。

秋風開口：「妳送給我的蜂斗菜味噌非常好吃，讓我無論如何都想嘗嘗這裡的料理。」

為了這句話，宇太郎和仙吉卯足了勁，為秋風大展身手，桌上擺滿杉菜食堂的招牌菜。家常菜聽起來體面，但不知合不合平常吃慣山珍海味的秋風胃口。晴一家人都誠惶誠恐地提著一顆心，秋風則露出平穩的笑意，將每道菜送入口中。

「全都很好吃，我特別想吃這種家常菜。」

仙吉要為秋風倒酒。「不不不，讓我來。」秋風反而把酒倒進仙吉的空杯裡。

「我一直想和仙吉先生喝一杯。」

「啊呀，真的嗎，好榮幸，隨時歡迎你來。」

「我走到外面，打算把『準備中』的牌子翻過來時，發現老師居然整叢好好地站在門外等。」

聽晴描述剛才在門外遇到秋風的狀況，宇太郎不勝惶恐：「您只要說一聲，就馬上為您開門了呀。」秋風不以為意地揮揮手，興致高昂地說：「整叢好好？聽起來好像阿拉伯語。」晴等人忍不住笑了。

「是說您玉樹臨風的意思。」

「等的時候順便曬了曬太陽。」

山的翠綠、天的蔚藍都比秋風認識的綠色和藍色更濃烈、更鮮艷。

晴一家人拚命勸秋風動筷子，蒲燒鰻魚和鮪魚生魚片都是他們精心烹調的大餐。

「很好吃。」秋風眼裡蒙上一層水膜。

仙吉大吃一驚，秋風對他笑了笑。「沒事，芥末太嗆了……」

菱本坐在娛樂室的吧台前猛灌烈酒。

見她去叫秋風就沒有再回來，律擔心她出了什麼事而來找她。

「秋風五年前得過癌症。」菱本告訴坐在一旁的律，「當時動了手術，撿回一條命，所以精神才能那麼好。」

菱本紅了眼眶。「如今又復發了……」她趴在吧台上，痛哭失聲。

其實她早有預感。只對自己有興趣的人，居然想直接看到粉絲的臉，而參加脫口秀；說要成立秋風塾，甚至去岐阜接鈴愛。總之最近的秋風和善得不像他。之所以不再養狗，或許不是因為怕狗死掉，而是擔心自己死了以後狗沒有人照顧。

不久前，菱本直接問他癌症的事，當時秋風拍胸脯保證：「我可是被神選中的人，怎麼可能會死。」

我沒有勇氣在失去老師的世界活下去。菱本不斷哭泣。

律想安慰她，輕撫她的肩膀。

「呼呦呦！」

剛好走進娛樂室的鈴愛，看到兩人緊靠在一起的模樣，驚呼出聲。

「鈴愛，不是妳想的那樣！」

菱本擔心鈴愛誤以為他們有男女之情，怕鈴愛與律因此產生誤會，讓她看秋風留下的紙條。看到「我出門旅行去了」的文字，鈴愛這才想起自己來娛樂室的目的。

「老師……秋風老師在岐阜的梟町，在我家！」

鈴愛一五一十轉述，晴告訴她秋風吃五平餅吃到哭了。

菱本掩面痛哭。「那是最後的晚餐了。」

鈴愛也從菱本口中得知秋風罹患癌症的事。雖然馬上想為他做些什麼，又不知道自己能做什麼，但肯定有什麼是自己能做的事。鈴愛陷入沉思。

律問菱本有沒有動手術治療的可能性，菱本搖頭。

「看他的樣子大概沒有……他已經在打點身後事了……」

「還說不準。」鈴愛沒有任何根據，卻斬釘截鐵地說，「還說不準，老師還活著，或許還有救！」

鈴愛轉身就告訴小誠和裕子老師得癌症的事。她建議大家集資購買跟癌症有關的書來研究，但是被裕子他們否定了，說去圖書館比較快。

鈴愛認為眼下的當務之急，是先去圖書館借回所有跟癌症有關的書，了解癌症是怎麼一回事，然後、然後、然後……鈴愛決定凡是自己能做的事都要試試看。

菱本站在娛樂室的門前等秋風回來。

秋風看到她，露出小朋友惡作劇被抓到的表情。他走進娛樂室，放下皮包，給菱本一個猴寶寶紀念品。

「聽說你去了鈴愛家。」

「嗯，沒錯。我明白鈴愛的來歷了，那傢伙家裡充滿了梶原一騎、千葉徹彌的作品，算是從小看正統漫畫長大的。我猜得果然沒錯，要是運用得當的話，這會成為她的優勢，吸引更多讀者。」

秋風滔滔不絕地高談闊論。菱本覺得很憂傷，即使到了這個節骨眼，這個人還是真心喜歡漫畫。

「這不重要，老師，你的癌症是不是復發了？對吧？告訴我實話！別以為能瞞過我的眼睛。」

秋風放棄掙扎地低下頭說：「瞞著妳是我不對……」

即使心裡有數，一旦懷疑變成事實，還是令人難以承受。相較於一臉沉痛的菱本，秋風的表情反而莫名開朗，大概是已經走出那段一個人想很多、各種糾葛交織而成的幽暗隧道。

「不過，菱本，我有個計畫。我的傑作想必會留傳後世吧，光是那樣還不夠，我想留下我自己。」

「欸……你要生小孩嗎？」菱本的心裡不由得悸動了一下。

秋風想也不想地推翻了她的猜想。「不是，不是小孩，是我本身的創作技巧。」

「……喔。」

秋風送她的猴寶寶其實是很有名的求子護身符，也難怪菱本會想歪。他對菱本百轉千迴的思緒渾然未覺，熱切地訴說自己的計畫。

「只有畫漫畫的人才能真正理解漫畫為何物。我這輩子沒有娶妻生子，沒有建立自己的家庭，全心全意投入於工作上，但我想留下作品以外的東西。就算我死了，倘若我這個人能成為他們的技巧留下來，再也沒有比這更值得高興的事了。」

「不止技巧，我想他們也會繼承老師對漫畫的熱情與創作的態度……」

「不管怎樣，剩沒多少時間了，我需要妳的協助。」

「好的。」菱本露出忠實祕書的表情，畢恭畢敬地點頭。

耳邊傳來筆在紙上滑行的聲音，還有敲打計算機的聲音。

鈴愛、小誠、裕子和菱本都在工作室，倒不是因為截稿期限迫在眉睫。眾人在構思自己的漫畫分鏡，菱本則是手裡拿著大量收據，正在處理帳務工作。

「不好意思，鈴愛在嗎？」律推開工作室的門，探頭進來問。

考慮到在這裡討論秋風的病情可能不太好，律問鈴愛：「可以下來一下嗎？」但鈴愛似乎完全不以為意，神經大條地大聲說：「我請和子伯母配了中藥。」

律就是聽和子提起這件事才飛奔過來。他無法理解鈴愛的神經怎會這麼大條，逢人就說別人生病的事。

不只和子，鈴愛還把秋風罹癌的事告訴楡野家的人和小誠他們，一起討論有沒有什麼事是他們可以幫上忙的，請他們寄來聽說對治療癌症有效的藥和食物。

「鈴愛……妳怎麼可以到處張揚別人的私事。」

鈴愛對「到處張揚」的指控很不服氣，但律以嚴肅的口吻教訓她：「妳問過秋風老師了嗎？沒有就是到處張揚。」

「問秋風老師……」鈴愛愣了一下，顯然完全沒有想過要徵求秋風的同意。

律以鈴愛也聽得懂的方式，一字一句地解釋給她聽：「也許老師不想讓別人知道。這是秋風老師的人生，也許他有自己想要應戰的方式。」

「……為什麼？」

「還問為什麼……每個人都有不想說、不想讓別人知道的事吧。妳真的是廣播電台耶，就沒有想過妳的大嘴巴會傷害到別人嗎？」

「為什麼不能說？」鈴愛頑固地堅持己見，「我不懂你的意思！生病的事不應該隱瞞，和大家一起戰勝病魔、得到大家的支持不是天經地義的事嗎？這是我因為腮腺炎、一隻耳朵聽不見的時候，你教我的事。」

「我才沒教妳這種事。」

「是你救了我！」

律知道她指的是平衡木的事。律確實和鈴愛一起奮鬥過，不希望她因為耳朵聽不見而受到傷害，但這是兩碼子事。

「我的意思是要三思而後行。老師是名人，或許有他自己的想法。」

「照你這麼說，是要眼睜睜地看老師死掉嗎？只要是我能做的，我什麼都要試一試！」鈴愛淚眼模糊地瞪著律，律也瞪回去。

「哪怕本人並不願意嗎？」

「我只要老師活下去！」

既然沒徵得當事人的同意，鈴愛說的一切就只是她的一廂情願。她說的話毫無條理可言，既野蠻，又自私，但是充滿了迫力。鈴愛全身上下都散發出一股不讓老師死掉的強烈氣勢。

「那個……」菱本提心弔膽的聲音，打破了劍拔弩張的氣氛。「不好意思打斷你們吵架……那個……」

菱本說她整理過的收據裡，沒有秋風固定去看診的醫院收據。基本上，小氣的秋風一定會在申報所得的時候，用上醫藥費扣除額。換句話說，沒有醫院的收據，就表示他沒去看醫生。

「那……怎麼會知道癌症又復發了？」

菱本抱頭苦思。律從最簡單的角度思考，提出可能性最大的原因。

「難不成只是他自以為復發了？」

菱本聽得目瞪口呆。她從未想過這個可能性，但也不能完全排除這種可能，說不定……說不定那個比誰都纖細、比誰都膽小的人……

菱本一骨碌地站起來，全力衝向娛樂室，來到秋風身邊。

在菱本的逼問下，秋風老實承認沒去醫院。但從他的表情看，身體不舒服大概是真的。因為太害怕癌症復發，與其去醫院接受復發的診斷，他寧可與癌症和平相處，就這樣走到生命的盡頭。聽起來很矛盾，但秋風就是這樣的人。

菱本拚命說服年過五十、認為自己已經活夠的秋風去看診。身為受漫畫之神眷顧的人，他肩負使命，應該多畫一點漫畫，讓更多人幸福。又強調他既然收了鈴愛等人為徒，就有責任為他們鋪好前路，讓他們能靠自己的雙腳走出自己的人生。

看到菱本拚命低頭懇求，勸他去看醫生，秋風終於屈服了。

在菱本的陪伴下，秋風立刻預約做檢查。

檢查報告沒幾天就出爐了，主治醫生看著用拍立得拍的彩色內視鏡照片說：

「啊……嗯，是有點問題。」

「咦?果然是癌症嗎……」菱本一臉鐵青地說。

秋風則是以看開的表情問醫生：「復發嗎？」

醫生很乾脆地搖搖頭。「不是，是跟以前不同的部位。上次長在乙狀結腸，已經完全切除乾淨了。這次長在這裡，這裡是直腸，但是還非常初期，算是及早發現，用內視鏡手術就可以處理了。」

「真的嗎？」

菱本喜出望外，幾乎要撲到醫生身上，總是冷若冰霜的眼神蒙上一層薄霧。

「真的，雖然要切開來看才能斷定，但癌細胞應該沒有轉移。不過秋風先生，你沒有定期來做健康檢查吧。」

「對不起。」

「這樣不行喔。不過你還真幸運，這麼早就發現了。」

「不幸中的大幸……」菱本喃喃自語。

一旁的秋風彷彿放下心中大石，整個人癱軟在椅子上，臉上綻放出笑意。他都快嚇死了。

菱本把自己的手放在秋風手上，秋風沒有甩開。

「如果是這個大小，住院兩三天就能搞定了，我瞧瞧……」

醫生開始研究具體的開刀時程，看著秋風，問他：「可以直接排定日期嗎？」

秋風偷偷看了菱本一眼，語氣堅定地說：「……麻煩你了。」

秋風的手術順利結束了。

當他出院，回到自己的房間裡，看到大量的慰問品。

鈴愛請人寄來的中藥、仙吉大力推薦的鯊魚軟骨等等，幾乎大部分都是鈴愛託人送來的東西。秋風看著堆成一座小山的慰問品，一臉不勝其擾。

「仙吉先生還寄來滿坑滿谷的冷凍五平餅，我都放進冷凍庫裡了。」

菱本打開冷凍庫，讓他見識一下塞滿冷凍庫的五平餅。秋風看得瞠目結舌。

「我只想要五平餅。」

「明天去速寫教室的時候，要親口向大家道謝喔，大家都很擔心你。」

「大家都很擔心我……真是多管閒事。」

秋風又恢復平日的牙尖嘴利，抓起中藥，皺著眉頭抱怨：「哇，好臭！」

菱本釘了他一句：「老師。」

秋風對慰問品挑了一大堆毛病，卻也沒有丟掉，而是命令菱本好生保管著。

「讓大家擔心了，真不好意思。」

第二天的速寫課上，秋風向鈴愛他們報告治療已經順利結束的事。速寫教室除了鈴愛、小誠、裕子以外，律和正人也像上次一樣來當模特兒。

聽到菱本補充癌細胞沒有轉移時，大家異口同聲地恭喜秋風恢復健康。對此一無所知的正人也察言觀色地露出喜悅的笑容。

秋風大概是覺得難為情，為了重新奪回主導權，誇張地清了清喉嚨。

「我有話跟各位說。」

所有人都定定地看著他，靜靜豎起耳朵。秋風慢條斯理地娓娓道來。

「我五年前罹患大腸癌，五年生存率只有百分之六十五。去年開始有出血的狀況，因為還沒超過五年，我以為是復發，以為自己不行了。可是並不是復發，而是新的地方又長了腫瘤，幸好早期發現，所以又撿回一條命，繼續苟延殘喘，真是難看……」

「老師，才不難看。就算吊著點滴，人們努力求生存的姿態還是再美不過了。」

菱本以不容質疑的口吻斷定。秋風顯然被她的氣勢壓制住了，嘟嘟囔囔地顧左右而言他：「這不是重點……我想說的是，今後癌症還是很有可能再復發，老實說，我很害怕。」秋風看著每一個人的臉。

「可是，我要活下去，而且我也想教大家如何畫漫畫，想讓大家體會到漫畫的魅力。我無法忘記對生病、對死亡的恐懼，但我可以不去想。要怎麼不去想呢？無非是靠著繼續畫漫畫。在名為創作的靈魂盛宴中，我可以暫時忘卻病痛的折磨。我是這麼想的，創作對人類而言，不正是神明的恩賜嗎？」秋風以炯炯有神的目光用力強調。

就在他說得眉飛色舞的時刻，鈴愛吸了一口氣，舉手發言：「那、那個，老師，抱歉打斷你說話。電話，我要去打電話！我得打電話向媽媽、爺爺、和子伯母和菜生，還有屠夫報告老師順利治好的事，大家都很擔心。」

「什麼，妳連屠夫都說了？」律呆若木雞地說。鈴愛猛點頭。

「我請他去北野天滿宮向神明許願。啊，我可以用樓上的電話嗎？」

鈴愛也不等秋風回答就跑出去了，邊跑還邊回頭對秋風滔滔不絕地說：「老師，剛才的金句良言請繼續！關於靈魂的盛宴。話說靈魂的盛宴是什麼？我等一下再查字典……啊，還有速寫，可以等我一下嗎？等我回來再開始！不過你們要先開始也沒關係。總之我先去打電話……」

鈴愛像個小型龍捲風，狂風過境似地離開後，屋子裡只剩下尷尬的沉默。

「……我說到哪裡？」秋風問其他人，就連菱本也答不上來。

速寫課開始了，鈴愛還在打電話，不見人影。

律與正人擺出各種姿勢。房裡以巨大的音量播放著米米俱樂部的〈FUNK FUJIYAMA〉。在音樂的掩護下，律與正人竊竊私語。

「原來如此。」

律向正人說明秋風的病，以及鈴愛堅持面對病魔時，死馬也要當成活馬來醫的論調。

「嗯……她堅持生病不能隱瞞，要和大家一起戰勝病魔。」

「對鈴愛而言，別人生病就等於自己生病吧，所以才覺得要一起對抗病魔，根本是聖女貞德。」正人小聲地說。

這句話讓律想起小時候，鈴愛總是為別人拚盡全力，像是為仙吉製作傳聲筒，或是背起掉進河裡的他。

「那傢伙從小就那副德性，有股彷彿可以上天下地的爆發力，我拉都拉不住。」

「不用拉啊，默默守護不就好了。」

「默默守護嗎……我有辦法守護住嗎？」律自言自語似地說。

對於什麼都還不是的他來說，這個任務有點太沉重了。

秋風站在拚命作畫的小誠和裕子身後，配合音樂擺動身體。

他好像很喜歡這首歌，邊跳舞邊哼著歌詞。

「老師，還不能太勉強喔。」

菱本連忙阻止他，但秋風樂在其中，繼續跳著。

「大家一起來！邊跳邊畫。不要成為地上爬的螞蟻，要變成天上飛的龍！」

在秋風的一聲令下，律和正人、小誠和裕子，就連一臉不情願的菱本也開始跳起舞來。

跳舞，活著，在場的所有人都為秋風戰勝癌症感到喜悅，一起感受能隨音樂搖擺的幸運。

一天天過去，秋風的體力已完全恢復，比以前更精力充沛地埋頭工作，助手的工作也因此變得繁重許多。就連鈴愛也得到描繪背景的機會，但好不容易仔細畫好的背景，都會被秋風重新塗白；萬一失敗，更是要一改再改，簡直像是每天推石頭上山的薛西弗斯。

不過，鈴愛很尊敬秋風絕不妥協的態度，雖然很辛苦，還是一再修改到秋風能接受的程度。

秋風對鈴愛他們的指導也比從前更用心。小誠和裕子本來就很有實力，都是優等生。秋風會指出他們作品中的優缺點，給他們建議，但幾乎沒稱讚過鈴愛，只會拋出一堆嚴厲的言語攻擊。

「妳這傢伙，到底要我說幾次才懂？故事太沒深度了！『謝謝你給我感動，你是我的王子』是什麼鬼，有哪個活人會說這種話？」

鈴愛低頭道歉。

「妳為什麼活著？為了漫畫吧。畫出這種東西，簡直比紙屑還不如！」

秋風一把扔回鈴愛的原稿。

鈴愛茫然自失地站在散落一地的原稿中，這種難堪的場面已成了家常便飯。她完全跟不上另外兩個人的實力。

傷心欲絕的鈴愛走向面影咖啡廳，推開門，正人笑著迎上前來。他從前陣子就開始在這裡打工。

「要點什麼？」

「我已經不知道自己想吃什麼了……」

鈴愛有氣無力地呻吟。趴在桌上好一會兒後，突然有個東西放在桌上。抬眼一看，是杯裝飾得很漂亮的巧克力聖代。

「我第一次做，就當是為妳打油打氣的禮物。」

正人不著痕跡的體貼，有如涓滴細流滲入鈴愛內心的縫隙。

「……正人，你是我的王子。」

回過神來，被秋風批評得一文不值的台詞已經脫口而出。鈴愛只是抱著姑且一試的心情說說看，然而話一說出口，還是不免臉紅心跳。為了轉移話題，她扯著沒營養的廢話：「我在電視和雜誌看到過，有人會把仙女棒插在聖代上，好漂亮喔。」

正人笑著退下，留鈴愛一個人。

她吃了一口聖代。「好好吃！棒呆了。用腦過度後的甜點真是太讚了，身體得到渴望的糖分了。」原本毫無胃口的食欲開關因此打開，鈴愛兩三下吃完整杯聖代，又向老闆加點了拿坡里義大利麵。

「鈴愛。」

正人先開口，鈴愛則感謝他的聖代。看到盤底朝天的聖代杯，他露出有些沮喪的表情。

「……雖然我也覺得應該趕不上，沒想到妳竟然全吃光了。」

原來正人為了鈴愛，特地衝去便利商店買仙女棒，好放在聖代上。定睛一看，正人果然滿頭大汗。

鈴愛為了仙女棒，說要再點一杯聖代，正人連忙阻止她：「會吃壞肚子喔。」

老闆也告訴他們，放在聖代上的仙女棒要買那種不會冒煙的專用仙女棒才行，鈴愛和正人失望極了。

「如果妳不嫌棄的話，這個給妳。」

離開時，正人送鈴愛到店門口，將整包仙女棒送給她。

「是我自己太蠢了，不曉得還有專用的仙女棒。」

「別這麼說，我也以為是普通的仙女棒，抱歉，害你白跑一趟。啊，岐阜腔都跑出來了……」

鈴愛不由自主地摀住嘴巴，正人被她可愛的模樣逗笑了。

「我想看到鈴愛開心的表情呀。」

「咦……」

「漫畫要加油喔。」正人轉身就要回店裡。

不知道為什麼，鈴愛捨不得就這樣說再見，下意識叫住正人。

「要不要一起玩這些仙女棒？」

正人有些驚訝，卻也笑著回答：「好啊。」

律正在西北大學的大教室裡打瞌睡。

這堂課是「剛體動力學」，學習人造衛星在宇宙裡是以什麼原理改變其角度。

律很喜歡理論，喜歡把焦點放在還不明確的東西上，視野逐漸清晰的感覺。所以他很期待這堂課，但還是抵不過睡魔的攻擊。

宇佐川教授正以飛快的速度，滔滔不絕傳授豐富的知識，可惜這種教學方式過於一廂情願，學生只會左耳進、右耳出。

下課後，律穿過整個校園，一路上都在和朋友打招呼，他認識的人愈來愈多了。他已經徹底習慣東京，也不再虛張聲勢，起初雖然動不動就拿梟町和東京作比較，但現在甚至已經很少想起梟町了。

然而……聽到不知從哪裡傳來〈故鄉〉的旋律時，律瞬間被打回原形，變回在梟町長大的自己，殺得他措手不及。

明顯是由鋼琴彈奏的旋律，也讓他想起許多事。律彷彿受到牽引，走向聲音的來源。循著琴聲，走到悄然座落在古老校舍裡的研究室。律從微微敞開的門縫偷偷往裡頭窺探。居然是機器人彈的鋼琴。只見機器人的手指在琴鍵上移動，彈奏出〈故鄉〉的旋律。律目瞪口呆地凝望著眼前的畫面。

演奏結束的瞬間，背後響起亮亢卻有如隔著一層紗的笑聲。

「嚇到你了嗎？」

他大吃一驚轉身回頭，眼前又是一個機器人。機器人掀開蓋在身上的紙箱，剛才教他動力學的宇佐川露出真身，臉上滿是得意的笑容。

宇佐川早就發現律是自己的學生，也知道他在課堂上打瞌睡。

「無聊透頂的動力學，正是通往機器人科學之路，機器人科學則是前程似錦的未來！」

宇佐川讚許地摸摸彈鋼琴的機器人，機器人的名字叫 Roboyo。

宇佐川告訴他，Roboyo 一台要價三億圓。比起天文數字的金額，律更好奇主要是哪個部分需要這麼多錢，想知道機器人彈鋼琴的原理。

律接二連三地提出自己感到好奇的問題，宇佐川也以數十倍的知識回答他。太有趣了，原本那麼無聊的課根本是騙人的吧。

「你被機器人的演奏感動到哭了。」宇佐川擅自作出結論。

「不，我才沒有哭……」

「才怪，你大受感動，所以才會來到這裡。」

「這倒是。」

宇佐川口若懸河地說明，機器人不止會彈鋼琴，做這種人類也會做的事，還會做人類辦不到的事。

「例如車諾比核災的救援工作，人類因為太危險而無法靠近的地方，機器人都能勇敢地前進。」宇佐川用力握緊拳頭。從他說的話可以感受到他深深愛著機器人。「我相信機器人具有無限寬廣的可能性，而且今後還會變得更加寬廣，足以發起新的工業革命，所以你們也要努力學習。」

宇佐川的話匣子一打開就關不起來，熱切且沒完沒了地高談闊論。律一面喝著研究室裡燒焦的咖啡，一面附和。意外的，他並不討厭這方面的話題，待他意識過來，太陽早已下山，五個小時就這麼過去了。

桌上關於機器人起源的資料吸引律的注意力，上頭寫著：「機器人原本就是為了彌補人類欠缺的部分才被開發出來，像是義肢就是為了幫助沒有手或沒有腳的人。」

律問宇佐川：「耳朵也行嗎？舉例來說，如果一隻耳朵聽不見的話，有辦法借助機器人的力量……」

「嗯……原來如此，或許有可能。」宇佐川邊說邊鎖上研究室的門。

「老師，你剛才做了什麼？」

「嗯？你知道Roboyo為什麼要彈琴嗎？是為了釣名為學生的大魚，而你就是上鉤的魚，所以請進來我的研究室。」

宇佐川的語氣十分雀躍，幾乎可以看見語尾還跟著一顆愛心。他笑得不懷好意，一步步縮短與律之間的距離。律反射性地往後退，但被監禁的危機意識還來不及湧現，就先聽到有人敲門，還伴隨著粗魯扭轉門把的卡嚓卡嚓聲。

「老師，宇佐川老師，你在裡面吧，開門！」

是女孩子的聲音。宇佐川低咒了一聲，把門打開。三個穿著工作服的學生一擁而入。

「唉，又來了，你又把學生關起來，打算勸他加入研究室嗎？不可以這樣啦。宇佐川研究室再怎麼吸引不到學生，瀕臨廢室的危機也不能這樣做。萬一被學校發現，會出大事喔。你是一年級生嗎？不好意思啊。」

三個學生中唯一的女生立刻注意到律，朝他雙手合十道歉。

女學生素著一張臉，戴著度數看起來很高的厚片眼鏡，往後紮成一束的頭髮有好幾根不聽話地跑出來。另外兩個男生隨便向律打了聲招呼，逕自向宇佐川報告實驗數據。一旁的女生則對宇佐川要求向學校爭取設置淋浴室。

「再來就是夏天了，我們會變得很臭，現在也有點臭不是嗎？」

只見她把工作服的袖子湊到鼻尖，皺著鼻子猛聞。

宇佐川猛然站起，擋在律和學生之間，以飛快的速度說起話來，隨著說話的速度愈來愈快，雙手揮舞的動作也隨之加快。

「不，你別誤會，這群學生之所以這麼臭，絕不是因為忙著研究忙到沒時間洗澡、沒時間睡覺、沒時間談戀愛也沒時間看電影，而是因為他們本來就很臭。」

情急之下的藉口，根本是把學生的尊嚴踩在腳下。律對宇佐川的強辯充耳不聞，直接問女學生：「這個研究室都沒有人要加入嗎？」

真令人意外。別看宇佐川乙郎教授這副德性，他可是世界上第一個開發出用兩隻腳走路的機器人，是大師級人物。還以為他的研究室肯定非常熱門，有很多學生。

「機器人不是充滿了夢想嗎？」其中一個男生鄭重地肯定律說的話。

「恕我直言，是除了夢想什麼都沒有。」

因為嚮往原子小金剛或星際大戰，而想踏進宇佐川研究室的年輕人多如過江之鯽，可是大部分的人在踏進來之前，通常都會先想到就業的事，因而裹足不前。因為從事機器人的研究幾乎找不到工作，即使找到工作，起薪也少得可憐。

大部分的學生都選擇汽車、家電、電子等日本的主流產業，或生物科技及電腦等具有發展性的產業。因此就算對機器人充滿嚮往，學生們終究在研究室的門前轉身離去。一九九〇年，這個時代的機器人產業還是一門前途未卜的行業。

宇佐川對男學生的發言大失所望。

「可惡，好不容易有人上鉤了。」

「不，我不是很在乎未來的發展或起薪的問題。」

律朝向宇佐川垂頭喪氣地擺弄著Roboyo的背影說。

只見宇佐川以絲毫不比動物遜色的速度一骨碌地轉過身來。

「我對Roboyo彈的〈故鄉〉和老師說的話有點感動……還有，各位努力研究到發臭也在所不惜的態度也有點感動到我……我還可以再來這裡嗎？」

宇佐川以雙手緊緊握住律的手，用力地上下搖晃。

「當然可以！這是我寫的書，最近剛出。」

宇佐川從堆積如山的書堆裡，抽出一本給律。封面印有書名《機器人革命》，是本非常厚的磚頭書。

「你要的話，我可以幫你簽名。」

「謝謝老師。啊，簽名就不用了……」

律繞過拿起簽字筆、準備就緒的宇佐川，走向出口。

「高峰同學，收錢。」

宇佐川交代，女學生面向律，伸出一雙手。

「啊，好的，一共是兩千八百五十圓。」

「……好。」

居然要收錢，而且也太貴了。律打開錢包，心不甘、情不願地掏錢。

推開門，他走到相隔五個小時不見的室外。

為了吸引新的學生上鉤，Roboyo又開始演奏〈故鄉〉。律側耳傾聽懷念的旋律。

「話說回來，日本在太空探索及電腦的發展，早就追不上美國或蘇聯的腳步了，但是在機器人這方面，日本還是第一把交椅。知道為什麼嗎？因為日本沒有宗教問題。在基督教的世界裡，對模擬人類外形的機器人抱持排斥的態度，因為上帝不允許這種事發生。日本沒有神不是嗎？啊，我是指宗教上的神。所以機器人產業才能日新月異，所以機器人才會充滿夢想。雖然起薪有點低……」

鈴愛蕩著鞦韆，凝視坐在長椅上的律。

兩人目前位於海豚公園，是彼此住處的正中央。不曉得公園的正式名稱叫什麼，因為有座海豚的遊樂設施，所以就這麼叫了。

律捧著厚厚的磚頭書，從見到鈴愛的那一瞬間，就開始滔滔不絕地說。

老實說，鈴愛根本聽不懂律在說什麼，雖然很努力地想要聽懂，但每個字都從腦中飄過。再加上她現在滿腦子都是另一件事，根本沒有腦容量可以分給律說的話。

「律……你看完那本書啦。」

鈴愛搜索枯腸才擠出這句話，律雙眼放光地猛點頭。

「我用一天就看完了。」

鈴愛跳下鞦韆，靠近長椅，從律手裡拿起那本書。

名為《機器人革命》的書，厚到足以讓平常不怎麼喜歡閱讀的鈴愛退避三舍。試著翻了兩頁，密密麻麻的文字更是讓人連看都不想看。

「宇佐川……好怪的名字。」鈴愛把書還給律，回到鞦韆上。「不過，這也表示律找到夢想了？」

即使聽不太懂律在說什麼，她也聽懂了這一點。律此時此刻的眼神肯定與自己提起漫畫時的眼神一樣。

律有些難為情地點頭。「比較像是夢想的碎片吧。有朝一日，我也想試著開發機器人。」

「嗯哼。」鈴愛高高蕩起鞦韆，再從鞦韆上跳下。

「抱歉，律。我現在什麼也聽不進去，什麼也沒辦法思考。」

「難怪我從剛才就像對著牆壁說話，感覺像是一拳打在棉花上，又像是泡在溫度與自己體溫無異的溫泉裡……發生什麼事了？」

「律……我談戀愛了。」

鈴愛扭扭捏捏地把玩鞦韆的鏈條。律小小聲地喊了一聲：「呼呦呦，又來啦？」

「這句話是什麼意思？別以為我沒聽見！我什麼時候、跟誰、談過戀愛了？」

鈴愛早已把校刊社的小林同學忘得一乾二淨。經律提醒後，鈴愛望向遠方。

「對耶，這麼說來，是有過這麼一回事……」

「這次可不要再載上助聽耳了。」

「我已經不是那個時候的我了。」

鈴愛握緊拳頭，眼神充滿鬥志。那股氣勢比起愛情漫畫，更像運動類漫畫會出現的反應。

「這次絕對沒問題！」

「絕對？」律壓根就不相信。

「……一定沒問題。」

受到律的質疑，鈴愛的語氣雖然不再那麼肯定，依然相信這次的戀情一定能成功。

秋風塾在娛樂室裡上課。

這天的主題居然是「關於鈴愛的戀情」，藉此說明如何掌握主題，這也是畫漫畫時最重要的一點。

鈴愛雖然不挑對象，逢人就主動提起自己談戀愛的事，但唯獨沒告訴秋風，因為她死也不想讓秋風知道。沒想到自己的戀情還是被秋風拿來當成作畫的題材，鈴愛受到很大的打擊。

「就沒有想過妳的大嘴巴會傷害到別人嗎？」她總算有點明白律這句話的意思了。

秋風才不理會鈴愛「隱私被侵犯」的抗議，在白板上歸納出鈴愛與正人的交往過程。

「某一天，鈴愛被我鐵面無私的指導電得亮晶晶，飽受挫折，便前往面影咖啡廳，當時那個一臉呆滯的男生也在那裡。」

「請不要說人家一臉呆滯。」鈴愛站起來抗議。

「那個軟萌的男生也在那裡。」

鈴愛點點頭，似乎很滿意秋風修正後的形容詞。

「做了水果聖代給她吃。」

「啊，這裡錯了，是巧克力聖代。」

「是嗎，」秋風立刻改掉白板上的字。「這種小細節意外地重要呢。」

小誠和裕子趕緊抄下來。

鈴愛也忘了她曾經那麼抗拒自己被當成教材，笑得很燦爛。

「鈴愛怎麼這麼合作？」裕子壓低音量問小誠。

「只要自己能成為話題中心，就會情不自禁樂翻天的性格已經刻在鈴愛的骨髓裡了。」

小誠對鈴愛的評語一針見血，裕子深表同意。

秋風繼續簡潔地整理鈴愛的戀情。

「男生將仙女棒送給鈴愛，鈴愛問對方要不要一起玩？然後呢，他說了什麼來著？」

「欸……地驚訝了一下，然後就說好。」

鈴愛笑得幸福洋溢。秋風在白板上寫下「對方以呆滯的表情說：『好啊。』」

「好了，各位，接下來才是問題所在。鈴愛問對方：『要不要一起玩仙女棒？』對方回答：『好啊。』對吧？」

「對。」鈴愛自信滿滿地回答。

「這是什麼時候的事？」

「……嗯？大概是一週前。」

「然後呢？」

「什麼然後？」

「就是在那之後的發展啊。」秋風以食指的關節敲了敲白板。

「呃……然後兩個人就一起去放煙火……」

「什麼時候去？」

「呃，這個嘛，遲早會去的……」

「遲早會去是什麼時候？」

秋風不依不饒地追問正人是否有打電話給鈴愛。她一臉茫然地回答：「沒有。」

秋風將臉湊到鈴愛面前，露出不可一世的笑容。

「鈴愛同學，讓我來告訴妳吧，世界上沒有男生會在妳約他『下次一起……』的時候說『我才不要』。但如果他說的是『等我有空再打電話給妳』，那這種人一輩子都不會有空。妳已經不是國中生了，至少也該知道什麼是客套話吧。」

鈴愛大受打擊。上次受到這麼大的打擊，或許是律告訴她「男生不喜歡有趣的女生」時。鈴愛是真的相信正人會和自己一起放煙火，也相信這次的戀情絕對沒問題，但那個「遲早」永遠不會來了。鈴愛覺得了無生趣。

菱本點了秋風一下。「老師。」

「咦……妳在哭嗎？」秋風提心弔膽地問道。

鈴愛有氣無力地搖頭。「我沒哭，只是心在哭泣。」

鈴愛垂頭喪氣地坐在椅子上。

娛樂室一陣沉默，所有人都屏氣凝神地觀察鈴愛的反應。只有秋風一個人還滿臉困惑。他只是以逗弄鈴愛為樂，沒想到會不小心扯斷蝴蝶的翅膀。

鈴愛覺得自己很窩囊，大家想必都知道這種國三生就該知道的客套話，只有自己不知道。一想到每當自己滿心歡喜地提起正人，大家可能都在心裡默默同情自己，就很想立刻逃回老家的被窩裡躲起來。

弓道課從一大早開始。原本選修同一堂課的正人早就脫隊了。

律站在清晨的弓道場上，拉開弓。

才剛開始幾個月，尚未射中過靶心，那天卻發生了奇蹟。

射出去的四枝箭全都命中靶心。心情異常沉靜，在這種情況下射出的箭筆直地往前飛。

在道場裡絕不能笑，也不能聊天。律心裡雖然欣喜得快要飛上天，依舊一臉平靜地離開靶前。

「恭喜你，律同學。」

與下一組交換時，有個女生在擦身而過的瞬間，小聲對他說。

律猛然回頭。

「好久不見。」

是清，伊藤清。

律的心臟狂跳起來，視線範圍一口氣變得好窄，彷彿世上只剩下自己和對方。

清走到靶前，瞥了律的方向一眼，微微掀動嘴唇。

等我。

看起來的確是這個意思。

清以認真的雙眸注視箭靶。她的側臉、她的曲線，律還記得一清二楚。

清拉弓，射出去的箭遠遠偏離了靶心。

體育課下課後，律還穿著弓道服，坐在附近的長椅上等清出來。清順理成章地在律旁邊坐下，彷彿他們早就約好了。

律再次盯著清的臉看。她還是那麼美，宛如拉緊到極限的弓，美得無懈可擊。真不敢相信她就在自己面前，同時又覺得這一切天經地義。

「你是萩尾律同學對吧？律是旋律的律。」

「清同學。」

「咦。」

清有些意外。她的樣子看在律眼中，就像被微微泛起的漣漪嚇得驚飛的小鳥。

「伊藤清同學。清是三點水加上藍色的青字……」

「你記得我啊。」

「妳的名字很好聽。」

兩人四目相交，同時低下頭。

互相問對方下一堂課是什麼後，律和清同時冒出一句：「不去上也沒關係。」

兩人面面相覷。

「那個……你剛才說什麼？」

「不嫌棄的話，要不要……一起去喝杯咖啡？」律拿出詢問對方名字時的勇氣問。

清笑著點頭。「好啊。」

正人還是沒打電話來。

明知已經沒救了，鈴愛還是忍不住想起正人曾經說過「我想看到鈴愛開心的表情」。

工作時也滿腦子都是正人，大錯小錯沒斷過。每次挨秋風的罵，鈴愛都覺得一定要振作起來，但就是辦不到。

秋風看不下去，把鈴愛叫到娛樂室。還以為他又要說教了，秋風卻說：「去談戀愛吧。」

「知道我為什麼要收妳為徒嗎？」

「呃……為了五平餅？」

「不是。倒也沒錯，五平餅也是一個原因，但妳和其他兩個人不同，是滿山遍野亂跑的野孩子，這種接地氣的感覺非常重要。小宮和小誠跟妳不一樣，他們對漫畫的知識非常豐富，為什麼？因為他們一直在畫漫畫、看漫畫，但這樣不行。」

「……欸？不行嗎？」

「不行，所以我說去談戀愛就是這個意思，去接地氣。光靠想像是不行的。一旦有了心儀的對象就排除萬難去見他。工作隨時都能做，背景什麼時候都能畫。活在空想世界的傢伙不堪一擊。心動了就要馬上行動，所謂接地氣就是這麼回事。」

鈴愛大受感動。原來這一切都跟漫畫有關。就算自己連國中生等級的客套話也聽不懂，這麼丟臉的事也能全部畫成漫畫，真是太神奇了。對一般人來說屬於扣分的事全都可以拿來用，全都對畫漫畫有幫助。不僅創作欲如野火燎原般一發不可收拾，被秋風潑了一桶冷水的少女心，也再度死灰復燃。

「給我聽著，不要得過且過地活。創作是給人的試金石，考驗創作者能面對多少傷痛、能面對多少仇恨、能面對多少真正的喜悅。所以楡野，別逃避！」

「是！」

「……我剛才是不是說了什麼金玉良言。」

「我用雕刻刀深深地刻在心版上了。」

「重要的事，肉眼通常看不見。這句話跟我說的比起來，哪一句比較感人？」

「我對這句《小王子》的名言沒有太大的感覺，因為有些肉眼看得到的東西也很重要不是嗎？」

「我打敗聖．修伯里[19]了……」

秋風單方面做出勝利宣言，要正在打掃的雙胞胎女傭叫其他人過來。

「只讓榆野聽到我的名言太可惜了。」

小誠和裕子立刻從工作室下樓，菱本也一起來，還按下錄音機的開關。

「老師，請說，我待會兒再整理成文字。」

「被妳這麼一說……」這句話有好到需要錄下來嗎？

在小誠他們充滿期待的注視下，秋風突然不安起來，但又想讓他們盡可能知道自己對漫畫的熱情，還是開口了。

說是說要喝咖啡，但律也不知道其他地方，最後還是帶清去了面影咖啡廳。

清說她是西北大學弓道社的成員，今天因為平常協助老師上課的學姊來不了，她只是來代班。

「可是，明明要露一手給大家看，卻射出個籃外大空心，真是太糗了。」清笑著說。

律也笑了，感慨萬千地說：「幸好我今天有去上課。差點就因為睡過頭把課蹺了。」

要是真的蹺課，或許就無法再見到清了。「命運」這個字眼閃過律的腦海，但他沒有說出口。總覺得一旦說出來，就會變成陳腔濫調，而且他也覺得清已經明白了。

19. 法國作家、飛行員，經典兒童文學《小王子》的作者。

「我是為了見到妳才開始學習弓道的。」

「欸？」

「騙妳的啦。不過，大概有一半是真的。高中時看到妳射箭的模樣，覺得好帥氣啊，自己也想試試看。」

「是嗎。」清笑得很開心。

「沒想到才見過一次，妳居然還記得我。」

「想忘也忘不了喔。那種相遇的方式，人生能有幾回，說不定就那麼一次……」

律想起清幫他們拿回羽毛球，羽毛球像隻雪白的雛鳥墜入她的掌心。他知道清也在回憶當時的事。

喝完咖啡，兩人轉往海豚公園。

「抱歉，我對東京不熟，不曉得該帶妳去哪裡。」律向清道歉。

清搖搖頭。「我也一樣，所有的時間都用來射箭了。」

律問起高中時代聽過關於清的傳言，問她是不是參加過校際比賽，是不是在名古屋的榮被星探發掘。清笑著回答：「我是參加過校際比賽，但是沒有被星探發掘喔。」又補充，「真是莫名其妙的傳言。」

「因為妳長得很可愛……」

清不以為然。「有嗎？我倒是覺得參加過校際比賽，登在雜誌上，開始有其他高中的人來學校看我以後，我就變得愈來愈不像自己了。起初是很得意沒錯，可是後來開始覺得喘不過氣，心想下次一定要優勝，不能辜負旁人的期待。可是當我進了大學，陷入低潮期，愈來愈搞不懂真正的自己到底算什麼？不對，我連真正的自己到底存不存在都不確定。啊，我說得太嚴肅了，不好意思。」

清苦笑著搖搖手，打算結束這個話題。律卻覺得體溫一口氣升高好幾度——他們是同類。

「別這麼說，我好像能理解妳的心情。啊，我既沒有參加過校際比賽，也沒有登在雜誌上過，我完全沒有這些了不起的事蹟，只是梟町那條小小的商店街上，某家平凡無奇的照相館家的小孩。那是個光是考上西北大學，就能贏得一片讚賞的小鎮，所以我從小就受到周圍的期待，明明只是隻井底之蛙……」

「啊，可是這句話還有後續……」

「還有後續？」

「不是說……井底之蛙不識大海，卻知天藍嗎？」

「欸，聽起來還不錯嘛。」

律抬頭仰望天空。東京的天空雖然沒有梟町那麼藍，卻也足夠蔚藍了。

「聽起來很不賴吧。」清喝光自己手中的罐裝果汁。

「肚子很撐吧，從剛才就一直灌水。」律一臉歉意地說。

清小聲地嘀咕了一句：「廁所。」

「什麼？」

「我從剛才就好想上廁所……」清不好意思地壓低了聲線。

律說：「這真是難為妳了。」又故作瀟灑地說：「妳可以去我房間上廁所。」

清二話不說地點頭，看來是真的忍了很久。

兩人立刻前往律的住處。

「抱歉，謝謝。」上完廁所的清說道。

「有趕上嗎……」

「趕上了。」清笑著回答，「突然闖進你家真不好意思。」

「別這麼說，是我拉著妳到處跑。」

「……我很開心。」

清拿起弓，背上包包，打算回家了。律也不好意思再繼續挽留，默默送她到門口。

「那我走了。」

清看著律。明明是自己表現出要離開的意思，卻又捨不得律就這麼讓她走。

「請、請問……還能再見面嗎？」律擠出所剩無幾的勇氣開口。

清點點頭。「當然。」

「……如果是明天的話呢？」

「好啊。」清笑咪咪地說。

「我們好像走散的迷途小孩終於會合了。」

律報以微笑。原來自己過去一直是迷途小孩。與清重逢後，律終於明白自己內心深處為什麼總是有股孤單的感覺。

（未完待續）

國家圖書館出版品預行編目資料

半邊藍天 / 北川悅吏子著；緋華璃，黃薇嬪譯. -- 初版. -- 臺北市：春光，城邦文化出版：家庭傳媒城邦分公司發行，民109.01
冊；　公分
譯自：半分、青い。
ISBN 978-957-9439-84-8 (第1冊：平裝).

861.57　　108019331

半邊藍天 1

原著書名／半分、青い。
作　　者／北川悅吏子
譯　　者／緋華璃、黃薇嬪
企劃選書人／何寧
責任編輯／何寧

版權行政暨數位業務專員／陳玉鈴
資深版權專員／許儀盈
行銷企劃／陳姿億
行銷業務經理／李振東
副總編輯／王雪莉
發 行 人／何飛鵬
法律顧問／元禾法律事務所　王子文律師
出　　版／春光出版
台北市 104 中山區民生東路二段 141 號 8 樓
電話：(02) 2500-7008　傳真：(02) 2502-7676
部落格：http://stareast.pixnet.net/blog　E-mail：stareast_service@cite.com.tw
發　　行／英屬蓋曼群島商家庭傳媒股份有限公司城邦分公司
台北市中山區民生東路二段 141 號11 樓
書虫客服服務專線：(02) 2500-7718 / (02) 2500-7719
24小時傳真服務：(02) 2500-1990 / (02) 2500-1991
服務時間：週一至週五上午9:30～12:00，下午13:30～17:00
郵撥帳號：19863813　戶名：書虫股份有限公司
讀者服務信箱E-mail: service@readingclub.com.tw
歡迎光臨城邦讀書花園　網址：www.cite.com.tw
香港發行所／城邦（香港）出版集團有限公司
香港灣仔駱克道 193 號東超商業中心 1 樓
電話：(852) 2508-6231　　傳真：(852) 2578-9337
E-mail : hkcite@biznetvigator.com
馬新發行所／城邦（馬新）出版集團　Cite(M)Sdn. Bhd
41, Jalan Radin Anum, Bandar Baru Sri Petaling,
57000 Kuala Lumpur, Malaysia.
Tel: (603) 90578822　Fax:(603) 90576622　E-mail:cite@cite.com.my

封面設計／木木 Lin
排　　版／極翔企業有限公司
印　　刷／高典印刷有限公司

■ 2020 年 (民 109) 1 月 2 日初版一刷　　Printed in Taiwan

售價／380元

ISBN　978-957-9439-84-8

城邦讀書花園
www.cite.com.tw

廣	告	回	函
北區郵政管理登記證			
台北廣字第000791號			
郵資已付，免貼郵票			

104 台北市民生東路二段 141 號 11 樓

英屬蓋曼群島商家庭傳媒股份有限公司

城邦分公司

請沿虛線對折，謝謝！

愛情．生活．心靈

閱讀春光，生命從此神采飛揚

春光出版

書號：OG0032　書名：半邊藍天 1

請於此處用膠水黏貼

讀者回函卡

謝謝您購買我們出版的書籍！請費心填寫此回函卡，我們將不定期寄上城邦集團最新的出版訊息。

姓名：______________________________

性別：□男　□女

生日：西元__________年____________月______________日

地址：____

聯絡電話：__________________ 傳真：__________________

E-mail：____

職業：□ 1. 學生 □ 2. 軍公教 □ 3. 服務 □ 4. 金融 □ 5. 製造 □ 6. 資訊

□ 7. 傳播 □ 8. 自由業 □ 9. 農漁牧 □ 10. 家管 □ 11. 退休

□ 12. 其他 ________________________________

您從何種方式得知本書消息？

□ 1. 書店 □ 2. 網路 □ 3. 報紙 □ 4. 雜誌 □ 5. 廣播 □ 6. 電視

□ 7. 親友推薦 □ 8. 其他 __________________________

您通常以何種方式購書？

□ 1. 書店 □ 2. 網路 □ 3. 傳真訂購 □ 4. 郵局劃撥 □ 5. 其他 ______

您喜歡閱讀哪些類別的書籍？

□ 1. 財經商業 □ 2. 自然科學 □ 3. 歷史 □ 4. 法律 □ 5. 文學

□ 6. 休閒旅遊 □ 7. 小說 □ 8. 人物傳記 □ 9. 生活、勵志

□ 10. 其他 ________________________________

為提供訂購、行銷、客戶管理或其他合於營業登記項目或章程所定業務之目的，英屬蓋曼群島商家庭傳媒（股）公司城邦分公司，於本集團之營運期間及地區內，將以電郵、傳真、電話、簡訊、郵寄或其他公告方式利用您提供之資料（資料類別：C001、C002、C003、C011等）。利用對象除本集團外，亦可能包括相關服務的協力機構。如您有依個資法第三條或其他需服務之處，得致電本公司客服中心電話 (02)25007718請求協助。相關資料如為非必要項目，不提供亦不影響您的權益。

1. C001辨識個人者：如消費者之姓名、地址、電話、電子郵件等資訊。
2. C002辨識財務者：如信用卡或轉帳帳戶資訊。
3. C003政府資料中之辨識者：如身分證字號或護照號碼（外國人）。
4. C011個人描述：如性別、國籍、出生年月日。

請於此處用膠水黏貼